CARÁTER

Romance de pai e filho

Ferdinand Bordewijk

Copyright © 1938 by The Estate F. Bordewijk
Original title Karakter
First published in 1938 by Nijgh & Van Ditmar, Amsterdam

Grafia atualizada segundo o Acordo Ortográfico da Língua Portuguesa de 1990, que entrou em vigor no Brasil em 2009.

Edição: Felipe Damorim e Leonardo Garzaro
Arte: Vinicius Oliveira
Tradução e notas: Daniel Dago
Revisão: Odisseia Consultoria e Lígia Garzaro
Preparação: Leonardo Garzaro e Ana Helena Oliveira

Conselho editorial: Felipe Damorim, Leonardo Garzaro, Lígia Garzaro, Vinícius Oliveira e Ana Helena Oliveira

Catalogação na publicação
Elaborada por Bibliotecária Janaina Ramos – CRB-8/9166

B728

    Bordewijk, Ferdinand

    Caráter: história de pai e filho / Ferdinand Bordewijk; Tradução de Daniel Dago – Santo André - SP: Rua do Sabão, 2022.

        Título original: Karakter
        346 p.; 14 X 21 cm
        ISBN 978-65-86460-39-1

    1. Literatura holandesa. 2. Romance. I. Bordewijk, Ferdinand. II. Dago, Daniel (Tradução). III. Título.

CDD 839.3

Índice para catálogo sistemático
I. Literatura holandesa : Romance

[2022]

Todos os direitos desta edição reservados à Editora Rua do Sabão
Rua da Fonte, 275, sala 62 B,
09040-270 — Santo André — SP

🌐 www.editoraruadosabao.com.br
❶ / editoraruadosabao
📷 / editoraruadosabao
▶ / editoraruadosabao
ⓟ / editorarua
◯ / edit_ruadosabao

CARÁTER

Romance de pai e filho

Ferdinand Bordewijk

Tradução do holandês e notas
por Daniel Dago

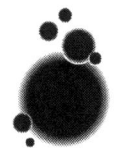

Para meus filhos,
Nina e Robert.

A sadder and a wiser man
He rose the morrow morn.

S. T. COLERIDGE

NÃO

No mais sombrio dos tempos, perto do Natal, em uma sala de parto de Roterdã, a criança Jacob Willem Katadreuffe[1] veio ao mundo com a ajuda de uma cesariana. A mãe era uma empregada doméstica de dezoito anos, Jacoba Katadreuffe, apelidada de Joba. O pai era o oficial de justiça A. B. Dreverhaven, um homem de trinta e poucos anos conhecido até então por ferir sem piedade qualquer devedor que lhe caísse nas mãos.

A moça, Joba Katadreuffe, havia servido por um curto período na casa de Dreverhaven, um solteiro, quando ele sucumbiu à sua inocente beleza e ela à sua força. Não era um homem que sucumbisse a tudo. Era um sujeito feito de granito, com um coração apenas no sentido literal. Havia se rendido somente aquela única vez, e cedeu mais em relação a si mesmo do que a ela. Se ela não tivesse olhos tão excepcionais, talvez nada daquilo tivesse acontecido. Mas ocorreu, após dias de raiva suprimida a respeito de um grande plano que ele havia pensado, arquitetado, e viu desmoronar diante dos olhos, pois seu credor havia desistido no último momento. Era o último, o último a quem recorrer, que não podia mais desistir, pois o credor tinha dado sua palavra. Não havia nenhuma

---

[1] No original, o autor dá uma nota de rodapé explicando a pronúncia. Isso se deve ao fato de que não apenas esse, mas todos os nomes próprios desse romance — e na obra inteira de Bordewijk — soam extremamente esquisitos aos holandeses, tão excêntricos que parecem inventados. Infelizmente, essa característica bastante marcante do escritor se perde na tradução. Na verdade, os nomes são todos verdadeiros. O autor os escolhia ao acaso, folheando a lista telefônica.

prova, nenhuma evidência, e Dreverhaven, sendo um homem da lei, sabia que não podia fazer nada contra a promessa quebrada. Com a carta daquele sujeito no bolso — uma carta cuidadosamente bem escrita, mas também com uma recusa pertinente —, Dreverhaven chegou tarde em casa. Nos últimos dias, sentia que isso aconteceria; quando ligava para o patife, diziam--lhe que estava ausente. Ele sabia que era mentira, sentia que era. Então aquela carta foi entregue à noite, a primeira e única coisa escrita, e não tinha ao que se apegar. Excelentemente bem redigida, devia ter um advogado no meio.

Dreverhaven voltou para casa fervendo internamente, e, em uma raiva canalizada, fez-se senhor da moça Joba Katadreuffe. A moça, por natureza, não sucumbia a nada, tinha força de vontade, mas era uma moça. O que lhe aconteceu estava próximo de uma usurpação, mas não por completo, e ela não considerou tanto dessa forma.

Ela continuou com o patrão, apenas não lhe dirigia mais nenhuma palavra. Ele era naturalmente taciturno, não a atrapalhava em nada. *Tudo vai ficar bem*, ele pensava; *se algo acontecer, eu me casarei com ela.* E ele, por sua vez, também ficava calado.

Algumas semanas depois, ela quebrou o silêncio:

— Estou grávida.

— Ah — ele respondeu.

— Logo irei embora.

— Ah.

Ele pensou: tudo vai ficar bem. Depois de uma hora, escutou a porta da entrada da casa se fechar, mas não enfaticamente, como de costume. Ele foi até a janela. Ali, a jovem andava com uma enorme mala de vime. Era uma moça robusta, não estava prostrada sobre a mala. Viu-a ir embora quando a noite estava começando a ficar cinzenta. Era fim de abril. Voltou--se para a mesa, com os restos de almoço. Ficou parado, refletindo. Um homem de ombros largos, pesado, mas sem barriga, uma cabeça implacável sobre um pescoço curto e grosso e, acima da cabeça, um chapéu de feltro preto. Tudo ficaria bem, pensou, apesar de duvidar. Então, lacônico, foi até a cozinha lavar, ele mesmo, a louça.

A moça, Joba Katadreuffe, não lhe deu mais importância. Mesmo quando sua situação não podia mais ser ocultada, continuou trabalhando. Foi contratada como diarista, e quando sua gravidez não dava mais para ser escondida, dizia simplesmente que o marido a havia abandonado. Durante esse período, não se saiu muito mal, sempre comia abundantemente e possuía alojamento confortável. Até o último momento foi completamente provida na casa em que trabalhava. Não precisava ir às agências de emprego, onde investigariam e descobririam que estava solteira. Conseguia trabalhar bem, possuía um físico de ferro, e passou a ser recomendada de um para outro. Nos últimos meses trabalhava apenas para pessoas que não tinham filhos e, para evitar situações constrangedoras com famílias com crianças, pedia para trabalhar somente em casas sem crianças.

Ela tinha reservado um lugar na sala de parto com bastante antecedência. Era bem jovem, mas de maneira alguma ignorante, e a providência natural era dela própria. Também havia escolhido um bom momento para ir para a cama, e podia descansar um pouco. Uma moça sensata, sem conhecidos ou amigos, que não necessitava que lhe ensinassem nada e que sabia de tudo. Assim era Joba.

No final, sentia-se bem. O rosto novo, com dentes firmes e olhos expressivos, cativava as enfermeiras que, no entanto, estavam totalmente acostumadas com aquilo. Isso apesar da seriedade, dos silêncios, da rispidez de sua fala. Perguntavam-na como chamaria a criança. Jacob Willem. Se fosse uma menina, então apenas Jacoba.

Disseram-lhe que o pai era obrigado a pagar pensão. Ela respondeu rápida e pateticamente:

— A criança nunca terá um pai.

— Sim, não queremos dizer quanto aos direitos do pai, apenas que o pai deve sustentar o filho.

— Não.

— Como não?

— Eu não quero.

Disseram-lhe que, quando tivesse alta, poderia se dirigir ao Abrigo das Mães ou Abrigo das Crianças.

As pequenas mãos avermelhadas de trabalhadora, grossas, infantis e firmes, permaneceram imóveis sobre o cobertor. Os olhos escuros estavam rígidos, claramente rejeitavam a tudo. A irritação da enfermeira desapareceu logo. Achou a moça muito boa e via naquela teimosia algo da raça.

Ela não confiava em ninguém. Sua única vizinha, bastante curiosa, fisgava cuidadosamente informações sobre o pai. Aquela vizinha, não sabia como, achava que era um caso com um senhor rico. Joba respondeu:

— Não vale a pena, a criança nunca terá um pai.

— Por que não?

— Porque não.

O parto correria bem, sem dúvida. Até o médico estranhar. Uma moça perfeitamente saudável. Ele tinha certeza. Mas, no último instante, preferiu fazer a operação; Joba foi convencida.

O médico tinha bastante experiência na área. Todavia, aquele foi um caso que nunca esqueceu; entre seu círculo de conhecidos, nos anos seguintes, comentaria sobre isso com frequência. Viu a moça esmorecer, atordoada, em meio aos instrumentos. Em uma hora, a juventude acabou. Ele temeu pelo coração dela, mas o coração permaneceu muito saudável. Os doentes não faziam nada, a não ser esmorecer rápido, igual a uma flor de cheiro venenoso. Incerto, esperava que ela acordasse outra vez. Mas não. Da ruína da juventude, foi preservada apenas a ferocidade e seriedade do rosto da raça.

Ele vinha todo dia, a fim de acompanhá-la.

— A princípio, a senhorita não pode trabalhar. Tem de falar com o pai.

— Não.

— Tem de falar, pelo bem da criança.

— Não, não, não.

— Muito bem — sussurrou. — Nesse caso, a senhorita tem de reconhecer a criança.

Ela o deixou que se explicasse, e sua voz cedeu. O seu primeiro sim.

Ela sabia que era um menino, mas não pediu para vê-lo. Dessa forma, postergava um pouco a afeição. Eles não perceberam que simplesmente não era de seu caráter pedir pequenos favores, nem mesmo se mostrassem a ela sua própria cria.

Em tais casos, a criança raramente sofria no parto. A enfermeira o trouxe no terceiro dia.

— Veja, Joba, que olhos o pequeno tem. Eram os olhos dela, castanhos, quase pretos. A criança tinha um tufo preto, um ninho de cabelo.

— Já se pode repartir o cabelo dele — a enfermeira brincou.

A criança jazia furiosa e impaciente ao lado da mãe. Outras mulheres vinham deitar-se nas camas da esquerda e da direita.

— Eu deveria ir embora — disse Joba.

Após três semanas, deixaram-na ir. Ela se dirigiu até todas as enfermeiras e cumprimentou a cada uma com a mão pequena, pálida, estreita, ossuda.

— Obrigada — disse a cada uma. — Obrigada.

— Obrigada — disse ao médico da sala de parto.

— Pense no que falei — alertou o doutor De Merree. — O endereço do Abrigo das Mães ou Abrigo das Crianças ficou pendurado tantos dias que imagino que já o conheça.

— Não — disse Joba. — Mas obrigada.

JUVENTUDE

Não foi difícil para o oficial de justiça A. B. Dreverhaven acompanhar os passos da mãe. Seguir pessoas era seu trabalho e ele exercia muito bem a profissão. Após alguns dias, já sabia que a mãe morava nas ruas pobres perto do matadouro. Não era mais Joba, mas sim senhorita Katadreuffe, também quando falava de si mesma.

Chegou uma carta para ela. No envelope estava impresso o endereço do escritório de Dreverhaven. Dentro do envelope havia alguns papéis. Com *Memorandum*, impresso em grandes letras, e outro endereço. A carta continha uma data e três palavras: "Quando nos casaremos?".

Não estava assinada. A letra era preta, lapidada, ciclópica. Ela a rasgou em pedacinhos. Naquele mesmo dia o carteiro entregou-lhe um vale postal de cem florins. O talão tinha o mesmo endereço, a mesma letra. Por um momento, continuou indecisa, mas ela não era alguém que permanecesse em indecisão por muito tempo. Considerou também rasgar o vale postal, mas nem mesmo tinha rasgado o endereço. "Devolver ao remetente", escreveu, e o colocou na caixa de correio.

Dreverhaven era um homem sem coração, no sentido de que era um homem sem sentimentos. O fato de não receber resposta e ter seu dinheiro de volta simplesmente não o incomodava em nada. Sacou calmamente a quantia do vale postal. Mas não era um homem sem senso de responsabilidade, tinha tanto a noção de delimitação quanto senso de obrigação. Depois de um mês, a senhorita Katadreuffe recebeu uma nova carta, "Quando nos casaremos?", além de um vale postal, dessa vez de cinquenta florins. Ela fez a mesma coisa que fizera com a outra.

No total, Dreverhaven escreveu, mensalmente, seis desses memorandos. Nunca recebeu resposta. O duelo de vales postais de cinquenta florins durou um ano inteiro. Na décima segunda vez, ela escreveu ao longo da folha: "Sempre será recusado". Se foi por causa daquilo ou não — as duas disputas, em todo caso, terminaram. Agora *ela* tinha vencido, mas significava-lhe pouco. A vida inteira manteve um certo desprezo por si mesma. Nenhum sentimento de inferioridade, mas mais uma desconfiança para com seu sexo, em geral. Estava mais brava consigo mesma do que com ele, por ter sucumbido a ele; estava brava consigo mesma por ser mulher. Mesmo se dando bem com os vizinhos, no tom inexpressivo e na rigidez formal dos pobres decentes, não era uma mulher muito popular na vizinhança, pois sempre se importava com seu sexo. Seu impiedoso julgamento sobre a fraqueza feminina era conhecido e despertava surpresa. Sua vida era modesta, mas às vezes podia demonstrar seu desprezo com crueldade.

— Nós, mulherezinhas, somos boas para fazer filhos, nada mais.

Poucos homens gostavam dela. Estava velha e enrugada, com duas dobras de amargura acentuada ao longo da boca; os dentes, que um dia foram belos e firmes, devido ao nascimento do filho, logo apodreceram; pequena e ereta, dava a impressão de fragilidade. Mas os olhos, semelhantes a carvões, atraíam os homens; eles não viam a pele deteriorada e envelhecida; o cabelo, sem muito cuidado, descuidadamente branco.

Uma vez, ao se encontrar com conhecidos, travou contato com o capitão de um flutuador. Ele era encarregado de conduzir uma embarcação com uma grua flutuante. Içava um cabo de aço de uma ponta a outra e morava na casa de máquinas. Ele era um monumento humano, típico trabalhador de Roterdã dando seu melhor, um rapaz com carne de pedra, largo, bastante esfomeado, de voz profundamente estrondosa e agitada, um rapaz que só poderia ter sido criado na Holanda e na água. Era um pouco mais velho do que ela; ela achava que ele devia ter mais ou menos a idade de Dreverhaven. Chamava-se Harm Knol Hein.

Quis levá-la para casa, e quase já na porta ele perguntou se ela não queria se casar. Ele contou sobre sua vida no flutuador. Ela amava a água. Estava aqui, na cidade grande, tão longe do formidável complexo dos portos; aqui na vizinhança, às vezes tinha um tremendo cheiro de ossos e entranhas, especialmente de sangue fervente na área do matadouro. Sim, sentia falta da água e do vento fresco.

Ele falava o tempo todo. Ela poderia morar no flutuador, e, se o chefe fizesse objeção, conseguiria um quarto para ela na costa, mas sempre na vizinhança dos portos, claro. Não, não seria difícil, ele podia resolver o caso.

— Pensarei a respeito — ela disse ao partir.

Ela disse isso apenas para ser amigável com o maquinista da grua. Gostava dele e não queria recusá-lo. Mas já tinha decidido: não iria. Possuía um corpo tão velho. Aquele sujeito saudável, o que ele via nela? Não, não iria. Pediu seu endereço a conhecidos e escreveu-lhe algumas palavras. Nessa recusa jazia um desprezo clandestino por si mesma, por todas do sexo feminino do mundo.

Cuidava bastante de seu filho. Falava muito pouco, era severa, rígida, mãe durona, mas era boa. Não podia mais sair para trabalhar tanto quanto antes. A criança tomava uma parte de seu tempo: não era forte, tinha catapora e sarampo, todo tipo de doenças infantis, então ela era colérica e impaciente. Tinha que deixá-lo em outro cortiço, com as mulheres da vizinhança, por metade do dia, onde era criado como mais um entre um monte de menininhos. Não tinha sido criado da maneira que ela considerava correta, então — acreditando na mão severa —, ao voltar para casa, era mais firme do que sugeria sua natureza.

Os primeiros anos foram gradualmente ficando mais difíceis: ela até teve de mudar de casa. Foi para um cortiço, onde se viu entre as pessoas mais pobres. Os casebres não eram limpos no verão, esse sendo seu maior tormento. Depois, estourou a Guerra Mundial, junto com a ascendência dos preços e a falta de comida. Os anos 1917 e 1918 foram bastante difíceis para ela.

A criança não podia sofrer, dizia para si mesma, tinha que ter o melhor do melhor. Mas esse melhor era muito menos valioso do que o de costume em tempos de paz.

Nesses anos, de vez em quando, contraía dívidas. Nem sempre conseguia pagar o aluguel toda segunda, mas se desvencilhava sucessivamente, devido a sua extraordinária economia. Não possuía roupas para sair. Contanto que as roupas de trabalho e aventais estivessem bem limpas, ficava satisfeita.

O menino Katadreuffe também se lembrava desses anos como profundamente sombrios. Ficava com os menores maltrapilhos nas piores turmas da escola dos pobres, um prédio numa rua sombria e transversal, uma rua que dava a impressão de que nunca faria calor. Pensavam a mesma coisa da escola. O prédio era assustadoramente grande, úmido, vazio e obscuro, mas nenhum maltrapilho dava-lhe tanto medo quanto a ralé das turmas superiores. Meninos desse tipo, que moravam naqueles cortiços, jogavam pedras nas lamparinas das ruas, xingavam como adultos bêbados e esperavam os pequenos saírem da escola para maltratá-los.

Uma vez o pequeno Katadreuffe foi para casa com a boca cheia de sangue. Teve a fileira inteira dos dentes de cima arrebentados, mas felizmente eram seus dentes de leite, que já estavam balançando.

Na primavera do ano de 1918, quando era o primeiro da sala, dois agentes policiais de capacete vieram em um domingo para aterrorizar o cortiço — e a ele também. Mas ele não era o alvo. Revistaram todas as moradias e levaram quatro garotos grandes que tinham roubado uma cestinha de pães em plena luz do dia. Encontraram um saquinho com cinco pães inteiros, que não puderam ser consumidos.

A mãe o mantinha o mais longe possível da escória. Por essa razão, ele era, naturalmente, atormentado e socado sempre que possível. Viu, com profunda satisfação, os quatro miseráveis serem levados para a prisão.

A mãe, pequena e fraca, era reverenciada pela vizinhança. Sabia que era por causa dos olhos trovejantes e por raramente ser necessário usar a voz afiada. O pequeno Katadreuffe também aprendeu gradualmente a dominar seu medo e a fazer uso dos próprios punhos. Sentia-se unido à mãe ao repelir a ralé. Por ter os olhos da mãe, que podiam fulminar qualquer um, ele possuía uma natureza colérica. Uma vez bateu em um menino maior. Como um raio, bateu no lugar mais fraco da barriga do menino maior. O infligido ficou deitado por um bom tempo, inconsciente, no meio da rua do cortiço, para que todos pudessem vê-lo.

A senhorita Katadreuffe tinha visto. Não o castigou, mas compreendeu que deveria mudar de endereço. E isso também foi bem-sucedido, de verdade. Desalojaram a casa à noite. Um carrinho de mão aguardava, ao lado do portão, que eles esvaziassem os móveis. O próprio transportador tirou as coisas da casa. Muitas vezes acontecia de os inquilinos decidirem fugir. Era o caso de uma mulher que tinha abandonado o marido, deixando-o de quarto vazio, ou simplesmente quando deviam o aluguel.

A senhorita Katadreuffe partiu sem dívidas. Embrulhou o dinheiro em um pedaço de jornal, deixou-o no parapeito da janela, em cima do cartão de aluguel, no qual a assinatura semanal do supervisor não pulava nenhum mês. Um belo cartão, quase completo, sem nenhum hiato, um cartão de aluguel que poucas pessoas do cortiço podiam mostrar.

JUVENTUDE

Acabou sendo bom terem mudado de casa. Ela já tinha planejado tudo, pois as coisas começavam a melhorar graças a habilidade natural que possuía para o trabalho manual.

No mercado dos pobres da Goudsen Singel,[2] achara um monte de lã de um verde estranhamente notável. A vendedora disse que o tecido havia sido estragado pela água do mar e descoloração. Levou-o pagando pouco e teve de ficar devendo apenas uma semana de aluguel, mas rapidamente se recuperou. Criava o próprio artesanato, uma grande flor de anil respingada com pontinhos pretos de sementes, bordado com sépalas azul-claras, o resto da talagarça foi preenchido com o verde estranho de fundo. A flor ocupava um terço do total da área e estava num canto.

Ela foi a uma loja de bordado, na qual a dona logo comprou seu trabalho de um grande travesseiro de divã. Recebeu quinze florins, a quantia que tinha pedido, e foi avisada de que deveria visitá-la se tivesse algo novo. Uma tarde, os travesseiros foram parar na vitrine com outro preço: quarenta florins. Foram vendidos dentro de algumas horas. Naquela época, um pouco antes da guerra, houve um grande desenvolvimento no país, havia uma grande demanda de trabalhos artesanais e os preços eram altos.

---

[2] Antigo canal de Roterdã que já na época de Bordewijk foi preenchido e transformado em um dos maiores centros de feira livre da cidade.

Ela vivia, portanto, da loja e do comensal. Usava aquela quantidade de lã com cuidado, pois conhecia as limitações de seu talento, possuía uma habilidade inata para estranhas combinações de cores. Seu artesanato era muito diferente e bem-sucedido. As cores que colocava uma ao lado da outra nem sempre, teoricamente, se davam bem, mas ela as harmonizava ao escolher nuances corretas para ficarem juntas. Mesmo o laranja, a cor mais feia e intolerante que existia, em seu artesanato causava um efeito de beleza. Criou padrões próprios, alguns lembravam uma pintura persa, mas eram, em geral, muito intranquilos e irregulares, as cores também eram muito grosseiras. Às vezes os donos hesitavam sobre seu trabalho, iam além das noções antigas, mas ela parecia melhor ao gosto do público do que aos donos das lojas.

Foi nessa época que mudou de endereço, do cortiço para uma rua próxima ao mercado de gado. A vizinhança era muito melhor do que a do cortiço, e melhor também de onde moravam antes, perto do matadouro. O gado vivo cheirava mal, mas nenhum cheiro de dejetos, o ar até que tinha algo de saudável. Grupos de vacas mugiam para os telhados das casas, as ovelhas vinham em uma tempestade de lã murmurante, enchendo as ruas de ponta a ponta.

Nessa mesma época ela se aproximou das vizinhas, pois uma mulher às vezes precisava conversar. Mas, apesar disso, não se deu bem com aquelas mulheres pobres e decentes, pois desaprovavam suas opiniões acerca do sexo feminino.

Ela caiu no gosto dos homens, mas nunca foi familiar com eles, não achava apropriado despertar ciúmes, e isso era algo que as mulheres estimavam, pois para uma mulher, de qualquer classe, um casamento pode ser arruinado com um único olhar penetrante. Todas a achavam uma mulher decente e não viam nenhum problema pelo fato de ter um filho ilegítimo; esse tipo de coisa não contava muito para o povo, se o homem abandona a moça, então ele é um canalha e a moça é uma pobre infeliz. Ela não contava com sua relutância em se casar com seu sedutor, a fim de não dar nenhum motivo para um julgamento errôneo.

Seu novo trabalho não era fisicamente cansativo, mas era mentalmente exaustivo. Enquanto trabalhava, sempre se percebia o rosto sulcado coberto por um rubor pálido e uniformemente adoentado, os olhos escuros a brilhar, fascinantes. Ficar sentada, curvada, também era prejudicial aos pulmões e ela começou a tossir.

A criança não era forte. Logo viam que era filho dela por causa do olhar, do ardor do olhar. Possuía belos dentes, mas não tão fortes quanto os que ela tinha antes do nascimento. Os dentes não eram tão regulares, de uma clareza imaculada, brancos e, se pudéssemos chamá-los assim, mais brancos que giz. A fileira dupla dava um ar belo à boca, como uma criança rindo, mas ele raramente ria. Tinha a mesma natureza severa e irascível de sua mãe, mas, sendo uma criança, tinha menos força para se controlar. Fazia poucos contatos e não tinha nenhum amiguinho.

O menino Katadreuffe, entrementes, tinha terminado a escola primária; depois, a mãe não o deixou aprender nenhum ofício, e teve que se virar por si só nesse mundo, da mesma maneira que ela. Foi ajudante de diferentes patrões; depois trabalhou em uma fábrica de cápsulas, mas sua saúde sofreu, o matiz ficou pálido, então a mãe o deixou voltar a ser ajudante.

Durante os anos de desenvolvimento até a maturidade, teve dez ofícios e trinta patrões, e quando fez dezoito anos continuava tão desfavorecido socialmente quanto na infância. Gastava o salário exclusivamente consigo mesmo, comprando roupas, e depois, quando já era crescido e ganhava um pouco mais, pegava o que ela tinha reservado para as despesas. Ela não necessitava do dinheiro dele, podia viver de seu próprio trabalho, e além do mais tinha um comensal, um certo inquilino chamado Jan Maan.

Este era um montador com salário razoável. Ela escreveu um anúncio no *Nieuwsblad* de Roterdã, no qual requisitava um quarto com pensão completa. Obteve Jan Maan, e ambos logo se deram bem. O quarto do fundo tinha acabado de ficar vago e ela resolveu alugá-lo; agora possuía o primeiro andar inteiro da casa: o quarto da frente com a alcova, onde ela dormia, o gabinete ocupado pelo menino Katadreuffe, a cozinha, e o quarto do fundo do comensal.

Jan Maan era um sujeito novo e saudável. Tinha tido uma briga com os pais a respeito da namorada, eles rejeitaram a senhorita que trabalhava em um salão de chá e sobrevivia de gorjetas, dizendo que aquilo nunca seria o suficiente. Jan Maan estava furioso com o veredicto injusto e tomou partido da moça. Isso o levou ao anúncio no *Nieuwsblad*. Depois teve uma briga com a moça e eles terminaram, mas isso não o tornou tacanho. Deixou para ela tudo o que haviam juntado no casamento, apesar de ter pagado pelo menos metade das coisas. A senhorita Katadreuffe achou que aquilo demonstrava um bom traço de caráter, mas não disse nada. Nesse quesito, era uma mulher do povo, um bom tipo. Nessa linha, nunca colocava seus sentimentos à venda, tinha uma grande vergonha natural no tocante ao coração. Jan Maan e o menino Katadreuffe tornaram-se amigos, aquele já um homem e este ainda um menino, mas ele não via assim. Permaneceram amigos, para sempre.

Senhorita Katadreuffe não precisava tanto assim do que recebia do comensal e pensava da mesma forma em relação ao salário do filho. Considerava-o mais como uma reserva: se as coisas não estivessem tão bem, aí sim qualquer renda seria bem aceita. Entrementes, não importava se tivesse que cozinhar para dois ou três ou se tinha que arrumar mais uma cama.

Entre os dezoito e dezenove anos, Katadreuffe ficou mais de seis meses sem emprego. Rondava pela casa, mas dava pouco trabalho para a mãe. Ficava a maior parte do tempo lendo no gabinete. Com o dinheiro das despesas, comprou uma série de livros de segunda mão. Sendo inexperiente, acabou pagando muito por eles, em termos de valor de mercado, não em termos de prazer pessoal. Eram livros sérios, nada de romancezinhos, todo tipo de leitura decente: botânica, zoologia, maravilhas da natureza, maravilhas do universo. Seu preferido era uma velha enciclopédia alemã, da qual faltavam os últimos volumes. Estudou alemão com ela, pesquisava o que não entendia direito num velho dicionário; com o passar do tempo, conseguia compreender razoavelmente bem o idioma.

Apesar de não dar trabalho à mãe, ela elogiava — internamente, nunca abertamente — a fiabilidade do filho, e irritava-se que não ia além disso. Ele tinha de sair, tinha de procurar seu próprio caminho, e ela também tinha que fazê-lo. Sentia que havia muito mais naquele menino. Ele nunca ficaria satisfeito com o trabalho manual, mas deveria ascender por si mesmo. O fato de que não tentava e ficava apenas lendo desordenadamente, sem digerir nada, a irritava. Ficou metade do ano andando pela casa e não fez absolutamente nada.

Então, quando completou vinte anos, trabalhou em uma livraria como encarregado do armazém, não como vendedor. Esse foi o primeiro trabalho que lhe deu alguma satisfação, pois ali seu conhecimento podia crescer aos arranques. Mas não avançou. Ainda não ganhava o suficiente para se sustentar e continuava morando com a mãe.

Agiam de maneira rígida um com o outro. Ainda assim, ele não era um mau filho. Sempre iam caminhar aos domingos. Ela queria ver o rio e nunca ia a outro lugar, então os dois acabavam indo ao Park ou ao Oude Plantage.[3] Olhavam a água, falavam pouco. O silêncio às vezes beirava a hostilidade.

Há muito tempo sabia que era um filho não reconhecido e como seu pai se chamava. Mas não queria ir vê-lo. Sabia onde era o escritório, mas, instintivamente, evitava até mesmo ir àquela vizinhança. Uma vez, durante uma caminhada com a mãe, disse:

— Ele deveria ter cuidado de mim e da senhora.

— Sim, mas eu não quis.

— Ele poderia ter se casado.

— Sim, ele queria, mas eu não.

— Por que diabos não?

— Diz somente a meu respeito.

— E não me diz respeito também?

Não fez nenhuma pergunta. Após um breve momento, perguntou:

— Ele é casado?

— Que eu saiba, não.

Respondeu com indiferença, mas mentia. Sabia

---

[3] O primeiro chama-se Het Park (O parque), o parque mais famoso de Roterdã. O segundo, Oude Plantage, é um parque conhecido, mas bem pequeno.

com certeza que não era casado. Sabia as coisas mais importantes da vida por intuição, assim como ele sabia dela por investigação.

Mas nenhum dos dois sabia um do outro. Dreverhaven e a mulher, cada um à sua maneira, possuíam uma natureza severa, que escondia seus interesses. Sempre escondia. Porém, por ser do sexo feminino, a mulher tinha mais sentimento, ainda que ela os demonstrasse de forma ainda mais dura.

UMA FALÊNCIA

Nos primeiros meses após a maioridade de Katadreuffe, algo despertou nele. Teve uma visão do seu futuro: trabalhos ruins, subordinações, períodos de nenhum trabalho nos quais a mãe não estaria mais ali e mal poderia comer. Não estava no mundo para isso. Achava sobre si mesmo o que a mãe sempre pensara, mas nunca quis lhe dizer. Para começo de conversa, queria ser um homem livre. Em Haia, havia uma tabacaria que ele queria adquirir por trezentos florins: cem pelos clientes e duzentos pelo inventário, de acordo com as informações dos conhecidos de Jan Maan.

Katadreuffe comprou o negócio dando um adiantamento tomado em um banco de usura, a Companhia de Crédito Popular, que possuía minúsculos anúncios nos jornais. Não consultou a mãe. Disse apenas que tinha saído do trabalho na livraria e iria se mudar para Haia na próxima semana. Quando contou, ela não lhe disse absolutamente nenhuma palavra. Isso o deixou bravo.

— A senhora poderia falar algo.

— Faça como quiser — respondeu, breve.

Era pior que nenhuma resposta. Continuou bravo. Naquele domingo, trancou-se no gabinete e não quis ver ninguém, nem mesmo Jan Maan. Gozava do fato de já de antemão triunfar sobre ela; uma vez encontrando seu caminho, continuaria tendo lojas cada vez maiores até finalmente ir embora de Haia rico. Seria algo diferente do que aquele artesanato desgraçado, dia a dia. Com sua inexperiência, não se perguntou como o banco havia concedido o empréstimo tão rapidamente, apesar dos juros altos. Posteriormente, quando soube mais sobre o mundo, ficou maravilhado com a liquidez; ainda mais posteriormente, quando descobriu quem era o dono do banco, não ficou nada feliz.

Mudou-se para Haia levando alguns poucos pertences do gabinete. O caso foi um fiasco. Não tinha a menor ideia de como conduzir uma loja. A tabacaria poderia nem ter funcionado sob o comando do antigo dono, poderia nem ter existido. Infelizmente, era situada no alto de uma rua comercial de um bairro pobre, perto do porto dos pescadores. Os pescadores, que tiveram que se mudar devido ao saneamento do conglomerado de casebres em Oude Scheveningen, agora moravam naquela vizinhança. A rua já contava com duas tabacarias que eram mais bonitas do que a dele.

Sobreviveu cinco meses com a provisão. Não comprou nada, viveu apenas com o que já tinha; ainda por cima, quase não comia e ainda ficou devendo um aluguel. Foi embora à noite, da mesma forma de anos antes, quando a mãe e ele abandonaram o cortiço. Mas dessa vez não havia nenhum dinheiro para o senhorio no parapeito da janela. Alguns móveis e livros retornaram a Roterdã em um caminhão que oferecia serviço noturno. Eles ficaram com suas últimas notas.

Na manhã seguinte, encontrava-se outra vez no velho gabinete. A mãe não falou nada. Tinha previsto que isso aconteceria e apenas não compreendia como que ele aguentou cinco meses. Olhou calada a figura emagrecida do filho, da cabeça aos pés. Achou que não estava com um físico bom e precisava ser alimentado; sempre havia lhe dado o melhor. Mas os olhos de ambos trovejaram de raiva um com o outro, nada além disso. Deu-lhe uma grossa fatia de pão com bastante manteiga, a qual ele engoliu emudecido.

Após cerca de quatorzes dias chegaram alguns papéis do tribunal. O advogado, um certo sr. Schuwagt, fez um pedido de falência em nome da Companhia de Crédito Popular. Mostrou à mãe.

— Veja só.

— Faça como quiser — foi tudo o que disse.

Tinha uma vaga ideia de que ela o ajudaria. Uma mãe sempre ajuda o filho quando os problemas chegam. Ela não fez nada disso, e ele era muito orgulhoso para lhe pedir. Sentia bastante o fato de ter que morar com ela outra vez. Felizmente, não tinha lhe contado nada sobre a expectativa de riqueza, da intenção de mostrar que era mais capaz do que ela. Como ela teria rido! Felizmente, não contou.

Afinal de contas, a dívida não era inexorável. Se estivesse disposta a ajudá-lo, a dívida poderia ser paga até o vencimento. Só que ela não queria ajudá-lo. Deveria se virar sozinho, assim como ela. Também tinha outro motivo, desconhecido: a frugalidade de uma mulher do povo que podia salvar algo e queria ceder apenas para coisas realmente importantes, o casamento do filho ou sua própria morte, com um funeral decente, ou deixar algo de herança para o filho. Não, não, não falaria. E, para este fim, usaria a caderneta de poupança da rua Botersloot; curvar-se a pagar os vencimentos também não era sua linha.

Katadreuffe deixou as coisas tomarem seu rumo.

Não foi ao tribunal, recusou-se a ir. Teriam que encontrá-lo em casa e vender seus poucos livros. Não confessou para si mesmo como isso lhe atingiria o coração. A mãe sentia muito, especialmente a respeito dos livros. Sabia a profunda devoção do filho a eles, pois, no fundo, ela era uma mãe por natureza. No entanto, ela não levantou um dedo para ajudá-lo, ele tinha que encontrar seu próprio caminho.

Quem quis ajudá-lo foi Jan Maan, mas Katadreuffe recusou categoricamente, e, na luta que se seguiu por generosidade, ele venceu. Jan Maan tinha encontrado recentemente uma nova moça, guardavam dinheiro para o casamento, e sob nenhuma circunstância Katadreuffe queria estragar o plano de ambos.

Então, por desgraça, pediu falência com um anúncio no jornal e foi convocado pelo curador, sr. De Gankelaar. Este levou consigo o oficial de justiça, que anotou tudo.

Quando o sr. De Gankelaar e o oficial se apresentaram, Katadreuffe estava ausente e apenas a mãe se encontrava em casa. Um cavalheiro subiu desordenado as escadas e atrás dele ia um sujeito de ombros largos, este último muito mais um homem que um cavalheiro. Senhorita Katadreuffe permanecia no topo da escada, sem suspeitar. O cavalheiro apresentou-se como curador. O homem atrás dele logo em seguida passou pela porta, e ela reconheceu de imediato, apenas por sua silhueta, a qual a escuridão vinda de fora da porta e a luz da escada faziam surgir, ou talvez somente por instinto, o homem que não via havia vinte e dois anos. Dreverhaven. Sentiu-se ficar branca como a neve e correu apressada ao primeiro canto escuro que viu. Recuperou-se em um instante. Com a incrível força de vontade atingida naquele instante, até o rosto readquiriu a cor natural. A voz estava recuperada quando os convidou para entrar, oferecendo-lhes uma cadeira à mesa, ao cavalheiro e ao homem. Avaliou-o em uma fração de um segundo: um homem velho, mas saudável e respeitável. Algo semelhante a orgulho pairou sobre ela de que *aquele* homem era quem tinha sido seu sedutor, e não outro, e que nunca aceitaria algo vindo *daquele* homem, nem casamento e nenhum centavo. Sentia que aquele homem grisalho, calado, forte, lembrava-se dela; que, por um momento, sabia que era a mãe de seu filho sentada à sua frente, em sua própria casa, tenho criado a criança com seu próprio trabalho, sem ajuda dele. Pois ela sabia muito bem que aquele era Dreverhaven: um oficial de justiça, sim, mas também um carrasco para todos os devedores que lhe caíam nas mãos. Ai dos atrasados com o pagamento do aluguel que eram despejados por Dreverhaven! A lei era algo sagrado para o povo: quem não temia a Deus ou a seus pais sempre temeria a lei. A lei, em sua desumanidade completamente severa, era única com Dreverhaven. A maioria do povo temia Dreverhaven, falavam sobre ele com frequência na presença dela. Onde ele conhecia cem, mil o conheciam, ao menos de nome. Como ela não o conheceria? Mas ela sabia mais sobre ele do que a maioria, ele não tinha se casado, nunca.

Era estranho. Pois ele tinha entrado atrás do curador, aquilo era o correto, o homem vir atrás do cavalheiro. Mas sua presença enchia a sala inteira e o cavalheiro quase não existia. E ela não podia se sentir irritada por, enquanto o curador tirava o chapéu na porta e ficava sem o adereço, igual aos outros — comportando-se como um cavalheiro durante uma visita a uma mulher do povo —, Dreverhaven ter se sentado com o chapéu preto de feltro bem enfiado na cabeça, em seu próprio cômodo. Sentia que Dreverhaven era tão homem que não se descobriria nem diante de Deus, mas apenas diante da Lei. Lembrou-se de que, na própria casa, ele sempre andava de chapéu, sentava-se à mesa de chapéu, mas não era tão preto flambado como aquele.

Entrementes, escutou-se falando com o curador:

— Não, senhor, meu filho não possui quase nada. Mora comigo há algumas semanas, mas o aluguel está em meu nome. Tudo isso, apesar de não ser muito, é meu. Ele possui apenas alguns livros, mas quanto valem? Naturalmente, a lei tem que seguir seu curso.

— Onde estão? — perguntou a voz de um velho.

A mesma voz, profunda, forte, de vinte e dois anos atrás — sim, ainda mais impressionante do que antigamente.

Ela apontou com um dedo firme na direção do gabinete. Ele olhou, pela primeira vez, nos olhos dela e depois olhou a mão calma. Os olhinhos penetrantes viam os grandes olhos escuros, que ainda eram ardentes. Olhos belos e raros para uma mulher tão velha, mas ela não era velha, tinha apenas envelhecido. Os traços de amargura ao redor da boca gradualmente davam vez a generosos traços de velhice. Tinha quarenta anos. Ele foi até onde ela apontava sem falar uma palavra, e o escutou abrir a porta do gabinete. Entretanto, o curador falou:

— Convocarei seu filho para vir até mim. Tenho que falar com ele. Que traga uma lista de credores e dos livros, se mantiver algum. Os bens que ele possui deve ser vendido, talvez venda a alguém em especial, mas primeiro eu tenho de avaliá-los. Portanto, o oficial de justiça cuidará disso.

Calou-se e olhou para ela. Achou-a diferente do que esperava, curiosa, simpática.

— Enfim, veremos o que vamos fazer.

O significado daquelas últimas palavras a afligiram, mas não pediu que explicasse. Ele se levantou.

— Bem, preciso ir. Escreverei a seu filho para que venha me ver. Acho que o senhor Dreverhaven deve ter terminado.

Abriu a porta do gabinete. Não havia mais ninguém ali.

Ele não escutou Dreverhaven ir embora, mas ela sim. Enquanto conversavam, nenhum ruído veio do gabinete. O curador olhou em volta e os olhos caíam sobre uma grande estante cheia de livros, costurados ou com encadernações desbotadas. Foi até a estante, pegou um livro aqui, outro ali, olhou os títulos, um por um.

— Hm — dizia de vez em quando.

Ela permaneceu em silêncio. Olhava aquele senhor, tensa. Um verdadeiro cavalheiro, um senhor educado, um jovem amigável, cortês. Um rosto inteligente. Cabelo loiro bem claro. Uma pessoa com físico esportivo, que se movimentava com facilidade. O curador de seu filho.

— Hm — disse outra vez, e então despediu-se amigavelmente.

FACHADA E ESCRITÓRIO

Alguns dias depois, Katadreuffe recebeu uma carta. "Do curador", dizia a parte de cima do envelope, em que constava apenas o endereço do sr. A. Stroomkoning, rua Boompjes. O cabeçalho continha diversos nomes, na seguinte ordem: sr. A. Stroomkoning, advogado, procurador, avaliador, — sr. C. Carlion, sr. Gideon Piaat, sr. Th. R. De Gankelaar, srta. Catharina Kalvelage, advogados e procuradores.

O nome de sr. Stroomkoning estava impresso em letras um pouco maiores e separado do resto com uma listra — portanto, ele era o mais importante. O curador era o último, e o escritório também tinha uma mulher advogada. Um escritório grande. Sob a fileira de nomes estava impresso: "Envie-nos diretamente a resposta com sua assinatura".

Katadreuffe sentiu-se, de imediato, envolvido em um mundo de grandes negócios. Havia algo de encantador na frase; ele podia fantasiar. Cada um daqueles advogados tinha sua própria repartição. Mas não precisava enviar nenhuma resposta, haviam ordenado que comparecesse. "Necessito que o senhor venha ao meu escritório às 10 horas da manhã. Por favor, peço que traga os livros e documentos, além de uma lista dos credores com detalhes da natureza de cada dívida."

Katadreuffe tinha apenas três: a Companhia de Crédito Popular, o senhorio de Haia, e Jan Maan, de quem havia emprestado trinta florins. Jan Maan tinha o proibido veementemente de mencionar o fato, mas, em sua ignorância, Katadreuffe o fez mesmo assim, temendo que a dívida invalidasse ou algo dessa natureza. Com uma listinha e o contrato da tabacaria — o único documento que possuía, já que não mantivera os cadernos de contabilidade —, foi ao escritório no dia seguinte.

 Chegou um pouco cedo. Teve de esperar dez minutos e caminhou indeciso até a porta. Dando uma olhadela, viu cinco nomes amplos em uma placa, exatamente iguais ao cabeçalho, o nome do sr. Stroomkoning como o maior deles.

 Virou alguns casarões adiante, ziguezagueou entre o trânsito, e voltou para o outro lado. Havia uma pequena fenda entre os engradados: lá ficou sentado, olhando para o escritório. Uma construção alta, estreita, que tinha sido uma mansão, percebeu de imediato. Cortina de voil em todas as janelas, não se podia descobrir o que acontecia lá dentro. Mas a porta ficava bem aberta. Atrás dela havia uma escadinha que dava para o primeiro andar, diretamente para as janelas altas. E diante dela havia uma fileira de placas amarelo-cobre com nomes grafados em letras pretas. Dali via apenas uma ou outra coisa, por momentos, entre ocasionais rasgos do trânsito, e as via brilhando no sol, como línguas de fogo.

 Ficou ali vendo o tráfego. Um trânsito lento passava por ele, com pesados caminhões de carga, e o fluxo rápido ia nas duas direções. À sua volta havia engradados e sacos, atrás havia navios, carregados ou descarregados. Permaneceu em meio à intensa ação das transações, com não mais do que alguns paralelepípedos à mostra na calçada. E o escritório com os cinco sóis reluzindo ao lado da porta aberta fazia parte daquela ação. Viu pessoas entrarem e saírem, o próprio sol estava ativo. Apesar de estar bem calmo do lado de fora, do lado de dentro devia estar ribombando.

Então algo despertou em Katadreuffe. A realidade não era querer ter uma pequena loja, mas sim *aquilo*. Tudo o que sabia, sabia bastante devido à enciclopédia, sabia muito mais do que rapazes da sua idade ou idosos, mas ele não era *nada*, pois não ia àquilo. Não se perguntou o que isso significava, também não sabia o significado exato. Precisamente, sabia duas coisas: começar de baixo e se distanciar da mãe. As duas coisas, uma era intrínseca a outra. Podia começar de baixo em casa, mas sentia que não podia ascender. Já tinha começado de baixo, era sempre o mesmo. Vinte e um anos de fracassos, mas não desistiria. Ainda era muito jovem, fazia tudo muito rápido. E fazia tudo sozinho. Sem a mãe, sem ela; mãe e filho ficavam o mais longe possível um do outro. Ele a amava e ela o amava. Mas não se davam bem. Pela primeira vez na vida testava-se tão profundamente que ele mesmo se surpreendeu que existia nele tal profundidade, e que toda aquela profunda penetração lhe dava a oportunidade de perscrutá-la. Percebia pela primeira vez o que ela percebeu há tempos: ela queria que ele saísse, entrasse no mundo, mas não em uma aventura parecida com o caso de Haia. "Faça como quiser", ela disse, e depois veio a avaliação da aventura. Aquela pessoa lançava um olhar mais diabólico, melhor que o seu — agora era mais velha. Agora seguiria seu próprio caminho, *ele* queria e *ela* queria. E ele queria ficar *naquela* casa.

Era um momento decisivo em sua vida, depois perceberia que tinha sido um momento ante o qual os outros não teriam a mesma importância. Apenas agora, e não antes, percebia que queria se distanciar da mãe e trabalhar naquele escritório. Não via o total absurdo de sua ânsia, tinha esquecido completamente que foi uma falência que o levou àquele casarão e à obrigação de visitar o curador.

Perguntou a um rapazola pelo sr. De Gankelaar, deu seu nome e teve que esperar. A sala da frente no primeiro andar era uma sala de espera, onde havia várias pessoas sentadas. As portas duplas que davam para a sala de trás estavam abertas. A sala tinha três pequenas janelas altas que davam para um canal de ventilação. Daquela sala uma outra porta abria e dava para uma terceira sala, mais baixa. Vindo da terceira sala, ele via não muito mais do que uma estranha luz amarelo ocre. Sentou-se no parapeito da janela, de costas para a rua e o rio, de onde podia sondar a parte de frente do casarão com total profundidade. Assim que viu o imenso corredor de mármore, notou que o casarão ia bem para trás.

As máquinas de escrever batiam na segunda sala, onde o telefone tocava constantemente e era atendido por uma voz masculina invisível, aguda, rouca. Havia uma mesa pequena entre dois homens de extrema semelhança, possivelmente irmãos, talvez gêmeos. Uma moça morena, de costas para ele, que dali parecia pequena e gordinha, também batia à máquina. O moço com quem tinha falado andava de um lado para o outro, saía e entrava na sala. Viu um homem passar várias vezes pelos outros com papéis, que distribuía; esse homem tinha uma aparência arrogante, era bonito de uma maneira que todos os homens o achavam feio e várias mulheres também. Claramente era um chefe. Ao menos uma vez, por um breve instante, apareceu um cavalheiro com óculos de ouro, bastante careca, falando com o chefe. Era o sr. Stroomkoning? Parecia um pouco jovem para ser o chefe desse escritório formidável. Logo ficou emocionado e Katadreuffe não havia se enganado, eles trabalhavam ali!

O intercomunicador tocava constantemente e era atendido pela voz rouca e aguda. A voz gritou:

— Senhorita Sibculo para o senhor Piaat.

A morena levantou com bloquinho e lápis na mão. Era realmente pequena e gordinha, e tinha um pescoço curto. Virou-se graciosa para os clientes que a olhavam, e, sendo coquete, arrumou os cachos com uma mão.

Katadreuffe mirou aos que esperavam. Três senhores conversavam em um canto, perto de uma mesinha. Provavelmente vieram juntos. Fumavam cigarros e falavam baixo sobre a mesinha. Um senhor sentou-se sozinho em uma mesa grande do centro. De vez em quando apanhava um exemplar de um jornal de uma pilha desorganizada, abria-o, folheava aborrecido e pegava outro. Uma senhorita ao lado de Katadreuffe sentada em uma cadeira encostada na parede, que o olhava com seus belos olhos durante um longo período, falou-lhe:

— Estamos esperando há um tempo, não? Mas eles sempre são ocupados.

Ele apenas assentiu.

— O senhor também está aqui para falar com o senhor Piaat?

— Não, falarei com o senhor De Gankelaar.

Então entrou uma senhora com cabelos descoloridos, usando um vestido chique e chamativo, apesar do corpo grande de roterdamesa. Sentou-se na única poltrona que havia, de veludo desbotado de cor vinho, como se estivesse reservada para ela. Todos a olharam, exceto o homem da mesa grande do centro.

— Ela deveria ir primeiro — disse a senhorita, com conhecimento de causa. — Alguém com provas de inabilidade tem que esperar. Senão... Não posso reclamar do senhor Piaat. Entrei com um processo com meu marido há um ano. Mas ele trabalha para mim... o senhor Piaat, quero dizer. Ele dá seu melhor, não posso dizer o contrário.

Então, Katadreuffe viu no escritório do empregado uma figura bastante robusta, corpulenta sem ser barriguda, mais larga do que grande: um homem com um chapéu de feltro pesado enfiado fundo na cabeça. O chapéu tinha sofrido muito, o homem estava descuidadamente vestido. A calça larga e preta, desleixada. Apesar de ser verão, usava uma vestimenta desmazelada e pesada de meados da estação. O casaco estava aberto, a roupa de baixo também, como se não pudesse abotoá-la sobre o peito, feito um planalto. Estava com as mãos no bolso do casaco de meia estação. Papéis e envelopes saíam de todos os bolsos internos. Apontavam reto, ameaçadoramente, como bandeiras de um exército a caminho da guerra. Tinha um charuto no canto da boca, em uma boquilha incrivelmente longa, um tanto para cima, de lado. Igual a um navio de guerra cujo canhão mira de modo ameaçador.

Katadreuffe, de repente, ficou extremamente fascinado com tal curiosa aparição que, após alguns passos firmes, parou no meio dos gêmeos, olhou para os lados, e perguntou a todos:

— Onde está Rentenstein?

Um pequeno olho, penetrante e cinza, se revirou, saindo da sala de espera e passando sem muita demora por Katadreuffe.

— O senhor sabe quem é aquele homem? — disse a senhorita, com tom importante.

— Não. Quem é? — Ele perguntou com grande curiosidade.

— Meu Deus, não sabe quem é ele? Aquele é Dreverhaven, o oficial de justiça. Dreverhaven. Não o conhece? Metade de Roterdã o conhece. Tenha cuidado com as patas daquele cão farejador. Meus vizinhos mais pobres lidaram com ele quando não pagaram o aluguel. Nunca esquecerei a maneira extremamente aterradora com que *aquele* homem tratou *aquelas* pessoas. Não quero mais vivenciar uma cena assim na minha vida. Jogou todas as coisas delas na rua, jogou absolutamente tudo.

Seu pai. Ali na outra sala estava seu pai. *Aquele*, portanto, era seu pai. Aquele era seu *pai*. Aquele era o homem com quem sua mãe nunca quis se casar. Senão, teria como nome Dreverhaven, e não Katadreuffe. Agora, chamava-se Katadreuffe. Katadreuffe, o filho de Dreverhaven. Mas aquele não era seu pai em nada. Não poderia ser, simplesmente não existia tal possibilidade. Não sentia nada por ele. Era apenas um homem, um sujeito, pelo que sabia. Se sentia algo por ele, na melhor das hipóteses, era alívio por nunca ter coisa alguma a ver com um pai aqueles. Não entendeu muito além da conversa da senhorita, mas ouviu muito bem as palavras "cão farejador". Sim, via-se perfeitamente que o sujeito era um animal...

E ele não tinha tempo para analisar seus sentimentos. A impressão, fresca e enorme, manteve seus pensamentos à tona, ao ponto de colocá-los em palavras. Não percebeu que ali, naquele primeiro momento, estava ciente do assombro da imensa conclusão a que sua mente superficial tinha chegado, uma bestialidade, que *realmente* pensou: *esse é meu pai? Que sujeito, que homenzinho!*

— O senhor tem algo a acertar com ele? — perguntou curiosa a senhorita. De repente, ela ficou pálida.

Ele não a escutou. Furtivamente, viu Dreverhaven na segunda sala, perto ao chefe. Estavam próximos um do outro, de costas para ele. Dreverhaven colocou confidencialmente uma mão no ombro do belo homem magro. Conversavam veladamente. A iluminação das janelas altas caía sobre ambos. Apesar da sombra do chapéu afundado, a luz caía sobre a bochecha do pai, um pouco virada para seu interlocutor, e se mexia de leve quando falava. Os olhos perturbadores podiam enganá-lo, mas lhe parecera que aquela bochecha era rodeada por um leve toque cinza, uma aréola.

O rapazola estava parado diante dele, ficou ali sem que percebesse. Bateu em seu braço.

— O senhor não gostaria de me acompanhar?

UM AMIGO

O único amigo de Katadreuffe era o montador Jan Maan. Quando este fez as pazes com os pais, após o término de noivado com a namorada do salão de chá, ainda morava com a senhorita Katadreuffe. Ela o chamava de Jan e ele simplesmente a chamava de mãe, assim como seu amigo. Ninguém suspeitava que ambos tinham uma relação ilícita, a palavra mãe excluía qualquer pensamento nesse sentido. Os dois se davam bem. Não havia fenda alguma na afeição entre eles. Nunca expressaram nada, deliberadamente pouco, quando Jan Maan mostrou clara simpatia pelos comunistas. Era um rapaz saudável, suas feições eram muito menos bonitas do que as de seu filho, mas era mais simpático à primeira vista. Os cabelos loiros eram penteados para trás, os olhos eram de um azul desbotado, e ele era bastante limpo. Com frequência voltava tão cansado do trabalho que não tinha tempo de se arrumar. Mas nunca ficava assim quando ela entrava. Sempre estava bem lavado, trocado, com uma camisa boa. Ela não gostava apenas de sua aparência. Também lhe agradava seu cheiro de sabão puro, sem nenhum perfume, nas mãos de unhas bem aparadas. Mais ainda, gostava do cheiro da pele, que quase não exalava nada, de tão sutil e fresco, cheirava como água — isto é, não tinha cheiro —, o cheiro causava esse efeito nos nervos sensíveis dela. Não havia nada de sensual de sua parte, apenas algo agradável. Não era sensual por natureza, ela mesma era viçosa. Não compreendia como alguém tão amigável e calmo como Jan Maan vivia brigando com os conhecidos mais próximos. Por ora, havia um novo desentendimento entre ele e os pais, por causa de outra moça, uma vendedora de uma loja de departamentos. Os pais começaram a desdenhar de uma namorada sua outra vez. A tal moça não era muito especial, ficava na loja em que via diariamente milhares de pessoas de todos os tipos andando nos espaços estreitos entre os departamentos. Algo surgiria desse eterno contato com todo tipo de pessoas desconhecidas, e aquilo não podia acontecer.

Certamente, ele preferiu ficar do lado dela, e, portanto, estava fervilhando de raiva dos pais. Quanto à moça, não havia muito o que dizer; podia-se pensar, no máximo, que não era a coisa mais pura. Eles se viam de vez em quando, para não ficarem aborrecidos tão rapidamente, e aos domingos também, claro.

Quando Jan Maan começou a falar à mesa sobre Lênin Uliánov, a senhorita Katadreuffe não se zangou. Não entendia como que alguém com uma natureza tão boa podia se sentir tão atraído pelo partido da ralé. Mas depois mudou de ideia. E uma vez pensou em voz alta: ela mesma não tinha nada de política, mas todo partido devia ter algo bom, senão seria impossível se manterem; não era da natureza humana que as pessoas se organizassem tão abertamente apenas para fazerem o mal. Além disso, mantinha os olhos especialmente em Jan Maan, que cada vez mais se tornava um comunista convicto e continuava sendo o melhor sujeito do mundo. Mas suas teorias não tinham sucesso com ela.

O rapaz Katadreuffe, por natureza, era um rebelde. A ciência política do comunismo, portanto, exerceu atração sobre ele. Também, era o tipo certo para o partido, no melhor sentido: poderia subir ao palco e falar sobre um honrado comunismo — mas era muito intelectual, muito calculista, para ceder aos seus sentimentos mais profundos. Não conseguia separar a política de seu caso pessoal; o partido teria tolerado sua ambição, mas não seu materialismo. A doutrina de Lênin não teria lhe dado futuro algum. Quando ficou meio ano sem trabalho, o ócio quase o levou naquela direção. Costumava ir com frequência, junto de Jan Maan, ao edifício Caledônia. Por um momento, um bom orador podia empolgá-lo, mas assim que um ou outro sujeito esfarrapado falava, em meio a berreiros, alguma bobagem sobre sua crença pessoal, sentia de novo que, para ele, aquilo não era autêntico.

Apesar disso, eram grandes amigos. Muitas vezes se sentavam no gabinete para fumar. Nunca fumavam no quarto da mãe mútua, que tinha uma tosse seca, especialmente quando se curvava para trabalhar. Ela nunca precisou dizer algo sobre não fumarem, eles mesmos, por uma instintiva atenção, paravam. No gabinete, Jan Maan fumava cigarros de cheiros muito ruins; Katadreuffe era moderado, em todas as coisas. Tentou passar para o amigo o que tinha aprendido nas enciclopédias e em outros livros. Não entendia como Jan Maan não sentia a necessidade de saber muita coisa. O sujeito realmente sabia escandalosamente pouco, especialmente para um comunista.

Jan Maan ouvia atento, mas absorvia ridiculamente pouco. Seus pensamentos se dividiam entre o partido e os pais, com quem tinha brigado. Katadreuffe sentia isso, mas insistia mesmo assim. Era uma boa prova para si mesmo. À noite, em meio à escuridão, levava-o ao mercado. Ficavam entre vigas e barras do confinamento do gado. Katadreuffe apontava para a lua, os planetas e constelações. Obediente, o amigo olhava para o alto e os pensamentos se dividiam entre o partido e a moça com a qual poderia arranjar briga outra vez, pois recentemente as coisas não iam tão bem. Teve várias namoradas antes dos dois noivados oficiais, mas eles não contavam; tinha apenas saído com elas, e em todas as vezes tinha terminado em briga.

Naquela tarde, quando Katadreuffe veio para casa, a mãe estava trabalhando sentada perto da janela. Seu lugar à mesa ainda estava posto, as fatias de pão estavam prontas. Ela não perguntou o que tinha acontecido. Ele estava pensativo. Ela já o tinha visto dessa maneira, mas, escavando no fundo da reflexão de seus botões, não com frequência. Agora o notava. O filho estava bastante calmo, controladamente calmo. Falava uma única frase enquanto comia.

— A falência vai correr bem.

— Lá é um escritório grande.

— O sr. De Gankelaar não é chefe, o sr. Stroomkoning é que é.

— Minha falência será suspensa. Indigência, disseram.

— O sr. De Gankelaar é um homem bom, vai me ajudar.

— Posso ficar com os livros.

— A falência não vai dar em nada.

— Por acaso, vi meu pai lá. Eles me mostraram a esmo. Claro que fiz de conta que era um estranho. Aliás, ele é um estranho.

— Sabe quanto meus livros valem? — perguntou, falando diretamente com ela pela primeira vez.

— Não — respondeu.

— Tudo por uns quinze florins. Não se pode prosseguir com a falência, o curador falou. Portanto, está fora de cogitação.

Levantou-se, não tinha comido nem metade do pão. Foi para o gabinete.

Ela entendeu três coisas: o pai — a "ajuda" — os livros. Mas não perguntou nada e não foi atrás dele.

Katadreuffe permaneceu na sala. Olhou para os livros. Apenas agora sentia bem a amizade silenciosa deles, após temer perdê-los e ambos terem sido salvos por um milagre simples. Pelo milagre de seu valor insignificante. Para Katadreuffe, eles significavam mil vezes mais que seus valores oficiais. A *seus* olhos, o valor deles não era diminuído, antes apenas injustamente insultados. Mas levando tudo em conta, estava bem assim.

Então achou que deveria ter contado algo mais a "ela", sobre outra coisa, mas não podia. Naquele momento, não tinha a capacidade de falar aquilo e o porquê a abandonaria pela segunda vez. Ele não sabia o motivo, mas simplesmente não podia.

Entretanto, achou que ficar em silêncio era totalmente impossível. À noite, ele disse:

— Acompanhe-me, Jan.

Ambos andaram pelo mercado. Primeiro, ele não falou muito. Caminhavam de maneira semelhante e tinham a mesma altura: Katadreuffe era um pouco mais magro, ainda vestia o melhor paletó que possuía, com o qual tinha visitado o curador pela manhã. A princípio, falou sobre o fim próximo da falência, do começo ao fim, igual fez com a mãe à tarde. Então, logo falou que tinha uma vida totalmente nova pela frente, pelo menos — acrescentou modestamente — era o que acreditava. Daquele momento em diante falou sem parar. Omitiu apenas o encontro com o pai e o que havia dito à mãe, mas contou ao amigo o que havia omitido à mãe: que provavelmente tinha um novo emprego: escrevente no escritório do curador, ou preferivelmente no escritório do superior, sr. Stroomkoning.

Quando terminou, Jan Maan disse apenas:

— Brindaremos o fato. Eu pago.

Katadreuffe respondeu:

— Você é bom comigo e quer me dar algo, mas não aceitarei. Claro que eu vou pagar, mas não tenho mais nenhum centavo. E "ela" é a última pessoa a quem pediria dinheiro.

Foram a um bar perto do mercado de gado e tomaram um copo de cerveja. Nunca se referiam à mãe de outra forma senão "ela" ou "dela". Não era um menosprezo, era simplesmente um sinal do fato de que não existia nenhuma outra mulher entre eles, além das que podiam existir para cada um, separadamente. Jan Maan disse:

— Tenho certeza de que ela não sabe, senão eu já teria escutado algo a respeito.

— Não — disse Katadreuffe, sucinto. E depois explicou:

— Queria ter contado primeiro a você.

Por natureza, Jan Maan não era complicado. Não compreendeu e falou apenas:

— Você tem que contar logo a ela.

— Claro.

— Ela não vai gostar que você vai sair de casa.

— Não tenho tanta certeza disso.

A aguçada hostilidade das palavras era um pouco atenuada pelo tom de voz. Jan Maan não refletiu sobre nenhuma das frases, pois estava acostumado com as peculiaridades ditas pelo amigo. A grande incompatibilidade entre filho e mãe o desagradava bastante. Duas pessoas peculiares que se davam tão mal sem chegar ao ponto de uma briga franca. Achava aquilo estranho; ele era pacífico, mas quando havia uma briga, preferia que fosse em um lugar aberto. Nos últimos anos, entretanto, ignorava o máximo possível a dolorosa relação entre eles; fazia vista grossa quando, à mesa, eles se alegravam de forma mesquinha, e ele procurava ignorá-los e simplesmente começava a falar de outras coisas. Mas Katadreuffe estava disposto a reconhecer, naquele momento, o juízo acertado da mãe.

— Ela estava certa em uma coisa. Eu nunca deveria ter ido a Haia. Aquela peste de cidade não é para nós, roterdameses.

Jan Maan pediu um segundo copo. Katadreuffe não queria outro.

— Sim, mas... — notou sobriamente — tudo realmente leva a um desvio para seu novo trabalho.

Pensou um pouco.

— Se você pensar bem, na verdade, é uma sorte fantástica que tenha sido bem-sucedido. Já tinha lhe dito que talvez pudesse conseguir um trabalho em qualquer lugar, exceto onde soubessem da falência. Como você conseguiu, não sei. Um emprego com o curador! Um formidável lance de atrevimento, decerto.

Katadreuffe deu um raro sorriso, que o fazia parecer bem mais novo.

— Sim, Jan, sei que você me acha atrevido. Ainda assim, atrevimento não é a palavra certa. Estava pensando sobre isso à tarde. Sabe no que acredito? Sou um sujeito louco, às vezes tenho pressentimentos. E tive um quando estava diante daquele casarão, senti que meu futuro era ali. Que naquele casarão tinha um emprego à minha espera. Claro que não sabia, apenas senti.

— Melhor pararmos por aqui — disse Jan Maan. — Você aparenta estar cansado. E diga logo a ela.

Katadreuffe assentiu. Não era nenhuma surpresa, pensou. Quando finalmente o caminho a seguir era reconhecido, quando finalmente o futuro era visto, era daquela que alguém se sentia.

Mas em casa, na cama, percebeu que aquele grande cansaço provinha da descoberta de possuir um pai daqueles.

CONHECIMENTO ATÉ O T

Foi assim que aconteceu.

No caminho para o casarão do curador, andou como em um sonho. Não era de natureza sonhadora, mas a aparição de Dreverhaven o deixou em choque. Dreverhaven era alguém que sempre estava em todos os lugares, então por que não deveria ir ver o filho que nunca encontrou? Aquele filho, além disso, foi enfraquecido, naqueles meses horríveis em Haia, pelo temor de que a falência o faria perder os livros, mas também se tornou mais forte do que imaginava. O momento de profunda reflexão perto do cais, em frente à fachada, reforçou o direcionamento. Mas sua energia não estava desfeita. Quando ficou diante da porta da sala, sabia que com uma incrível força de vontade poderia colocar de lado tudo o que era desconexo para a visita iminente; sabia que poderia atingir a coloração normal do rosto.

O curador estava sentado à escrivaninha. Olhou para cima e viu diante de si um rapaz de aparência notavelmente bonita. Era alguém que se interessava pelas pessoas. A falência não era nada, absolutamente nada, mas lembrava-se da mulher diminuta e ossuda com olhos flamejantes, que tinha tido dificuldades em catalogá-la sob alguma categoria normal de pessoas; nunca teve que administrar bens que consistiam apenas em livros. Os livros daquele tipo tinham menos a ver com a casa do que a mãe com a vizinhança. Como seria falido? E logo viu que havia algo especial nele. Era muito parecido com a mãe, especialmente no olhar. Para a visita, tinha vestido o melhor terno, o que De Gankelaar notou de imediato. E tomou-o como de bom gosto.

As feições do jovem eram precárias, no sentido de que o menor indício de cobiça o tornaria uma criatura intolerável para qualquer pessoa de bom gosto. Ele sabia, indubitavelmente, que tinha um rosto bonito, mas o fato de não dar sinal de que sabia disso o salvava, completamente. Estava bem-vestido — usava seu melhor paletó — mas simples, nenhum detalhe de sua roupa chamava a atenção. Logo notava-se que ele tinha mais ambições do que apenas querer agradar. Mas também havia uma falta de calor naqueles belos olhos. Eles raiavam de puro ardor, porém os raios não aqueciam. Assim como a neve branca podia brilhar ou ter uma cintilação vermelha, e todos sabiam disso, *percebia-se* que estava fria.

— Sente-se — disse De Gankelaar.

O fino processo da falência estava diante de si. Abriu-o e não o deixou perceber que estava um tanto desconcertado.

Katadreuffe viu um rapaz, uns quatro ou cinco anos mais velho do que ele mesmo, de corpo atlético, cabeça grande, cabelos loiros desarrumados e jogados para trás, pequenos olhos castanhos e bochechas de músculos duros. A boca era um pouco grande e não muito bem modelada; os dentes eram irregulares, mas bem brancos; os pulsos saíam da manga branca e larga, e na mão havia um anel de sinete. Era alguém que devia passar os verões ao ar livre, mas se bronzeava pouco. Havia apenas sardas na pele branca ao redor do nariz, porém não era vexatório.

— O senhor é obrigado a me responder a verdade.

Ele levantou os olhos do processo novamente, os olhos eram julgadores e também amigáveis.

— Trouxe a contabilidade da loja?

— Não, nunca tive um caderno contábil.

— E a lista dos credores?

Katadreuffe estendeu-lhe o papel. O curador deu uma olhada e fez as perguntas costumeiras acerca de outras práticas, além das que estavam anotadas: dinheiro, dívidas e coisas semelhantes. Katadreuffe respondeu que não possuía nada além do que já tinha sido anotado.

— Conversei com sua mãe. Seu pai ainda está vivo? — perguntou o curador.

Katadreuffe respondeu apenas:

— Tenho o sobrenome de minha mãe.

— Oh!

De Gankelaar percebeu que, sem querer, havia feito uma pergunta dolorosa. Contudo, o olhar do rapaz não mudou em nada. Ele não deu mais explicações e De Gankelaar não tocou mais no assunto. Pediu-lhe que esclarecesse as dívidas e Katadreuffe contou sobre a infeliz aventura em Haia. Tudo era muito normal, não interessava ao curador. Estava meramente preocupado com a mãe e os livros, além da falência.

Um senhor entrou, o mesmo que Katadreuffe havia visto no andar de baixo, com óculos de ouro e bastante calvo. Também devia ser um advogado. Carlion? Piaat?

— Um segundo — disse o curador.

Falaram aos sussurros, próximos da mesa, e depois o outro foi embora. Ele retomou:

— Sugerirei ao tribunal que aceite o pedido de falência devido à indigência. Seus livros estão avaliados em quinze florins. Em tal caso, dificilmente pagariam a falência. Nem os custos da falência seriam cobertos, demoraria muito tempo... Como o senhor conseguiu comprar esses livros?

— Comprei-os aos poucos, um por um.

— O senhor sabe alemão?

— Consigo ler. Li muito a enciclopédia.

— Quais são seus planos para o futuro? Continuar com sua mãe? Ela pode mantê-lo?

— Pode sim, pois ganha bem, apesar de que depois da guerra era melhor do que agora. Faz artesanato para uma loja daqui e sempre tem de fazer algo especial. Não posso julgá-la, acho seu trabalho bom e estranho, às vezes, mas é claro que não sou um especialista... Porém, prefiro sair de casa. Quero ser totalmente independente e não mais morar com ela. Ela mesma também prefere isso. Quer seguir seu próprio caminho, e espera que eu faça o mesmo. Não fala abertamente, mas sinto que sim.

— Eu quero — falou Katadreuffe, num fôlego só — trabalhar em um escritório, ver o quão longe posso ir, não importa como ou onde — acrescentou cauteloso.

No entanto, simultaneamente, olhou direto para De Gankelaar, como se aquele homem, apesar de tudo, não quisesse entender. A resposta foi ainda mais decepcionante, pois retornou ao tema de antes.

— O senhor estudou alemão sozinho?

— Sim, fiz só até o primário.

— E depois?

— Depois fiz todo tipo de coisas, fui ajudante, trabalhei em fábrica, fui empregado de armazém em livraria. Não segui em frente, esse tipo de trabalho não me serve.

O curador assentiu.

— Queria saber mais, então comprei os livros e aprendi muita coisa sozinho. Creio que retenho mais facilmente as informações. Não quero dar a impressão de ser pedante, mas sei muito mais do que a maioria das pessoas da minha idade.

Olhou diretamente para De Gankelaar mais uma vez.

— Aprendi a maior parte com a enciclopédia, mas não sei quase nada após a letra T, porque termina ali, não está completa. É velha, então muita coisa está desatualizada e incompleta; isso eu entendi bem.

Isso agradou De Gankelaar que, inconscientemente, esperava algo assim, muito interessante e simpático. Sorriu e Katadreuffe sorriu também.

— Um charuto?

— Obrigado.

Ele mesmo acendeu o cachimbo. A conversa foi brevemente interrompida pelo telefone. Enquanto De Gankelaar falava ao receptor, Katadreuffe olhou a sala à sua volta, uma sala pequena com janela dianteira, ensolarada, com vista para água movimentada, um grande plano de visão das docas atrás do vidro no muro. De Gankelaar, durante a conversa telefônica, continuou olhando o visitante, e se perguntou se poderia conseguir um emprego para ele ali. Um rapaz como aquele merecia uma oportunidade. Após colocar o aparelho no gancho, prosseguiu pensando abertamente:

— Escute, não vou negar que os livros me interessam. Talvez, não sei, mas talvez o senhor realmente deveria trabalhar em um escritório.

Calou-se, pensando se aquele rapaz poderia ter aptidão para ser um excelente escriturário do chefe dos procuradores. Continuou:

— É uma pena que não tenha uma formação mais sólida. Sabe datilografar?

— Sim, sei. Como empregado de armazém em livraria, tinha que bater à máquina os endereços para meu patrão, e, às vezes, tomar notas.

— E estenografar?

— Um pouco — mentiu Katadreuffe, por necessidade.

— Então vamos fazer um teste. Há alguma máquina de escrever sem uso? — perguntou pelo interfone — Preciso de uma aqui por um momento.

Parecia que havia duas máquinas sem uso. A senhorita Te George estava na sala de reunião com o senhor Stroomkoning, a senhorita Sibculo sempre tomando nota do que o senhor Piaat dizia.

— Remington ou Underwood? — perguntou De Gankelaar a Katadreuffe.

Eram iguais para ele. O rapazola trouxe a máquina. De Gankelaar ditou de cabeça um longo artigo da lei. Katadreuffe não sabia estenografar; não registrou nada certo, não conseguia ler mais nenhuma palavra.

— Se o senhor ditar novamente, poderia ser um pouco mais devagar? —perguntou.

Então, da segunda vez, usando abreviações que ele mesmo inventou e com a ajuda da excelente memória, conseguiu estenografar algo que pudesse reler e se saiu bem na datilografia, legível e sem nenhum erro.

— Está bom assim. O resto virá com a prática — disse De Gankelaar.

Katadreuffe pensou o mesmo. De Gankelaar disse:

— Verei o que posso fazer pelo senhor. Aguarde um pouco na sala de espera.

Katadreuffe encontrou seu caminho de volta. Não tinha duvidado por nenhum momento que ali, naquele escritório, conseguiria o emprego. Era apenas questão de dar uma impressão razoável, e, aparentemente, tinha conseguido. Ao mesmo tempo, percebeu que a decisão não cabia ao senhor De Gankelaar, que poderia ser apenas seu intercessor. Ele voltou outra vez à sala de espera, agora era o único ali. Não se perguntou o quão tarde era. Era hora do café. Não estava com fome, então ficou esperando.

A porta amarelo ocre estava fechada. No escritório dos funcionários ouvia-se de vez em quando a voz rouca ao telefone; as máquinas de escrever estavam em silêncio. Os dois homens que se pareciam comiam seus sanduíches envoltos em um papel, um copo de café estava ao lado deles.

Entrementes, De Gankelaar deliberava primeiro com o escriturário chefe, Rentenstein, que era um homem de aparência arrogante.

De Gankelaar era uma pessoa volátil, com uma natureza inclinada à melancolia. Rechaçava-a com o atletismo, no tempo livre praticava todo tipo de esporte. Era regido pelo impulso. Colocou na cabeça que Katadreuffe deveria ser seu escriturário. Cada um ali, na medida do possível, tinha de ter seu próprio escriturário, que tomava notas e datilografava. A senhorita Te George era ligada a Stroomkoning, a senhorita Sibculo a Carlion e Piaat, mas não lidava com tudo. Os irmãos Burgeik trabalhavam para ajudá-la. Um deles fazia o trabalho de De Gankelaar, o outro fazia o da senhorita Kalvelage. Estes eram os mais velhos e os melhores dos irmãos, mas nenhum dos dois era rápido, eram jovens vindos das ilhas do sul de Roterdã, com conhecimento limitado e dedos vagarosos. Eram dispostos e acurados, mas sempre estariam em uma posição subordinada. Além disso, havia uma quantidade enorme de trabalho no escritório, o exercício das funções começou a sombrear bastante aqueles que eram feitos no porto da cidade. Os Burgeik tinham que bater muito à máquina e eram os mais confiáveis para a função. Por tal motivo, De Gankelaar não recebia os papéis, e até mesmo as cartas, a tempo. Era realmente necessário que alguém viesse, e ele gostaria de alguém apenas para ele, por meio período se possível, mas que sempre estivesse disponível para ele. Porque a regra naquele escritório, onde não se aplicavam muitas regras, era que mesmo que alguém usasse o datilógrafo ou datilógrafa de outra pessoa, eles sempre precediam a pessoa a quem oficialmente pertencia.

Então De Gankelaar quis que Katadreuffe fosse seu datilógrafo oficial. Propôs primeiro a Rentenstein. Não suportava Rentenstein. Achava-o presunçoso, também não confiava nele. Rentenstein cuidava do tribunal e, além do mais, era o chefe dos funcionários, mas não era responsável pela direção e organização. Rentenstein também sempre estava a sós com Dreverhaven, de quem não esperava nada de bom. Mas Rentenstein era oficialmente o chefe dos funcionários, De Gankelaar não queria passar por cima dele, respeitava o lugar de cada um, apesar da decisão final caber a Stroomkoning.

De Gankelaar enumerou mais virtudes de Katadreuffe do que realmente podia justificar. Rentenstein, primeiro, hesitou em contratar alguém que era falido, pois tinha uma desconfiança dos falidos típica de pequeno burguês. Mas, por outro lado, reconheceu que o escritório precisava de mais alguém, e, a cada aumento de funcionários, pesava sua chefia. Possuía uma vaidade que combinava com a fraca força de vontade.

— Quanto ele deveria ganhar? Sessenta florins para começar? Ele, certamente, me parece valer isso.

— Temos que perguntar primeiro ao senhor Stroomkoning.

— Claro. Ele está ocupado?

— Sim, não pode ser interrompido.

— Tudo bem. Está em conferência?

— Na grande reunião do sindicato de margarinas.

— Ainda não acabou?

— Não. Pergunte-lhe hoje à tarde, talvez tenha um momento de folga — disse Rentenstein.

De Gankelaar olhou para o relógio.

— Meu Deus, já é uma hora! Meu café esfriou. Esqueci completamente a hora... Mas perguntarei pelo telefone.

— Ele também não quer ser interrompido pelo intercomunicador.

— Bem, tentarei mesmo assim; veremos.

Era uma pessoa impulsiva. Queria aquilo imediatamente, naquele momento, atar-se a Katadreuffe. Tinha um medo terrível de que aquele rapaz pudesse escapar-lhe, que pudesse encontrar outra coisa naquela mesma tarde. Um sujeito assim seria bem-

-sucedido em qualquer lugar. Ele mesmo via o quão terrível era aquela sucessão de pensamentos e não podia esperar mais — pegou o telefone.

Mas após falar alguns segundos, colocou o receptor no gancho, desligando-o no meio de uma frase.

— O senhor Stroomkoning achou bom.

— Ele concorda facilmente com essas coisas.

— Sim, agora nós temos que acertar o salário. O que acha de sessenta florins?

Pediu que Katadreuffe subisse outra vez. Katadreuffe andou pelo corredor de mármore pela terceira vez. Não precisava mais ser acompanhado, sabia o caminho, já se sentia em casa.

No fim do corredor, com seu largo comprimento, havia uma escada de sete degraus, grossamente acarpetados, que dava para uma enorme porta do século dezoito. A porta se abriu. Perto da luz de um lustre com muitas lâmpadas, coberto por uma espessa fumaça de charuto, viu vários senhores sentados em frente a uma grande mesa verde, muitos rostos vermelhos. Em uma ponta estava sentado um velho de cabelo grisalho, semelhante a um leão cuja juba desleixada se eriçava. Uma voz masculina animada e alta repetiu três vezes, sempre enfatizando a primeira sílaba:

— Absolutamente, absolutamente, absolutamente.

A porta foi fechada. Uma moça alta e magra passou por ele. Havia muito espaço na escada. Continuou ali mesmo assim. A senhorita Te George deu-lhe um rápido olhar enquanto passava por ele. Tinha um bloco de notas sob o braço; havia algo de sonhador e risonho em suas feições, a mão livre brincava distraída com um lápis cinza. Ele notou apenas a eloquente nobreza daquelas mãos esbeltas. Não notou o resto e logo retirou do pensamento aquele encontro. Notava tudo aguçada e rapidamente, mas além de possuir tal dom, que valia para todas as circunstâncias, tinha claramente os objetivos em vista.

Foi para a escada estreita, que dava para o andar de cima, onde era a sala de De Gankelaar.

UM COMEÇO

O curador lembrou-se que Katadreuffe, além de um emprego, também procurava por um quarto. Claro que havia quartos em abundância. Mas um alojamento bom e barato, com comida razoável, não era fácil de encontrar. Talvez Rentenstein soubesse de um lugar. Mas Rentenstein parecia ter ido almoçar. Pensando melhor, De Gankelaar achou que Rentenstein não era o oráculo certo, pois daria endereços suspeitos. Então, De Gankelaar mandou chamar o porteiro, que morava no casarão e mantinha arquivos em uma parte não ocupada do andar de cima. Perguntou-lhe se não tinha alguma solução. O porteiro, Graanoogst, deu um rápido olhar em Katadreuffe e perguntou se podia chamar sua esposa.

Um pouco depois, marido e mulher vieram com a proposta de que Katadreuffe deveria ir morar com eles e pagar doze florins por semana. Katadreuffe acompanhou ambos, a fim de ver o quarto, mas antes não se esqueceu de dizer ao curador "obrigado por tudo".

Katadreuffe mudou-se para a nova casa no dia seguinte. Trouxe seus poucos pertences em um carrinho de mão. A mãe deixou-o levar as mobílias do gabinete, assim como fez na época em que ele foi a Haia, e ela mesma colocou as roupas dele na mala.

A pedido de Graanoogst, Katadreuffe mudou-se somente após o expediente do escritório. Não cairia bem aos olhos dos senhores e clientes passar com os pertencentes. Katadreuffe entendeu. Em um instante, ambos carregaram escada acima o pouco que possuía.

Katadreuffe calculava que, com um salário mensal de sessenta florins, poderia pagar a pensão, já que tinha a condição de que pagaria depois, no fim do mês, não semanalmente, pelo menos nos primeiros tempos. Também, se não fosse o suficiente, preferia economizar muito em outras coisas a abrir mão dessa oferta. Por vários motivos, aquilo era extraordinariamente bem-vindo. O pressentimento de uma mudança de vida que teve momentaneamente alguns dias antes, no cais, além do acúmulo de coisas boas que aconteceram no mesmo dia, deram-lhe firme certeza. Sob os sinais da felicidade, aceitou a nova casa.

O quarto que ocuparia era excepcionalmente sombrio internamente, bem em cima do casarão. Já tinha algumas coisas, mas eram mobílias ruins, não muito bem decoradas. Dormiria em uma cama-armário antiquada. O quarto era grande, mas tinha apenas uma janela e entrava pouca luz. A janela ficava acima do canal de ventilação; não o grande acima da claraboia do quarto amarelo ocre, mas sim uma pequena e estreita vala entre a janela e a parede ao lado do prédio de um banco. Aquele muro era um pouco mais alto do que o do escritório de advocacia. Ao abrir a janela e olhar para cima, Katadreuffe podia ver apenas o céu. Abaixo dele, o canal de ventilação desaparecia durante o passar da noite.

Não havia lareira alguma. Graanoogst disse que colocaria um aquecedor a óleo no inverno. Claro que, por ser um quarto, internamente não fazia frio. Katadreuffe supôs que sempre teria que acender uma luz artificial ali, mas não seria muito, apenas à noite e aos domingos, à mesa do porteiro.

Apesar disso, achou o quarto tenebroso, especialmente quando arrumou seus pertences, que ficaram estranhamente perdidos. Teve que empilhar os livros em um armário de parede fundo, tomado por mofo fedorento. Quando foi embora, deu a estante de livros de presente para Jan Maan. Talvez tivesse sido um presente peculiar, mas Katadreuffe quis dizer que era um sinal silencioso de que Jan Maan deveria decorá-lo bastante e estudá-lo por si mesmo. O papel de parede era meio verde e cinza, aborrecedor de tão insignificante, e havia um grande contraste entre o papel e todos os cômodos da casa; uma casa que, apesar de barata, possuía algo de especial, semelhante ao senso de colorido de sua mãe.

Achou a cama-armário muito ruim. Nunca tinha dormido em um pardieiro como aquele, sempre teve um lugar relativamente espaçoso, com uma cama normal. A cama-armário era fechada por duas portas com buracos. A intenção óbvia do ocupante era de fechar as portas e ter ar o suficiente através dos buracos. Além disso, uma borla vermelha ficava pendurada no teto, ia até a barriga, uma corda vermelha com uma fita bastante carcomida por traças. E na altura dos pés tinha sido arrumada uma prateleira na qual gerações anteriores colocavam penicos, mas que, atualmente, pelo menos, não tinha mais uso.

Katadreuffe disse que queria retirar absolutamente tudo: as portas, a borla e a prateleira. Graanoogst prometeu que o faria e pendurou uma cortina para tampar o buraco. Mas não teve tempo de fazer isso naqueles primeiros dias, a cama-armário ainda estava igual. O cheiro de mofo no ar também, assim como o armário.

Naquela primeira noite, Katadreuffe sofreu de depressão com o silêncio da casa. Não escutou nada vindo dos coabitantes. Ainda não conhecia o casarão inteiro e tudo parecia ser em grande escala, os companheiros pareciam inatingivelmente distantes. Colocou nas paredes alguns retratos, os mais alegres possíveis, mas o quarto continuou desagradável, severo, mofado, em meio à modesta luz elétrica da lâmpada acima da mesa. Tinha ido se sentar à mesa, debaixo da lâmpada, deliberadamente de costas para a cama-armário, mas a presença do buraco escuro, apesar de invisível, o deixou desconfortável. Sentia-se cansado, deprimido e faminto, também. Não tinha nada para comer. Sentou-se por um momento a fim de olhar diante de si, refletir sobre o absurdo que era começar seus planos de trabalho não fazendo nada, e que não podia fazer nada. Por fim, se levantou e abriu a janela o máximo possível. Curvou-se para fora da janela e viu um pequeno retângulo no céu que, em sua diminuta extensão, parecia tão aborrecedor e descolorido quanto o papel de parede, pois era final de tarde, não noite completa. Se não tivesse visto uma estrela, o céu poderia ter ficado bem encoberto, totalmente claro. A estrela piscava, e talvez ele a conhecesse, mas sem o guia, absolutamente, não podia se orientar.

Voltou ao quarto outra vez, descontente consigo mesmo, e abriu a porta. O corredor do lado de fora estava escuro, uma pequena escada ia para baixo e então o corredor continuava. Não escutou som humano algum, não viu filete de luz algum. A filhinha do casal Graanoogst, claro, já tinha ido para cama, além do próprio casal. Bem, tinha que dormir, então, o amanhã seria outro dia.

Enquanto estava trocando de roupa, notou que se esqueceu de desfazer uma mala em um canto escuro da cama-armário. As roupas, apetrechos noturnos, produtos de higiene pessoal, tudo estava ali. Olhou no fundo do armário de parede. Ali havia uma prateleira na qual poderia colocar as roupas de baixo. Tinha cabides, nos quais poderia pendurar o restante das roupas. Desfez a mala e descobriu duas camisas entre as roupas de baixo. Era um presente "dela". Deixou tudo arrumadinho na prateleira e pendurou o terno de domingo em um cabide. Sempre arrumou certinho suas roupas e, assim como Jan Maan, tinha uma inata necessidade de limpeza. Sempre usava linhos apresentáveis, golas e gravatas da moda e coloridas, mas, devido à sua silhueta franzina e traços finos do rosto, nunca precisou ter muito cuidado com a aparência, ao contrário de seu amigo. As duas camisas novas que ela havia dado eram muito de seu gosto.

De repente pensou nela, a mão pesada que sucessivamente o punia, mas também cuidava, até aquele ponto, sempre sem muitas palavras. Sua solicitude e êxitos eram acompanhados por ela de perto e com poucas palavras. Ela tinha de agir ao invés de falar. Naquele momento também. Não tinha dito muito, mas tinha as duas camisas novas em folha que ele gostaria de usar. O que ela tinha respondido quando ele contou do emprego e de ir embora?

— Tudo bem — foi o que ela disse.

Era pouco, mas soava melhor do que o "faça como quiser". Não era nem aprovação ou desaprovação, era apenas esperar.

Ele descendia da mãe, não do pai. O pai tinha aparecido em sua vida apenas por acidente, por alguns segundos, e mesmo assim quase não o tocou. Se tivesse sido um mercenário com pagamento atrasado e seu pai, o oficial de justiça, tivesse-o despejado, suas emoções seriam mais fortes, as impressões seriam mais profundas. Naquele momento, não pensava absolutamente nada sobre o pai. Por natureza, não era ardoroso, mas algo o atingia, apesar de tudo, contra a sua vontade, a respeito da mãe. Sentia que tinha ficado irritado consigo mesmo e começou a diminuir o valor do presente dado por ela. Aquele presente era bom, mas algumas palavras acompanhando-o também teriam sido boas. Pensando melhor, teria preferido as palavras ao presente.

Quase sentia outra vez a hostilidade, mas a rechaçava; não mencionaria uma sílaba sobre o presente, agiria como se não o tivesse notado. A velha antítese ressurgia, era o resultado da severidade de caráteres, apesar das numerosas semelhanças; aliás, devido às numerosas semelhanças.

Mas ele começou a pensar em outras coisas. Vestiu-se rapidamente e, até a metade da noite, ocupou-se em ditar para si mesmo um livro em voz alta e a escrever, em letras breves, coisas inventadas.

No dia seguinte, das seis até às oito e meia, hora do café da manhã, ficou estenografando no escritório.

OS PRIMEIROS MESES

Katadreuffe superou-se, algo que não era difícil, pois, no passado, nunca tinha conseguido nada. E, como tinha imaginado, destacou-se: naqueles anos, compreendia muito mais do que quando era menino, tudo fluía mais rápido.

Superou também as expectativas de De Gankelaar, e isso era mais difícil, pois tinha prometido a si mesmo que, sendo seu protegido, iria representá-lo, e era da natureza do mentor considerar ruim se Katadreuffe ficasse abaixo das suas expectativas.

Não superou suas próprias expectativas, pois, sendo um homem ambicioso, não ficava satisfeito com a meta que havia atingido. Katadreuffe sempre almejava uma meta a mais, mas as planejava sistematicamente. Tratou, primeiramente, de fazer um trabalho razoável onde estava empregado. Deveria crescer mais vindo daquele lugar do escritório. Se perdesse aquele lugar, seu crescimento logo seria interrompido. Dentro de algumas semanas, conseguia datilografar dando seu melhor, já que treinava no começo da manhã, à noite, sábado à tarde e domingo. Ao mesmo tempo, treinava a estenografia: comprou um manual didático, mas manteve suas próprias abreviações e não aprendeu outras, então aquilo virou um sistema misto que ninguém, a não ser ele mesmo, podia ler. Apesar da rapidez da estenografia ser mais difícil de aprender do que a datilografia, após um curto período ele já a dominava razoavelmente bem. Com auxílio do relógio, controlava o número de letras que conseguia escrever por minuto. Gradualmente atingiu uma cifra considerável, e quando ditava a si mesmo era ainda mais rápido do que quando De Gankelaar o fazia, pois não precisava dividir a atenção.

Isso tudo, afinal, não era nenhuma proeza. Logo se sobressaiu aos Burgeik. Havia pouco mérito na questão, pois aqueles rapazes provincianos nunca teriam ido muito longe. De Gankelaar falava dele elogiosamente e em pouco tempo o escritório reconheceu que aquele vigor novo era bastante promissor. Apenas o chefe, sr. Stroomkoning, sentado no trono, ignorava-o por completo. Esse não tinha nada a ver com ninguém, a não ser seus empregados, sua própria secretária, e o chefe do escritório. Já tinha se esquecido da existência de Katadreuffe.

Quanto a seu trabalho, Katadreuffe tinha apenas uma preocupação: não queria cometer nenhum erro de gramática ou sintaxe, e não confiava em sua ortografia. Sentia-se humilhado quando De Gankelaar corrigia um erro em quesitos do tipo. Mas não era sua culpa. No primário não se aprendia muito mais do que os princípios da dificuldade de escrever corretamente. Lia muito mais do que a melhor sala do primário, mas cometia alguns erros, às vezes terríveis. Comprou alguns livros usados de colégio,[4] exaustivamente resolvidos, mas logo viu que não tinha muitos motivos para corar com seu conhecimento da língua materna, não mais do que um holandês instruído. Sim, quando De Gankelaar, por vezes, dava-lhe uma conclusão por escrito ou uma intimação para datilografar, conseguia descobrir erros — mais erros de sintaxe do que de gramática — que ele não cometeria.

---

4 No original, *mulo school*. Espécie de ensino fundamental que foi abolido na Holanda em 1968.

As humilhações iniciais foram bastante dolorosas, pois era extremamente sensível com tal tipo de coisa, e ter ciência de que provavelmente sabia mais do que qualquer um daquele escritório a respeito de erisipelas, poliomielite, de Scaliger,[5] do polo magnético, não o ajudava muito. Ao contrário: aos seus olhos, sua ignorância em pontos fundamentais era vergonhosa. Mas isso já era passado.

Apesar de ter superado a preocupação, ainda não estava satisfeito. Pois não era um estenógrafo *all-round*,[6] de maneira alguma: não sabia nenhuma língua estrangeira. Chegavam ao escritório muitas correspondências em francês, alemão, inglês, sobretudo em inglês, e todas eram avaliadas principalmente por Stroomkoning, que conhecia aquelas línguas. No entanto, os funcionários, de vez em quando, também tinham de ler algo. Nesse caso, esperavam a senhorita Te George estar livre, pois de todos aqueles empregados que falavam línguas estrangeiras, ela era a única que falava as três. Rentenstein sabia bem alemão, mas se ocupava inteiramente com o tribunal. Ninguém, a não ser o próprio Stroomkoning, conseguia fazê-lo escrever uma carta.

Esporadicamente, Katadreuffe tinha que ceder espaço à senhorita Te George, mas o fato sempre lhe dava um sentimento de exasperação. Queria ser o primeiro entre os datilógrafos. Sabia que levaria anos para chegar ao nível dela, mas uma hora aquilo aconteceria e ele ocuparia seu lugar na sala de Stroomkoning. De resto, logo assimilou bem a organização e o andamento do escritório.

Stroomkoning era o leão de juba eriçada a quem tinha notado no primeiro dia como sendo o chefe na

---

5 Julius Caesar Scaliger (1484-1558), escritor, filósofo e médico italiano.
6 Em inglês, no original, "de grande escopo".

sala de reuniões. Era alto e de ombros largos, vestia-se desleixadamente, não dava a mínima importância para a aparência. Mas também, tendo aquela cabeça, não era necessário. A cabeça era tudo: larga e lívida, com alguns longos e duros bigodes brancos e laminados, iguais aos bigodes de um felino. Olhos de berilo, sempre pequenos, como se tivesse sido capturado por um predador, e a voz calma, distante, mas com um poderoso rugido. Fazia realmente poucos litígios, os colegas pleiteavam e inquiriam pelo país inteiro, mas ele buscava casos maiores, contratos de interesse comercial, reuniões com grandes homens de negócios, arbitragens sobre disputas que não queriam dar um ponto final na questão em processo público. Não sabia nada da organização do escritório, confiava em Rentenstein. Possuía uma vivenda fora de Roterdã, nos lagos de Bergse. Era casado pela segunda vez. Iris, a bela esposa, às vezes vinha apanhá-lo de carro. Antes, ele mesmo dirigia, mas sempre percorria a tudo com o pensamento ligados nos negócios e não na estrada, então desistiu e a deixou tomar a direção; ficava sentado vestido com farrapos ao lado da figura estilosa da esposa, a cabeça desnuda no carro aberto, enquanto a juba esvoaçava em todas as direções e os bigodes permaneciam duros. Diminuta e loira, Iris Stroomkoning lembrava um duende, mas era o tipo de pessoa que gostava de esportes, era bem musculosa. Stroomkoning divertia-se com o contraste entre a teia da manga e os bíceps logo abaixo, na qual podia virar uma bola de aço, como um atleta. Tinha duas filhas com ela: coisa franzina, feita por homens que, por não terem andropausa, davam-se ao luxo de aumentarem a prole.

Possuía muitas conexões estrangeiras, especialmente com a Inglaterra. Tinha contato ininterrupto com o escritório da C. C. & C. — Cadwallader, Countryside & Countryside —, e sempre viajava para Londres. Todos os comissários das linhas de navios Batavier ou da Harwich[7] o conheciam. Ultimamente, ia muito de avião.

Distanciava-se cada vez mais da maioria dos casos do escritório. Seu princípio inicial, formulado quando tratava com um funcionário pela primeira vez, era de sempre ele próprio receber os clientes, mesmo que os autos sob a sua responsabilidade tivessem de ser feitos pelo funcionário em questão — mas o princípio logo teve de ser abandonado. Junto com tal funcionário veio um segundo, um terceiro; velhos rostos desapareceram, novos apareceram. Agora tinha quatro juristas no escritório, e eles lidavam com muita coisa de maneira totalmente independentemente. Carlion era um especialista. Abjudicava todos os litígios atrelados à navegação fluvial. No cômodo que dividia com Piaat tinha pendurado em um estandarte de ferro um mapa enorme com todos os rios e canais. Também tinha pendurado, igual a De Gankelaar, atrás da parede de vidro, um mapa dos portos. Piaat era, igualmente, um especialista, mas em processos penais.

Na época, Stroomkoning teve a boa ideia de ir almoçar com os funcionários ao meio-dia e meia, na sala de reuniões, aquela que tinha as paredes amarelo ocre, no terceiro andar da suíte. Durante o café, falavam sobre os casos importantes. Ao meio-dia e meia, ele costumava dizer que os juristas sofriam. Sempre havia debates acalorados. À medida que a clientela crescia, ele tinha menos certeza das horas, chegava tarde e, por fim, nem ia mais; tomava meia hora para comer em um restaurante no centro, frequentemente eram os clientes que iam vê-lo, ou o esperavam lá. Os fun-

---

7 A linha Batavier, feita de navio a vapor, ia de Roterdã a Londres e existiu de 1830 a 1960. A Harwich, viagem feita de trem saindo de Hoek van Holland, em Roterdã, até a cidade inglesa de Harwich, existe até hoje.

cionários mantinham tudo sob controle, mas o número de empregados, repetidas vezes, ficava incompleto, tanto no tribunal quanto nos negócios fora da cidade.

Aquele de óculos de ouro e bastante careca era Carlion. Era um homem ressequido vindo do Norte, que, impecavelmente, tinha uma maneira única de falar. Havia morado quatro anos em Java[8] e ainda não tinha perdido a vermelhidão, autenticamente masculina, uma leve coloração de tijolo vermelho. De antemão, possuía uma reputação de excelência. Indubitavelmente, ganhava um salário bem decente; ninguém sabia quanto. Pois o próprio Stroomkoning pagava os funcionários com dinheiro da conta principal e apenas ele mexia no caderno de registro. A conta secundária era confiada a Rentenstein. Em princípio, não havia diferença entre a principal e a secundária; o que os funcionários recebiam dos clientes ou adversários, ou o que era pago a essas pessoas, passavam pela conta secundária. Ninguém suspeitava de nada da conta secundária, exceto, talvez, a senhorita Te George, mas ela nunca falava sobre negócios.

Os telefones do escritório ficavam em um canto atrás das portas de comunicação, que sempre permaneciam abertas. Katadreuffe ficou surpreso ao ver uma moça ali atrás, sentada debaixo de lâmpada acesa. A voz rouca e alta era dela. Parecia mais uma criança do que uma mulher, mais jovem do que uma moça, o tom agudo insolente. Mas ela nunca se esquecia de uma mensagem, e Stroomkoning, que há muito se esquecera dela, um dia descobriu que sua voz era boa para atender o telefone. Não soava, ele dizia, como uma voz feminina soa nesse tipo de aparelho, tinha de soar como a voz de um homem. Tais coisas não eram insignificantes, a primeira impressão que o es-

---

8 Referência à colonização holandesa na Indonésia, Índias Orientais Holandesas na época.

critório passava era via telefone. Uma vozinha chiada ou que falava vulgarmente levantava questões: algo que não deveria acontecer. Um homem, portanto, com uma voz cortês e baixa. Mas quando Rentenstein apresentou-o, pelo telefone, ao som gutural da senhorita Van den Born, resolveu chamá-la imediatamente. Ainda assim, aquela moça nunca teria sido a escolha de Katadreuffe. Não falava vulgarmente, mas a voz tinha a rouquidão de uma criança proletária. Além disso, achava-a irritantemente emancipada para sua idade, usava um penteado com mecha dividida, roupas desleixadas e não femininas, olhos e nariz atrevidos. As narinas ficavam bem abertas, mesmo se ria ou espirrava; possuía um nariz que, na infância, provavelmente deve ter sido emaranhado na luva. De uma maneira muito atrevida, logo disse que, absolutamente, queria ser chamada de senhorita, não pelo primeiro nome, mas Rentenstein tratava a todos por "você". Ela era do tipo que, segundo o gosto de Katadreuffe, não combinava com a proeminência do escritório. Achava que a escolha do chefe não tinha sido feliz, mas talvez aquele homem nunca a tivesse olhado. Todavia, ela não era a única coisa que o desagradava. Além disso, a organização deixava a desejar. Stroomkoning não tinha tempo e Rentenstein não tinha talento, então o escritório tinha a aparência descuidada de um ambiente de trabalho que cresceu rapidamente depois da guerra.

Os irmãos Burgeik não incomodavam Katadreuffe. Eram, claro, pessoas que ele nunca compreenderia. Vendo de perto, ainda eram irmãos, mas não demonstravam mais a impressionante semelhança. Tinham alguns anos de diferença e se notava isso. Eram largos e de grande porte, com cabelos pretos e curtos, rostos quadrados; o mais velho não tinha dois dedos na mão direita, mas isso não atrapalhava sua datilografia. Notava-se logo que eram respeitáveis, sérios. Homens bastante ignorantes, o mais velho um pouco mais. Eram rapazes da província que nunca se motivavam facilmente, nunca usavam ternos com bons cortes. A resistência de ambos era grande, nunca ficavam doentes, e eram os melhores no embrutecedor trabalho de bater à máquina. Mas Katadreuffe não os entendia, ninguém os entendia. Eles não se expunham, agiam como se não fossem mortais. Não tinham absolutamente senso de humor algum. Quando os outros riam, eles apenas ficavam olhando. Entretanto, às vezes, quando não havia muito ou nada do que rir, o mais novo dava um sorriso bem aberto, quase emudecido, e o irmão acabava indo, sem fazer barulho, sentar-se tremendo na cadeira. Durava muito pouco, então retomavam o trabalho com semblantes impassíveis. Às vezes pareciam quase idiotas, mas, com uma boa olhada, podia-se ver que eles eram, no mínimo, simples. Estúpidos, no sentido de que receberam pouca instrução letrada, mas não eram insensatos. Porém, pareciam impassíveis, usavam máscaras, não se podia chegar perto deles, colocavam máscaras que os provincianos usavam quando entravam em contato com alguém da cidade, a quem tomavam por inimigo. Eram cem por cento provincianos, a cidade nunca os pegaria de jeito: eles nunca deixariam que isso ocorresse, nem pensavam nisso. Katadreuffe, com sua aguda inteligência, testava-os o máximo possível para um homem da cidade, várias vezes se perguntou — no tocante àquela hilaridade — se aquela exibição talvez não fosse tão injusta de ser tomada por doida, ou se talvez não existissem motivos de natureza tão refinada para aquela alegria toda. Nunca conseguiu descobrir.

O escritório possuía dois contínuos. O sujeito que tinha falado com ele no primeiro dia e que era conhecido apenas pelo primeiro nome, Pietje.[9] Ele quase não se sentava, acompanhava os clientes, carregava papéis, ia de um cômodo ao outro, anotava mensagens. Tinha uma aparência delicada, como de uma menina, belos olhos infantis amarelados, dentes feios e quebradiços. Parecia predestinado a ter tuberculose. Katadreuffe tinha apanhado algumas sensibilidades dos encontros sociais de Jan Maan e achava que o menino perambulava muito.

O outro era um rapaz robusto chamado Kees Adam, alguns anos mais velho. Era responsável por mensagens de natureza mais importante, levava ao tribunal processos e coisas do tipo. Sua tarefa, juntamente da senhorita Van den Born, era arquivar todos os autos do escritório. Pegava dinheiro no banco, às vezes uma grande quantia, ou de outros escritórios e vice-versa. Quanto maior era a quantia, mais orgulhoso ficava. Esperava que um dia fosse ser atacado e mostraria um soco inglês, com o qual gostaria de provar sua força. Seu pai era garagista em uma rua popular. Passava o domingo desfrutando da motocicleta que ele mesmo estava consertando. Às vezes a guiava até o fim da rua, fazendo estouros ensurdecedores e soltando muito fedor ruim, até a vizinhança vociferar e ir reclamar com o pai.

---

9 Diminutivo de Pieter (Pedro).

OS PRIMEIROS MESES

Katadreuffe logo compreendeu a relativa casualidade de ter encontrado o pai ali no primeiro dia. Havia anos Dreverhaven era o oficial de justiça do escritório. Bem no começo, Stroomkoning tinha outro oficial, mas a penhora de um navio encerrou a inquebrantável ligação entre eles. Foi um caso famoso, mesmo após tantos anos ainda vinha à tona de vez em quando nas salas dos advogados e no tribunal. O caso aumentou os negócios dos dois: de um advogado comum, de um oficial de justiça comum, ambos viraram célebres, cada um em seu campo, cada um em seu curto tempo, mas a glória teve seus efeitos, atraiu o foco simplesmente para eles.

No escritório, a história circulava algumas vezes. Rentenstein gostava de destacar a glória de ambos, sem esquecer de si mesmo, apesar de não ter feito parte daquele incidente. Tudo aconteceu antes de seu tempo, mas sabia como contar a história de uma maneira como se lhe dissesse extremamente a respeito.

Katadreuffe voltou a ver Dreverhaven de tempos em tempos no escritório. Na primeira vez o viu passando pelo corredor, fato que lhe deu um choque, mas aconteceu antes que tivesse consciência. Depois disso, preparou-se; não deixaria que algo fosse notado. Era muito fácil, pois quando Dreverhaven aparecesse no escritório — de chapéu de feltro preto afundado na cabeça, de charuto no canto da boca, como um canhão pronto para a artilharia, de voz cujos associados ouviam sendo expelida poderosamente do tórax —, nessas ocasiões, pai e filho nem se olhavam. Será que o pai o conhecia? Ele não sabia. A mãe nunca havia lhe dito e ele nunca havia perguntado, e não parecia provável. Como Dreverhaven poderia saber os nomes dos funcionários dali? Só falava sempre com Rentenstein em um tom grave, indistinto ao sussurrar, perto da janela basculante, de costas para tudo e todos. Por que Rentenstein contaria a ele o nome do novato? Não parecia plausível. Senão, claro que teria notado que Dreverhaven sabia. Mas pensou de novo com seus botões que não deveria deixar que notassem nada, não, aquilo não era uma prova. Na incerteza quanto a se seu pai o conhecia ou não, ateve-se ao último. Não havia motivo algum para ter uma opinião sólida, mas acreditava que não.

O que sabia até então era que Dreverhaven tinha feito uma lista de seus pertences. Em um certo dia, após estar havia alguns meses no escritório, veio-lhe o pensamento. Quando se ia à falência, um oficial de justiça fazia um inventário das coisas; Dreverhaven era o oficial de justiça daquele escritório. Será que tinha feito aquilo com seus pertences, será que tinha sido ele quem foi até sua casa?

Após o expediente, procurou os processos nos arquivos de aço. Não havia mais nada, aparentemente tudo já tinha sido removido para os arquivos do sótão. Encontrou na pasta classificadora o número do arquivo e o processo sob a barra. Folheou-o. Sim, Dreverhaven o havia avaliado. Estava no memorando: "Falência J. W. Katadreuffe. Livros, a maioria em más condições, enciclopédia incompleta, valor 15 florins". A letra era negra como carvão, lapidada, ciclópica. Apenas isso, sem assinatura. Com a carta em mãos, Katadreuffe ficou refletindo, inclinado sob as baixas vigas do sótão, sob a claridade amarela da lâmpada elétrica. Ali também cheirava a mofo e pó, uma atmosfera realmente de armazenamento de arquivos. Descoradas e melancólicas, as resistentes prateleiras possuíam um enorme monte de papel espalhando-se para todos os lados, acima dele, abaixo dele. As fileiras iam muito além dele, dobravam uma esquina, paravam no final, e retornavam a ele outra vez, inanimadas, como se nunca tivessem tido uma alma. Submeteu o memorando ao ambiente e o ambiente deu ênfase ao memorando. Em meio ao mofo, eterna inércia, a carta ressaltou como algo pegando fogo de vida.

Pela primeira vez ele tinha consciência do imenso poder da sugestão que, muito raramente, havia na letra de alguém, do poder que havia na escrita. Essa era a letra de um César, a letra de um oficial de justiça. E que letra! Ainda mais se comparada com seus próprios rabiscos. Depois notou que também tinha muitas falhas naquele quesito. Sua letra sem caráter trazia a estampa da caligrafia escolar. Não ficou na escola tempo o suficiente para desenvolvê-la, mesmo que fosse bela ou feia, mas ao menos era sua. Durante muitos anos quase nem possuiu uma caneta. Sua caligrafia era muito desajeitada, era muito mais um garrancho do que uma escrita, desde menino. Ainda tinha muito que aprender. Para começar, poderia melhorar *aquilo*. Sua assinatura não se parecia com nada. Começar de novo, bem de baixo, mesmo se nunca desenvolvesse uma letra característica. Que esperassem só, ele mostraria que seu futuro não dependia primordialmente da caligrafia; ainda dispunha de outros argumentos.

Levou o processo para o quarto. Ninguém o pediria outra vez, e tomá-lo não podia comprometê-lo. Escondeu-o no armário de parede, deixando a carta do pai em cima. Nunca tinha tido nada do pai. Apanhou o processo outra vez naquela noite mesmo, à mesa, e ficou olhando para a carta. Não conseguia ir trabalhar.

Começou a sentir o silêncio mortal e a umidade do quarto. Levantou e acendeu o aquecedor a óleo. A esposa do porteiro bateu na porta e lhe trouxe chá. Rapidamente colocou um livro sobre a carta. Quando ficou sozinho outra vez, andou pensativo pelo quarto. O pai tinha ido vê-lo em casa, "ela" não disse nenhuma uma palavra sobre o assunto, foi isso o que aconteceu. Aquela pessoa não queria ter nada a ver com seu sedutor, isso era apenas da conta dela, a visão dele era ampla o suficiente para reconhecer isso. Nunca a culpou por deixá-lo no estado de criança naturalmente abandonada e nunca a culparia. Pois era muito generoso. E não considerava uma vergonha. Primeiramente, não era sua culpa, mas, além disso, realmente em primeiro lugar: atualmente, o mundo pensava de maneira diferente sobre tais coisas. O mundo não era mais tão tacanho quanto cinquenta anos antes. Envergonhava-se bastante — mas moderadamente — acerca da falência, pela qual, afinal de contas, só podia culpar a si mesmo. Não dava a mínima por ser um bastardo, não iria gritar o que era de cima do telhado, mas se tivesse de contar, falaria sem rodeios, era muito orgulhoso para mentir. Se fosse bem-sucedido na companhia, a honra seria maior ainda. Mas por que aquele silêncio contorcido da mãe? Por que teve que descobrir a visita do pai daquela maneira? O que a impedia de contar? Por que ele não podia saber? Ela tinha ido muito longe, por Deus, tinha ido muito longe. Ele teria de fazê-la voltar às suas faculdades mentais, claramente.

Katadreuffe não entendia que simplesmente estava contente por poder estar bravo com ela; ela o insultava com pequenas ninharias, e ele se sentia profundamente ofendido.

Sem perceber, ele tinha uma grande curiosidade sobre tudo o que dizia respeito do pai. Mas nunca perguntaria algo a "ela". Contudo, tomando muito cuidado, trazia à tona a conversa sobre Dreverhaven no escritório. Quando Rentenstein deixava escapar algo sobre o famoso caso da penhora do navio, soava natural que Katadreuffe perguntasse os pormenores.

Stroomkoning tinha se estabelecido havia alguns anos, a clientela ainda não era muito significativa quando, de repente, um requerimento importante sobre um navio italiano caiu-lhe nas mãos. O navio estava no porto de Rijn e a ponto de partir. Com autorização do presidente do tribunal, o navio foi detido e ele correu ao oficial de justiça. Ele não estava. Mas passando às pressas por algumas casas, viu o nome de Dreverhaven em uma placa e ele estava presente. Depois foram apressados ao porto; o empregado de Dreverhaven, Hamerslag, os acompanhou, como testemunha. Durante o trajeto tiveram que conseguir uma segunda testemunha, um sujeito que sempre estava em casa e que Dreverhaven sabia que era pertinente. E realmente estava em casa. Esse quarto homem no táxi era um horror que, por um momento, deixou Stroomkoning mudo. A cada esquina a criatura oscilava no seu canto, com a cabeça inclinada para frente, sustentada por um pescoço inerte, bêbado, idiota ou morto. Mas Stroomkoning não tinha tempo nem atenção para examiná-lo rigorosamente. Chegaram ao cais. O navio já estava se virando, indo ao rio Mosa. Dali em diante, Dreverhaven liderou: era uma penhora, estava em seu terreno. Um barco a motor levantou uma ponta. Com a promessa de que uma bela quantia seria paga se o navio fosse atingido, o barqueiro seguiu em frente. Já estava escurecendo, o céu ficando cinza, naquela tarde do final de novembro. A silhueta do navio fincava uma fumaça preta e as luzes apagadas ao oeste. O requerimento foi rápido, a embarcação quase não andava.

— Foi por um triz — disse Dreverhaven ao barqueiro. — E fique aqui.

Nada mais. Stroomkoning calou-se. Estaria desesperado se não tivessem conseguido dominar o navio, mas algo naquele sujeito, naquele Dreverhaven, disse-lhe que teriam êxito. Não fez perguntas.

Então, perto da proa do navio italiano, Dreverhaven se levantou, de modo que o instável barquinho balançou perigosamente nas ondas do navio.

— Peguem-no! — gritou ao barqueiro, que não entendia nada.

Dando um grito, Dreverhaven logo se atirou no rio Mosa e ficou alardeando como uma sirene dos bombeiros. Stroomkoning compreendeu sagazmente:

— Homem a bordo! Homem a bordo!

Bem ao alto, cabeças apareceram olhando para baixo. Algo esguichava na borda: realmente havia ali um sujeito berrando, colérico. O barqueiro parou e uma corda amarrada foi jogada. Flutuando em seu grande casaco, após algumas tentativas, Dreverhaven foi o primeiro a apanhar a corda, com o chapéu afundado na cabeça, e escalou correndo até o convés, os outros o seguindo.

O capitão, um desagradável rapaz negro, percebeu tarde demais o erro que cometeu: ninguém da tripulação tinha caído no rio. Cerrou os dentes, espumou pela boca, mas Dreverhaven estava diante dele, escorrendo por todos os cantos das tábuas, e não tinha se esquecido da insígnia — uma larga fita de oficial de justiça com um distintivo pendurado no pescoço, a qual o capitão não parava de olhar —, nem do papel do presidente, tomado de Stroomkoning, entre os dedos, que era mantido longe da água, a fim de que não caísse nenhuma gota.

Mas que diabos? O capitão estava ali, em seu próprio navio, não dava a mínima para todos os papéis e todos os holandeses desgraçados! Mas então viu Stroomkoning (que suspeitava que era o tipo de gente com a qual teria de lidar) brincando tão alegre com seu revólver, e imediatamente foi até o piloto, e então um sujeito veio lá de cima feito um pesadelo e se virou para ele; possuía uma cabeça de pedregulho em cima de um pescoço fino, com um balançante quepe de capitão e uma boca aberta, na qual o navio italiano poderia entrar e desaparecer.

O navio retornou; o imperturbável empregado de Dreverhaven já estava sentado em uma maleta perto da lâmpada a óleo escrevendo a penhora nos papéis selados; a corrente do navio foi solta, o monstro foi designado como guarda; Dreverhaven voltou para casa de táxi, a fim de mudar de roupa.

Devo tê-lo daqui em diante e mais ninguém, pensou Stroomkoning. E o que mais o espantou foi aquele físico de aço. Pois tinha ficado encharcado até os ossos por mais de uma hora no convés, em plena noite de ventania de novembro, e não queria ir à cabine. E quando, no dia seguinte, Stroomkoning telefonou para saber como ele estava, escutou de imediato a voz profundamente grave dizer:

— Não, senhor, não tive de assoar meu nariz mais do que o normal.

O relacionamento entre os dois datava daquela época. O escritório era um belo cliente para Dreverhaven. Em anos recentes, também faziam negócios juntos, lidados por Stroomkoning através da conta principal, ou mais secretamente, com a caderneta privada, que mantinha em casa. Para seu arrependimento, Rentenstein nunca soube desse fato. Dreverhaven era um homem dado a arroubos e atos imprudentes. Esse motivo também satisfez extraordinariamente Stroomkoning. Além disso, Stroomkoning não se mantinha afastado o suficiente, pois, para um advogado, era próximo demais de alguém que era oficial de justiça e que logo ganharia a má fama de ser terrivelmente áspero com devedores. Mas mesmo Stroomkoning tendo origem bem de pequeno burguês, não sentia as coisas dessa forma. Seu pai trabalhava com água, então não se importava de ser íntimo de um oficial de justiça, especialmente de alguém como Dreverhaven. Portanto, faziam negócios juntos, constantemente ultrapassavam os limites legais, puros negócios relacionados a apostas, nos quais ganhavam muito e perdiam muito. Agradava--lhe a falta de escrúpulos de Dreverhaven, ele mesmo tinha poucos rodeios. O escritório cresceu bastante e ganhou prestígio, mas a estima se devia mais ao grande volume de trabalho do que qualidade. Não era um advogado de primeira classe e nunca seria. O tribunal sabia, nunca o escolheriam para o conselho fiscal. Ele mesmo sabia disso e dizia:

— É tudo inveja das pessoas que deixei plantadas.

Falava:

— Gostaria de saber quais clientes iam a outras firmas antes e que agora estão ligados a mim.

Além do mais, ele não era alguém que buscava honras. Queria apenas trabalhar e ganhar dinheiro. Trabalhava muito e ganhava o correspondente. Os colegas o achavam bom, gostavam de sua bonomia e modos simples.

O PRIMEIRO ANO

Katadreuffe logo se sentiu em casa no mundo novo do escritório, era a suscetibilidade da juventude em se adaptar. Mas nos primeiros meses se manteve prioritariamente observando a tudo.

Deu-se conta da importância daquele mundo. Não era alguém que negligenciasse seu próprio entorno, pois era muito orgulhoso. Decerto não podia negar que tinha vivido mais coisas ali do que lá. Ainda estava só começando, via de baixo o mundo dos grandes, via-o pelos olhos de um subordinado. Porém, havia mais coisas do que antigamente. Aquele mundo velho era mais desbotado do que esse. Contudo, ele não se esquecia de que tinha saído daquele mundo velho. Achava injusto, absurdo, despropositado, que ambos existiam, um próximo ao outro. Tudo, pelo menos, vinha do povo, então por que não suspender essa diferença? Por que apenas alguns poucos podiam ascender? Era um consolo o fato de que finalmente sucumbiam outra vez, se não eles mesmos, ao menos seus descendentes — um consolo, aliás, que também pertencia aos que ascendiam.

Ele nunca tinha tido contato com algo do tipo, sempre esteve ao redor de trabalhadores, exceto nos anos de cortiço, quando esteve em meio à plebe e à ralé. Nas fábricas, no trabalho como ajudante, as pessoas em geral eram do povo e tinham patrões. Foi um pouco melhor na época em que trabalhava na livraria, onde, pelo menos, o chefe era ligeiramente cavalheiro, mas não aprendeu nada com ele, apenas com os livros.

Tomando como exemplo as duas pessoas que lhe eram mais próximas. A mãe, certamente, era uma mulher excepcional em seu círculo, mas ainda não tinha se desvencilhado dele. Jan Maan prometia mais do que podia fazer. Apesar da amizade de ambos, Katadreuffe julgava Jan Maan clara e acertadamente. Eis que aquele era um sujeito com uma boa cabeça que ficava num beco sem saída com o partido e as moças. A estante de livros, presente de Katadreuffe, permanecia sem adornos, assim como o conteúdo de seu cérebro. Atrás da cortina tinha um lugar para juntar de tudo: roupa de baixo, tabaco, bugigangas, histórias de detetives, panfletos incendiários sobre Lênin. "Ela" deixava tudo como estava, tinha desistido de dar ordem ao lugar. Ele tinha terminado tudo com a moça da loja de departamentos. Pela segunda vez, em vão, tinha guardado dinheiro para a casa e deixado, generoso, absolutamente tudo para a moça. Reconciliou-se de novo com os pais, mas continuava morando com a senhorita Katadreuffe; da casa dela ia se transferir para sua própria casa, casado e bem, ou não se mudaria. Sustentava os pais financeiramente. Não conseguia se desenvolver, ouvia tudo o que o amigo lhe contava, mas não tinha vontade de decolar com ele. E Katadreuffe, por um lado, era bastante ambicioso e, por outro, era o contrário, presunçoso; não percebia que possuía muito mais talento que Jan Maan, apesar deste realmente aproveitar mais a vida.

O mundo do escritório era bem diferente, dali ele tinha contato com o mundo dos indivíduos. Isso se devia, em parte, à desorganização de Rentenstein. Conversava-se a cada momento livre, exceto os dois irmãos, que continuavam trabalhando. A história da penhora do navio tinha despertado admiração de Katadreuffe acerca do pai e, também, inveja dele. Assim era sua natureza: era grande em grandes coisas e pequena em pequenas coisas. Nunca culparia a mãe pela condição de bastardo, pois apesar de ser da sua conta, também era da conta dela... Em primeiro lugar, era mais dela, pois era mais velha. Tinha lhe perguntado apenas uma vez, durante uma caminhada, quando ela lhe disse que não queria se casar com Dreverhaven. Perguntou-lhe se também não era da *sua* conta. Mas ela se calou e ele nunca mais tocou no assunto.

Após a história da penhora, sentiu-se orgulhoso do pai, mas não deixava que notassem. Escondia bem seus sentimentos, mas sentia-se orgulhoso, achava que era algo que podia ser esperado de um homem assim. Porém, lá em cima, em seu quarto, teve uma tacanha inveja daquele homem que já tinha brilhado tanto, e ele estava apenas começando, era um datilógrafo insignificante. Mas aquilo tinha lhe despertado a ambição de ser aquele homem, de ultrapassá-lo.

Soube que ele vinha ao escritório não apenas para ver Stroomkoning, mas também via outros juristas. Enquanto enchia a cabeça com sua biblioteca, enquanto lia os livros didáticos à noite, treinava olhos e ouvidos para assimilar o ambiente inteiro. Mas nunca esquecia que seu objetivo era cumprir com o trabalho.

Quanto a Rentenstein, ele sentia um ódio que não era recíproco. Logo viu que Rentenstein era um tipo de homem que trabalhava sem se esforçar. O tribunal não era muito amplo, e o que Rentenstein fazia além disso e administrar a conta secundária, ninguém sabia. Dreverhaven, que tinha longos encontros privados com Stroomkoning, tinha conversas insignificantes com Rentenstein. Ele não compreendia o que eles murmuravam. De Gankelaar tinha lhe dito sem rodeios que não gostava de ver intimidade entre Dreverhaven e Rentenstein.

— Um sujeito notável — disse, referindo-se a Dreverhaven, De Gankelaar a Katadreuffe —, mas ainda assim preferia que não fosse nosso oficial de justiça. Ele continua sendo um sujeito com o qual precisamos ter cuidado. Provavelmente não roubaria a si mesmo, mas me parece alguém que encorajaria outros a fazê--lo. E, cá entre nós, Rentenstein é tapeador.

Rentenstein, contudo, aparentava. Círculos debaixo dos olhos, que achava algo estranho; cabelo cheio, brilhante, liso, mas sempre tinha caspa no colarinho; um belo rosto com traços adequados, mas o rubor era muito leve e feminino; era esbelto, mas possuía algo de moçoila, frágil e tenro. Além disso, era o mais galanteador com as mulheres da equipe.

Katadreuffe também tinha ódio da senhorita Sibculo, uma moça coquete e superficial, que sempre arranjava tempo para namoricos. O próprio De Gankelaar tinha se perguntado se aceitar um rapaz tão extraordinariamente bonito e interessante como Katadreuffe, que tinha deixado Rentenstein para trás, não poderia ser um perigo para a paz do escritório. Pois De Gankelaar sentia que o jeito reservado e a calma arrogância, a tranquila cortesia, de seu protegido, cairia muito mais no gosto das moças do escritório do que o maneirismo afetado dos procuradores mais velhos. Na verdade, a senhorita Sibculo tinha perdido, de imediato e quase publicamente, o coração de Katadreuffe, mas, após alguns meses, o jeito reservado dele a acalmou. E permaneceu assim; pelo menos para as duas moças, ele não era um perigo. A senhorita Te George, ela mesma calma e correta, era alguns anos mais velha que ele, não era alguém que trazia seus amorecos para o escritório; a moça da voz rouca, Van den Born, preocupava-se exclusivamente consigo mesma. E o principal era que Katadreuffe não estava em busca de um amor, flerte e nem brincadeiras. Se as cativava inicialmente, logo depois acabava repelindo-as.

Ele nunca deixava que notassem o que o incomodava. Devido à paixão da senhorita Sibculo, odiava-a ainda mais. Era casto por natureza, e a exibição do corpo rechonchudo de pescoço curto por parte dela lhe dava quase um ódio físico. Quando via os dedinhos brancos tocando de leve os cabelos encaracolados, ele olhava para o lado. Ela trabalhava para dois senhores e não conseguia lidar com tanto trabalho, mas ainda assim conseguia ter tempo para dar olhares travessos e fazer poses charmosas. Seus olhos, certamente, eram muito simpáticos, mas ela se aproveitava muito deles. Em momentos de silêncio, dava um suspiro profundo e melancólico. Quando ria, surgia uma covinha no rosto e, apesar disso, estava bem longe de ser bonita. Na realidade, era uma criatura de nada, que somente sabia datilografar bem e rápido. Superficialmente, podia-se esperar que ela ficasse louca por Rentenstein, mas vendo mais de perto, parecia apenas, nas palavras de La Fontaine, "*un homme qui s'aimait sans avoir de rivaux*".[10]

Apesar da frieza natural, Katadreuffe sentia uma afeição verdadeira por De Gankelaar, o homem que pretendia dizer que o tinha "descoberto" e ainda se ocupava em descobri-lo. De Gankelaar possuía um grande defeito, que Katadreuffe, apesar do entusiasmo para trabalhar, tinha de encobrir, pois cuidava de tudo o que dizia respeito a De Gankelaar: era bem preguiçoso. De todos ali, ele era o que menos se ocupava, não trabalhava lentamente, mas sim aos solavancos, enquanto fumava um cachimbo, sonhando, ou contemplando Katadreuffe. Era também o mais bem instruído entre todos os funcionários — talvez com exceção da senhorita Kalvelage —, e tinha um traço filosófico em seu caráter; suas reflexões sem-

---

10 "Um homem que se amava sem ter rivais". Primeira estrofe da fábula *O homem e sua imagem*, escrita por La Fontaine em 1688.

pre possuíam um toque melancólico, que fazia esvanecer com a prática de esportes. De todos era o que ganhava menos, mas não se importava, não parecia ser um indigente, praticava esportes caros. A senhorita Kalvelage, a mais nova conquista jurídica do escritório, tinha um salário maior do que o dele, pois Stroomkoning sabia bem os êxitos dos funcionários: não fazia comentários, mas pagava o que mereciam. Realmente deveria dar a De Gankelaar a sugestão de ir embora, mas, por vaidade, ficava satisfeito por mantê-lo ligado ao escritório. De Gankelaar era da nobreza, seu pai era um *jonkheer*[11] de Haia. Contudo, ele nunca usava esse título.

Katadreuffe fazia muito menos coisas para De Gankelaar do que gostaria, apesar de ter aprendido uma ou outra coisa com numerosos desabafos.

De Gankelaar gostava de mostrar sua inércia. Ficava com a cadeira inclinada e as pernas em cima das folhas da escrivaninha, mas suas maneiras nunca eram impróprias, apenas quando Katadreuffe estava afastado, com uma certa graça esportiva. E podia comentar graciosamente sobre a inércia.

— Quando fico assim, com as pernas cruzadas, às vezes consigo passar uma hora pensando se deveria deixá-las assim ou, para variar, deveria mudá-las de posição.

Dizia também:

— Não trabalho aos domingos, óbvio, mas não fico nem um pouco satisfeito. É bom ser preguiçoso apenas quando os outros estão trabalhando. Portanto, sou preguiçoso apenas nos dias úteis, especialmente nos dias úteis.

---

11 Título equivalente ao *Sir* britânico, porém é o mais baixo da nobreza holandesa.

Revelava abertamente a Katadreuffe suas visões sobre cada assunto. Falava-lhe abertamente sobre os funcionários, os colegas de trabalho, o chefe; não se importava como os outros iriam encarar. Também falava abertamente a respeito de si mesmo. Dizia:

— Que importância tem se talvez esteja colocando em risco minha posição aqui? Sem esse emprego, não morrerei de fome. Não, se a sobrevivência depende do trabalho e ainda assim brinca de gato e rato — isso se o senhor for o rato —, é um outro assunto, é altamente louvável. Mas o que estou fazendo aqui com *meu* diletantismo?

Katadreuffe pensou por um momento, entendeu um pouco. Respondeu:

— Creio que o senhor realmente não é apropriado para esse trabalho.

Conheciam-se muito bem para De Gankelaar tomá-lo por ofensa. Ele disse:

— Agradeço ao diabo. Ser advogado significa agir e reagir, falar bastante sobre tudo, e ficar tão fechado quanto um cofre. Mas eu nasci com apenas um interesse: pessoas.

Sem tirar as pernas da mesa, encheu um cachimbo novo; seria uma longa observação.

— E lembre-se, Katadreuffe, que compreendo muito bem que me dediquei a um estudo que nunca acabará, ficará cheio de espaços em branco com enormes pontos de interrogação. O que é uma pessoa? Não sei, mas esse sujeito me interessa. Não o senhor ou eu, mas sim esse rapaz, a pessoa. O que isso significa? Quando olho o Stroomkoning, a mim mesmo, ou a senhorita Kalvelage, vejo quatro objetos chamados, no uso linguístico, de seres humanos. Mas por que, por que, meu Deus do céu? Vejo quatro objetos que não têm nada, absolutamente nada, em comum. Vejo mil facetas em cada um deles e cada faceta é diferente, vejo quatro mil diferentes. Às vezes minha cabeça realmente não aguenta... primeiro: que nós nunca vemos as pessoas, apenas as facetas; segundo: que essas facetas são diferentes; terceiro: que ainda não nos atemos a uma compreensão padrão... Não me diga que uma pessoa é um ser racional — pois entendo menos ainda disso —, já que logo se vê os quatro significados da razão... Já ouviu falar em Diógenes, que um dia apareceu em um mercado lotado com uma lamparina acesa procurando pessoas?

Katadreuffe conhecia.

— O sujeito — disse De Gankelaar, mudando, finalmente, as pernas em cima das folhas da escrivaninha —, o sujeito, segundo meu conhecimento de leigo, era um dos grandes filósofos. Não tanto porque ele é o pai do cinismo, apesar de que devo dizer que isso também me atrai nele, mas sim pelas verdades em uma dúzia de sentenças, especialmente as palavras: procuro pessoas. Pois não é certo, Katadreuffe, desmerecer esse dito usando uma impertinência. Esse sujeito pensou muito além e bem profundamente. Ele procurava pessoas, mas não sabia *onde* buscá-las, isso se existissem — nem sabia exatamente *o que* buscar. Sua única esperança era poder descobri-las com a lamparina.

Observações assim expandiam as ideias de Katadreuffe, mas não o tiravam do caminho de sua meta. Quando trabalhava muito e não conseguia dormir, refletia sobre o que tinham conversado

Sim, o que realmente era uma pessoa? Precisava-se apenas olhar para aquele escritório a fim de encontrar a resposta culposa. Com exceção aos dois irmãos, a diferença era enorme, ainda mais entre os juristas que entre os funcionários.

Então Katadreuffe entendeu que eles certamente falavam da grande maioria, que o indivíduo realmente começa primeiro com as classes privilegiadas. Eram-lhe dadas oportunidades para crescer, e todos cresciam em uma única direção. Via o formidável significado de ter *muito conhecimento*. Ter muito conhecimento era ter um enorme crescimento, era mostrar mil facetas.

O próprio Katadreuffe ainda tinha um caráter em formação, já que tinha se submetido a um crescimento tardio após a adolescência. Possuía qualidades notáveis e talento, mas estava longe de possuir um caráter completo. Sem que percebesse, tinha menos personalidade que Jan Maan, mas prometia mais. Um filho do povo, mas com possibilidades, com muita sabedoria propulsada desordenadamente, mas muito variada e quase sempre datada. Uma miscelânea que, com uma determinação de ferro, tentava tornar-se algo inteiro.

Uma de suas virtudes era a vontade de aprender onde quer que pudesse, mas nunca aceitava as coisas sem críticas. Era verdade, duas pessoas não eram iguais. Tomando o sr. Gideon Piaat, por exemplo, o perspicaz litigante de processos penais, que sempre conseguia fazer os outros rirem no tribunal; era um sujeito baixinho com uma cabeça grande, com rosto de criança e óculos, agitado, sempre exuberante nos gestos. Quão diferente era do colega de sala, o ressequido Carlion. E tinha um coração fraco, até desmaiou uma vez. Era simples por natureza, mas achava o nome de batismo tão bonito que sempre o mencionava por extenso, em todos os lugares. E tinha a mulher doutora em Direito, senhorita Kalvelage, que trabalhava em uma saleta no primeiro andar, bem embaixo do gabinete de De Gankelaar. Uma figura afiada feito sabre, aquela. Ainda era jovem, nem um pouco feminina, quase não tinha corpo, era um esqueleto coroado com um crânio de cabelos finos e escuros, que estavam começando a ficar grisalhos. Uma pequena ossada, quase charmosa com os óculos redondos, quando os olhos amarelados mudavam e ficavam bem grandes — uma criatura bastante agressiva, que advogava com uma voz dura e uma língua afiada, feito um bisturi.

No entanto, pensava Katadreuffe, tudo o que De Gankelaar dizia soava bem e sem dúvida era verdadeiro, mas não apenas no tocante à compreensão das pessoas. "Quando falo de uma mesa, quero dizer algo diferente de quando "ela" fala sobre uma mesa. Se pensar bem, todas as pessoas falam umas com as outras de forma desordenada." Pegou-se pensando e discernindo.

Virou-se de lado e foi dormir. Tinha uma cama-sofá, não usava mais a temerosa cama-armário.

O PRIMEIRO ANO

Recentemente, as coisas não iam muito bem com a mãe, mas ele não percebeu e ela continuou calada. A tuberculose, contra a qual há muito resistia, começou a minar o corpo frágil, mas isso podia perdurar anos a fio. Além do mais, era impossível restringir-se ao artesanato; ao contrário, os tempos eram menos favoráveis, e, mesmo trabalhando mais, continuava ganhando menos do que o pouco após a guerra. A loja não estava mais totalmente satisfeita com seu trabalho, e ela mesma via precisão na opinião deles. Lentamente, sua originalidade esvaiu-se, começou a se repetir de uma maneira notável. Ainda escolhia belas cores, mas as combinações à parte apareciam muito e acabavam não tendo efeito. Seus temas atingiram o limite, pois podia-se desenhar tudo, mas não podia coser tudo com lã. Uma capa para sofá de diamantes pretos e amarelos, começando em tamanho grande e terminando em tamanho pequeno, ainda era um trabalho bonito para uma varanda fechada. Mas não se podia perguntar o quanto tinha que labutar enquanto fazia outros serviços e as coisas da casa. Por fim, o produto não lhe agradou e achou que tinha recebido pouco em relação ao número de horas de trabalho e, por outro lado, achou que tinha recebido muito devido ao resultado final. Secretamente, arrependia-se por não ter podido usar aquele verde estranho durante tantos anos. Tinha uma vaga noção de que se o encontrasse outra vez, a inspiração voltaria, e procurava-o aqui e ali nos mercados. Uma vez, notou em uma vitrine algumas lãs cosidas que eram bastante parecidas, mas quando as examinou em casa percebeu que não tinham semelhanças, não tinham nuances de deterioração, desbotamento, descoloração da água do mar. Ela colocou a lã em uma banheira com água e um pouco de sal, mas o único efeito era que a lã encolhia. Ela poderia ter previsto. Não, deveria pagar por aquela bagunça.

    Katadreuffe não fazia nenhuma visita a ninguém, a não ser ela e Jan Maan. Porém, tinha muito trabalho; as caminhadas de domingo à tarde eram feitas às pressas. O relacionamento de ambos estava melhor, ela não tinha mais a agitação de quando ele estava em casa, nem o desejo obrigatório — sem dizer uma palavra — de que ele fosse embora, embora, saísse. Havia algo indeterminado nela, uma irritação em ver um rapaz lendo e não fazer progresso social algum; uma grande expectativa por aquele moço especial que ela, uma moça de raça, havia trazido ao mundo, e que, tal como o pai, era um sujeito único em Roterdã; expectativas que ameaçavam se tornar ilusões. Era apenas algo indefinido nela e também amargurado por não ver o rapaz voar, ficar nas alturas, com asas que, do nada, tinham surgido dos ombros. Durante as horas silenciosas do trabalho, ela sempre pensava nisso, ocupava-se com a fantasia, mas não tinha coragem de dizê-las; continuava sendo indefinido, mas também se dissesse algo, o frescor da visão desapareceria. Isso intensificou a relação entre ambos, deixou a atmosfera carregada com um eterno silêncio de irritação, até que o próprio rapaz sentisse que sua partida era como uma libertação. Não a aventura em Haia, que tinha sido um disparate imprudente — felizmente, aquilo agora pertencia ao passado —, não, era outra coisa. Por fim, ela tinha se desprendido definitivamente dele, e assim deveria ser; o distanciamento jazia na natureza de uma mãe. Querer manter o filho são e salvo era uma ternura desprezível das mulheres: ela era uma mulher do povo que havia chutado o filho para rua. Sim, chutado, chutado...

não estava longe disso. Mas claro que o filho já era bem velho.

Estava temporariamente satisfeita, não sabia ao certo quais eram seus planos, Katadreuffe não iria mostrá-los logo, isso sabia bem. Nenhum estranho agia assim com ele, ela mesma era tão fechada quanto uma ostra. Mas sentia que estava no caminho certo. Até agora, não tinha *voado* longe, mas ela não queria pedir o impossível, que voar era apenas o sonho de uma mãe orgulhosa. Mas *aconteceria*, tinha certeza, sentia que sim. Notou, também, que ele tinha mudado. As tarefas no escritório não podiam lhe tomar tanto tempo, devia estar trabalhando por conta própria. Notava que ele estava mais pálido, com menos gordura no corpo do que antigamente, porém havia muito mais firmeza no brilho dos olhos.

E então estava satisfeita, pois apesar das coisas estarem ruins em vários aspectos, ela tinha Jan Maan. Desejava muito mais manter Jan Maan são e salvo do que perder seu filho. Não era apenas por causa do dinheiro que Jan Maan lhe dava, ela gostava dele. Qualquer que fosse a ternura que possuía — era pouca — gastava-a com ele. Em seus sentimentos, não havia nenhum traço de atração sexual por Jan Maan — isso seria uma loucura, o nascimento do filho havia destruído tudo —, mas tinha uma predisposição a ele, tal como uma esposa tinha predisposição ao marido quando não existe mais amor, com uma sublime maternidade sublimada, sem a irritação do sangue. Ela nunca o impediria de se casar, era muito generosa para isso, mas percebia que não era um homem para casamento. Era um rapaz que beijava muitas moças e que dificilmente se casaria. Ele possuía uma natureza semelhante à de uma borboleta, o que a encantava, enquanto que era exatamente isso o que mais criticava no filho. Que algumas vezes ele tinha criado princípios da sua própria casa e os quebrado, deixando pedaços remanescentes para a moça — tudo isso tocava seu coração. Provavelmente não estava mais com a moça; ao menos caminhava fielmente todo domingo com ela, ia ao rio Mosa, ao Oude Plantage ou ao café De Heuvel, dentro do Het Park, E deveria continuar assim; esperava que o filho nunca mais se hospedasse em casa, mas Jan Maan não usava o gabinete, nem ela o usava, nem mesmo para dormir; mantinha-o livre para o filho.

Entretanto, no verão seguinte, recusou-se a invadir os domingos de Jan Maan e o privou dos dias livres de sol e mar em Hoek van Holland. Nas primeiras vezes ele chegou em casa vermelho como uma lagosta, a pele branca sempre queimava fácil e causava-lhe muitas dores.

Se pudesse levar Katadreuffe consigo, não iria a Hoek. Algumas vezes tinha sido bem-sucedido em atrair o amigo e tirá-lo do trabalho. Fazia uma pequena tenda e amarrava-a na bicicleta, vinha de manhã cedinho perguntar a Katadreuffe se queria ir à rua Boompjes. Então iam juntos pelas grandes torrentes de pontes e apenas quando atingiam a costa sul o correto e modesto Katadreuffe simplesmente sentava-se no bagageiro, com Jan Maan bastante ofegante, e então trocavam de lugar. Era bem longe até a ponta da extremidade sul de Waalhaven.[12] Naquele lugar remoto, aonde nenhum navio chegava, confinado no aeroporto, a correnteza tinha formado uma pequena praia natural.

Trabalhadores e desempregados de Roterdã que não iam a Hoek procuravam descansar. Montavam suas tendas, permaneciam o dia inteiro ali, na dura e

---

12   Na época de Bordewijk, Waalhaven era um aeroporto. Destruído durante a Segunda Guerra, hoje é um porto e uma área industrial.

áspera areia do rio, com grãos grossos e argila bastante gordurosa, deitavam-se na água salobre ou entre as tendas no sol, em meio aos discos riscados de um gramofone bastante usado. Jan Maan gostava de nadar para muito longe, Katadreuffe não fazia muito mais do que atolar um pouco ali perto. Sabia nadar bem, mas não ia muito longe, gostava de se secar rápido no vento. Ali ficava aconchegado entre o povo, seu povo, pertencia a ele e não era de sua natureza negar o fato. Havia poucas coisas que podiam incomodá-lo; o caráter do trabalhador holandês era modesto, nove se mantinham decente e apenas o décimo era um barulhento vulgar, mas seu reinado não durava muito entre os nove. Katadreuffe levava livros e anotações, trabalhava um pouco na tenda, mas passava a maior parte do tempo olhando para o céu, deitado, com um lenço de domingo desdobrado debaixo da cabeça. Embora as moças o notassem, ele quase não as notava, diferentemente de Jan Maan; ficava apenas sentado, com os pés apontados para a extrema ponta do sul de Roterdã, o labirinto de portos, e essa Waalhaven era a mais régia de todas, semelhante a um mar marginal, sob a imensidão de seu próprio firmamento.

Uma vez ambos voltaram do campo com piolho, mas "ela" logo encontrou meios eficazes de exterminação: um pouco de petróleo. Afundava-se a cabeça no petróleo, colocava alguns panos no cabelo e ia dormir. Então no dia seguinte lavava uma ou duas vezes com sabão preto e acabava-se com eles. Era assim.

Uma vez, na praia do porto, Katadreuffe soltou-se e contou seus planos ao amigo. Estavam deitados no meio do povo; uma criança pequena e estranha começou a fazer uma pilha de areia no dedão de Jan Maan, mas ficaram deitados ali bastante seguros, como se estivessem entre quatro paredes. Ninguém prestava atenção na conversa dos dois. Katadreuffe de bruços e Jan Maan de costas, os dois com as cabeças próximas — foi assim que tudo foi contado. Ele estava estudando para o exame estadual.[13]

Era bastante sistemático, não mirava tão longe. Primeiro se esforçava para ser uma figura razoável como estenógrafo. Atualmente, decerto, já havia alguns que eram melhores, em especial, entregavam o trabalho mais rápido do que ele, sua grande habilidade era evidente devido ao curto período que tinha estudado. Tomar e elaborar notas em línguas estrangeiras ainda era algo para o futuro. Seria assim mesmo: dominaria por completo os idiomas quando estivesse pronto para a prova.

Depois, tinha melhorado e aumentado os conhecimentos de sua própria língua. Isso também foi aprendido rápido. Agora ocupava-se em melhorar a letra; não queria ter uma letra bonita — teria uma letra feia se fosse preciso —, mas sim uma letra cursiva, não infantil, desajeitada, do povo, uma pela qual logo o reconhecessem com uma pessoa culta. Possuía também, pela primeira vez, uma assinatura real, seu nome sem nenhum arrastão, sem pontos ou riscos, sucinto.

No que diz respeito à pronúncia, foi privilegiado pela situação caseira. A mãe, embora o que saísse de sua boca às vezes fosse rude, falava sem o sotaque local. Então ele tinha aprendido a falar dessa forma, sem o sotaque feio de Roterdã que muitas crianças da escola, até os próprios professores, e especialmente no cortiço, possuíam; nunca teve aquele sotaque. Se tivesse a coragem de voltar algumas vezes da escola com o linguajar do povo, a mãe logo bateria nele. Contou a Jan Maan o quão extraordinariamente importante era para sua carreira ter uma pronúncia clara, ao

---

13 Em holandês, *staatssexamen* (exame estadual). Prova para terminar o colegial, similar ao nosso supletivo.

menos razoável, achando que o próprio amigo poderia melhorar nesse ponto. Contou com tanta seriedade e boa intenção que o amigo, que possuía um pouco (mas não muito) de sotaque roterdamês e tinha percebido o fato apenas naquele momento, sorriu prometendo melhorá-lo; mas, em sua indolência, tinha intenção de permanecer fiel a seu sotaque.

Havia ainda outra área delicada, que eram as palavras estrangeiras constantemente usadas no escritório. Termos latinos e coisas do tipo. Devia-se prestar atenção especialmente na acentuação correta. Uma coisa era *totaliter*, outra era *hectoliter*; uma coisa era *res nullius*, outra era *luce clarius*; além do holandês *reus* e o latino *reus*.[14] Ocupava-se com esse assunto, tinha um livro de palavras estrangeiras e, assim que as lia, fazia um risco.

Tudo era, em parte, uma preparação para seu trabalho verdadeiro, e por outra parte era fenômenos civilizatórios secundários, sem os quais não poderia falar como uma pessoa realmente culta.

Ele não falava muito sobre os estudos em si, que provavelmente estavam acima de sua compreensão e certamente além do interesse de Jan Maan. Contou-lhe que tinha comprado a prestação um aparelho de rádio; nunca tinha se envolvido com cantiga musical, apenas se havia algo a aprender, especialmente os princípios das línguas estrangeiras, que era o que acompanhava agora — o rádio era uma invenção maravilhosa. Também teve aulas por correspondência e desde o inverno passou a ter aulas noturnas na universidade popular. E ele estava procurando um instituto para treinar redação para o exame estadual.

---

14 *Reus* em holandês é "gigante" e em latim é "réu".

Quando Jan Maan perguntou para que tudo isso serviria, Katadreuffe respondeu simplesmente:

— Ser advogado.

Jan Maan quis se sentar, mas, pensando bem, estava confortável deitado. Apenas abriu os olhos e os fechou de novo, devido a intensidade do céu.

Katadreuffe prosseguiu contando que esses estudos não deveriam custar muito, pelo menos não por hora. Por intercessão de De Gankelaar, tinha recebido um aumento. Agora ganhava oitenta e cinco florins por mês, quase quatro vezes mais o que Jan Maan ganhava por semana. Mas ninguém poderia saber nada dos planos de estudo, especialmente "ela".

Ainda era verão quando ele a visitou uma noite. Encontrou-a sozinha, Jan Maan tinha ido dar uma volta de bicicleta. Isso lhe agradou. Sentou-se do lado oposto ao dela e colocou quinze florins na toalha de mesa. Ele não disse nada, ela apenas olhou para cima e depois para baixo, para seu trabalho. Também ficou calada. Ele brincou com a pequena colher de chá e a raiva começou a tomá-lo, devido ao fato dela não dizer palavra alguma.

Então ela abriu a boca.

— Nunca quis aceitar nada de seu pai, nem casamento, nenhum centavo.

Era a maneira dela de aceitar e, no aceite, o agradecimento vinha escondido. Ele sentia a raiva desaparecendo. Ah, pelos céus, sim, ele também tinha ido à luta. Falar era difícil e agradecer era duplamente difícil. Agora mesmo tinha posto o dinheiro na mesa completamente calado. A quantia ainda estava ali.

— Essa é a primeira vez — ele falou.

Quis dizer que dali em diante poderia contar com ele a cada mês.

Ela assentiu.

Então, um momento depois, ela falou outra vez.

— Você tem uma boa cabeça, Jacob. Agradeça a Deus por isso.

Dessa maneira, ela se fez entender de que sabia que ele estava estudando a fim de progredir; e ele a compreendeu. Mas não entendeu aquele "Deus". Ela era religiosa? Nunca tinha notado algo nesse sentido, apesar de ela ser de família protestante. Talvez fosse, agora que estava envelhecendo. De Gankelaar tinha dito que religião era uma boa observação do mal da velhice; podia ser isso.

Ele não mencionou seus planos. Ficaram sentados durante um tempo, diziam algo de vez em quando. Não precisavam falar muito, entendiam-se com algumas poucas palavras. Essa era a verdadeira tragédia de ambos. Conheciam-se muito bem, tinham muito em comum, mas não se completavam; um deixava o outro nervoso.

O questionamento que ele se fez, se ela poderia ser religiosa, despertou-lhe a curiosidade, mas preferia morrer a perguntar. Olhou-a: havia anos ela era bem branca, feito uma pomba. Recentemente, quando não estava trabalhando, usava óculos. Tossia muito, também. Seu matiz não era pálido, mas de um amarelo desgastado, como se o brilho das maçãs do rosto tivesse sido polido com o passar do tempo. Algo como marfim.

— A senhora tem de descansar um pouco mais, mãe.

— Vou acabar fazendo isso.

Ele não sabia que o salário dela tinha diminuído; ela nunca contaria a ele, preferia morrer.

Ele tomou outra xícara de chá e, após uma hora, voltou para o quarto, para o trabalho. O dinheiro ainda estava onde havia deixado.

Ao sair da casa, ainda estava muito bravo com ela. Por que, se agora ela entendia que ele tinha planos, por que não o questionou a respeito? Naquele inverno, tinha estado duas vezes na casa dele e nunca perguntou o que fazia nas horas vagas. Nunca tinha encontrado semelhante milagre da teimosia. Mas a apoiaria, com quinze florins por mês, por ora.

Tinha feito isso uma vez.

DREVERHAVEN

A rede de pequenas vielas e ruas do leste de Nieuwe Markt era, em grande parte, bastante sombria. Uma delas, cheia de lojas, lotada de pedestres, era tão pequena que nenhum carro podia passar, mas tinha pessoas alegres e animadas. Em uma ruela chamada Korte Pannekoek havia duas lojas, uma em frente a outra, que durante mais de um ano atraíram em especial a atenção do público. Ambas vendiam o mesmo tipo de coisa barata, porcarias agradáveis, principalmente abajures; as vitrines sempre se assemelhavam entre si, mas os preços em uma eram consideravelmente mais altos do que na outra. A loja mais cara tinha um título pretensioso: Au petit Gaspillage[15] — os outros a chamava simplesmente de A Concorrente.

Uma guerra pela concorrência foi alimentada entre ambas as lojas por mais de um ano, com placas desdenhosas atrás das vitrines, nas quais uma referia-se aos altos preços como prova de boa qualidade, e a outra realçava a boa qualidade, apesar da baixa oferta de preços. Às vezes produziam ou escreviam invectivas de tal natureza que a polícia tinha que removê-los. A loja cara e a barata, de tempos em tempos, copiavam as vitrines uma da outra. Mas nenhum litígio era cogitado por nenhuma das partes: ambas as lojas pertenciam a Dreverhaven.

---

15 Em francês, no original, "pequeno desperdício".

A loja barata não era tão barata assim, mas parecia ser somente para contrastar com a outra. Não havia nenhuma guerra de verdade, essa batalha era simplesmente uma forma de propaganda. A loja barata atraía muita gente, a cara, claro, era menos enriquecida, apesar de, vez ou outra, algum cliente achar que realmente comprava algo mais consistente. A loja mais barata dava lucro, a mais cara perdia. Até ali, o lucro tinha sido maior do que a perda, mas não justificava em nada os planos estranhos, complicados, arriscados. Ninguém mais pensaria em começar algo assim, mas Dreverhaven era exatamente o tipo de homem que encontrava um prazer profundo e secreto naquilo. Para ele, era mais uma questão de espetáculo do que de benefícios financeiros. Ainda assim, esse último não era um fator negligenciável; em breve deixaria a loja valiosa de lado — as aparências tinham durado o bastante — e a loja barata, provavelmente, se integraria o suficiente. Depois, também deixaria aquela loja de lado. E, enquanto isso, achava graça em lutar consigo mesmo.

Seu maior interesse era em empreendimentos que não tinham a ver com sua real profissão, então emprestava dinheiro em condições bastante onerosas. Durante a guerra, juntamente com Stroomkoning, tinha feito transações com bens de consumo. Dreverhaven era o homem que dava dicas, Stroomkoning tinha grande confiança nele e o acompanhava. Ganharam muito com o ramo de açúcar, mas perderam tudo outra vez, e ainda mais, com o ramo de melaço. A queda mais feia que sofreram foi ao participarem do ramo de sais vegetais, antes que a paz — como eles chamavam — surgisse, pois, antes disso, tinham ganhado pouco com o ofício. Quando Dreverhaven fazia o balanço das especulações, parecia-lhe que não tinha feito nenhum avanço. O empréstimo de dinheiro também não lhe dava lucro, pois era repartido entre muitos — a fim de que não caísse em descrédito e não colocasse seu cargo a perigo —, e a administração, juntamente com o risco, consumia tudo com ganância. Não obstante, muitas pessoas e todo o escritório de Stroomkoning sabiam de seu trabalho com usura.

Quando Dreverhaven fez o balanço do ano anterior, veio-lhe a lembrança das perdas que fez seu coração sangrar; mas tinha alma de especulador, não conseguia parar de arriscar. Ele era, ao mesmo tempo, extraordinariamente avaro e extraordinariamente imprudente. Custava-lhe muito se despir, sempre que podia gostava de manter o chapéu e casaco, pois tinha a alma de um avarento que acreditava que, ao se despir, roubava a si mesmo. Houve uma época em que bebia e corria muito atrás de mulheres. Mas nunca interpretava esse papel em Roterdã, para isso ia à Bruxelas, onde podia rodar com um táxi cheio de mulheres: vulgar, grosseiro, repugnante. Era generoso com as mulheres; gastava uma grande quantia de dinheiro e podia brigar violentamente por alguns centavos a mais para o dinheiro do guarda-roupa em um cabaré.

Era um oficial de justiça em um tribunal de primeira instância. Duas vezes por semana arrancava as roupas à vista e fazia ali o que não fazia diante de Deus: despia a cabeça, pois ali prevalecia a lei. E com uma voz indistinta, grunhida, chamava a sessão na pequena sala de casos civis, lotada de réus, onde os canalhas dos fiduciários ocupavam às pressas os melhores assentos. Ele continuava atrás de sua própria mesa, a fita laranja e o distintivo prateado com o brasão de armas do Reino dos Países Baixos pendurada no pescoço como se fosse uma ordem suprema; os nomes de vários partidos saíam da boca descuidada e retumbante; muitos réus inexperientes achavam que ele devia ser, ao menos, do Ministério Público.

Ele era mais do que pontual, chegava uma hora antes da sessão. Ficava de sobretudo, no topo da escada, olhando o povo que se reunia, com vários objetivos, e lentamente ia para cima. Então conduzia o povo para salas de espera diferentes.

— Onde o senhor se encaixa? Prestar juramento?

— Não, senhor, venho da parte da intimação.

— Então tem que dizer "intimação", tem que dizer que foi intimado. Aquela porta!

Homens de todas as cores, girando seus quepes nas mãos e com âncoras azuis tatuadas, com cheiro de breu e mar nas roupas, constantemente subiam com crostas intumescentes de sífilis na mucosa do lábio. Esses eram homens com depoimentos relacionados a navios e sempre iam acompanhados do procurador ou de um empregado de um escrivão, com alguns papéis, e um intérprete. Dreverhaven não olhava para eles, os empregados sabiam o caminho.

Os fiduciários ficavam juntos, em grupos, balançando as maletas sarnentas cheias de conclusões — que mais tarde, nas sessões, desenterrariam —, de papéis sujos, lotados de erros gramaticais grosseiros — como se tivessem sido feitos por um criado — e abundantes em perturbadoras minúcias. Diante de Dreverhaven, eram respeitosamente confidenciais.

Às vezes alguém vinha e sussurrava-lhe intimamente no ouvido.

— Aquela porta! — ele berrava.

Pois a atmosfera do Palácio da Justiça, às vezes, funcionava como um laxante para os novatos.

Um juiz surgia, a toga agitava-se inteira ao seu redor. Todos ficaram de lado, o secretário judicial estava bem atrás dele, igualmente agitado. O juiz bateu no ombro do oficial de justiça.

— Muitos casos extrajudiciais de manhã, antes da sessão, senhor Dreverhaven?

Ele virou-se.

— Sim, senhor, três depoimentos marítimos e já há seis para prestar juramento. Mas primeiro o escrivão Noorwits tem que lhe falar sobre uma ação de repartição de bens. Deixei que ele entrasse no tribunal.

Às nove e meia começou o trabalho a portas fechadas, os depoimentos marítimos e assim por diante. E quando isso acabou, fez soar a campainha; Dreverhaven abriu bastante as portas do tribunal e sua voz estrondosa perpassou todo o pomposo vão da escada.

— Sessão aberta!

Os canalhas dos fiduciários já ocupavam os melhores lugares e formavam uma lepra viva na administração da justiça. Ali atrás deles formou-se uma maioria do povo pobre, estúpido, malcheiroso, que tinha ido escutar a condenação contra si mesmo, devido ao pagamento de dívidas, indenização por danos sofridos, despejos de suas casas.

Havia um homem entre eles que queria procurar seus próprios direitos. No entanto, muito raramente ouvia-se alguém manifestar algo contra o juiz, dizendo frases como "defendo meus direitos". Por outro lado, a cada sessão, o magistrado escutava "não é falta de vontade, senhor, mas falta de força" sair mais de dez vezes da boca dos réus. Pois, com os devedores, nenhuma fórmula era mais popular do que essa, e, ainda assim, cada um pensava que dizia algo novo.

Duas vezes por semana, portanto, Dreverhaven cumpria suas funções durante a manhã inteira, invariavelmente, e também trabalhava parte da tarde. O que precisava ser feito em outros dias sobrava, à parte, para os colegas. Ele passava o restante do tempo no escritório ou andando pela cidade, com os bolsos internos cheios de envelopes grandes, deixando intimações, confiscando mercadorias, fazendo apreensões por dívidas. Sempre era acompanhado de duas testemunhas, o seco empregado Hamerslag, e a criatura abjeta Den Hieperboree. Quem quer que o encontrasse na rua, em meio à suas funções, não o esquecia, pois ele aparecia com o casaco aberto — não importava o tempo — e duas fileiras de envelopes oficiais em ordem de combate no peito formidável; a imagem tornava-se totalmente aterradora quando viam aquele gigante girando, com o pescoço flácido, a enorme cabeça balançante, a boca que, ao avistar a presa, abria cada vez mais. Tal como uma grua com cabo de aço e um contêiner suspenso no porto — ele estimulava bastante o medo através da fantasia. Dreverhaven tinha notado o fato, e deram-lhe um apelido: nunca o chamavam de outra coisa a não ser Apanhador de Carvão.

O Apanhador de Carvão era fenomenal ao despejar famílias com filhos pequenos. Pois apenas virava a cabeça para a criançada, abria a mandíbula, e os pequenos fugiam dele; aproximava-se lentamente atrás deles e, aos gritos, os jogava na rua. E fazia a mesma coisa com as mães; muitas mulheres, já em estado de esgotamento nervoso, corriam para rua soluçando e gritando, buscando segurança do lado de fora e se livrarem do agitado Apanhador de Carvão.

Mas ele não tinha força, era apenas aparência, quase bobo, terno por natureza. O carregamento continuou sendo vigiado pelo durão Hamerslag. E assim que a resistência — rara e, em geral, apenas de homens — chegou, Dreverhaven entrou em ação. Era pesadão e forte, pegou um deles pelo colarinho e o colocou para fora da casa dando uns pontapés. Se não fossem terrivelmente rápidos ao pegarem seus pertences, Hamerslag — um homem com músculos de carroceria — jogava todos os móveis na rua, a braçadas, na chuva, na lama.

E Dreverhaven tinha o triunfo de nunca ter precisado da ajuda da polícia ao cumprir a sentença, cada porta abria-se ao toque da campainha, a batida do pulso, a retumbante voz ressoava pela caixa de correio. Apenas uma vez tinha sido necessário, em uma casa cheia de comunistas, uma casa que rapidamente se transformou em um forte. Com a ajuda de dois policiais, conseguiu entrar naquele forte, onde doze rebeldes tinham se abrigado. Ele mesmo foi o primeiro a entrar, de machado em mãos, nas ruínas da porta da frente e barras de obstruções quebradas.

Havia muito tinha passado o tempo em que ele ainda tinha o escritório nos portos. Ainda mantinha o local de apostas na rua Hooimarkt; ainda morava na mesma casa na avenida Schietbaan, onde Joba o abandonou. Mas o escritório tinha mudado de endereço havia mais de um decênio, para a rua Lange Baan, no coração da parte mais pobre da velha cidade. Ali, sentia-se em casa.

Em anos posteriores, foi dominado pelo cansaço de viver, isso se podendo dizer que ele tenha sido dominado. Mas ali mostrou uma certa grandeza. Pois o cansaço de viver revelava-se nas pessoas de natureza fraca, pela melancolia. Nas pessoas fortes, era pela indiferença. Que era o caso dele.

Quanto mais velho ficava, mais sem remorso também se tornava. Fazia iscas para violentarem a sua própria pessoa, e os reprimia mantendo o ar de superioridade indiferente. Situava-se no coração da pobreza, justo ele, o carrasco dos pobres. Ele sabia que as pessoas nunca ousariam atacá-lo de frente. Mas uma faca nas costas era algo que achava provável que acontecesse, se não tomasse alguns cuidados. Sentia que aconteceria, não sabia se desejava que acontecesse ou não, mas, em todo caso, além disso, deixava-lhe profundamente indiferente.

Quanto mais velho ficava, mais agitado também se tornava. Tomava uma viatura apenas quando era extremamente necessário, preferia andar até o tribunal, na rua Hooimarkt. Para casa, para o escritório, percorria Roterdã-Norte e Roterdã-Sul. Gastava muito mais com as lojas de sapatos do que com as de roupas. Às vezes, à noite, sentia a necessidade de ir ao local de leilões. Era atrás de uma fileira de casas, um corredor com uma cúpula de vidro e um estrado para os leiloeiros. Ele acendia algumas luzes e marchava sem rumo ao longo da cintilação dos artigos heterogêneos, a maioria coisas baratas e ninharias, que ficavam bem arrumadas, enfileiradas, com veredas entre elas.

Em casa não fazia mais do que comer e dormir; à noite, geralmente, ficava no escritório. Não mantinha horários fixos; se é que possuía algum, então sempre tinham acesso a ele. Às vezes vinham visitá-lo à noite. Às vezes o chamavam; se ninguém aparecia, ele ficava ausente. Às vezes caía no sono, mas sempre dormia meio mal, tinha o sono de predadores, nunca perdia contato com o ambiente.

A casa era singular em Roterdã, por isso agradava-lhe tanto. Encontrou nele mesmo um primeiro proprietário de verdade, um ocupante digno. Exceto o andar em que usava o escritório, alugava todos os cômodos, de cima para baixo, até o sótão; era lotado de inquilinos, todos mortalmente pobres, às vezes fantásticos, às vezes alérgicos à luz. Mas tinha sido construída para ele; formava um bloco de tijolo ao seu redor, não tinha alma sem ele; a vizinhança falava da casa do senhor Dreverhaven como os turistas falavam das pirâmides do rei Quéops.

Naquela noite ele estava sentado na escrivaninha, de casaco e chapéu. Tinha em mente, outra vez, o balanço dos negócios, que não estavam muito bons. Tinha tido muito dinheiro. Tinha tido acessos, mas a questão era: ainda tinha dinheiro ou estava paupérrimo? Não sabia. Os negócios corriam desordenadamente, a única coisa boa que mantinha era o repertório. Mas o número de decretos judiciais tinha diminuído nos últimos anos. Ainda possuía leilões de carvão, com o qual ganhava bastante, era verdade. Mas ultimamente, tudo estava dando errado. Ele podia, claro, ir ao topo outra vez, mas os tempos estavam ruins. Todo ano brigava com funcionários do fisco. Se desse uma boa olhada, veria que não tinha centavo algum; se avaliasse corretamente suas posses, veria que estavam péssimas. Possuía apenas sua renda, instável, irregular. A lojinha Au petit Gaspillage — um nome que viu em Bruxelas e tomou para si, mas não possuía tanta força ali —, bem, teria de fechá-la. As perdas causaram dor em seu coração de avaro, mas não o preveniam de dormir atrás da escrivaninha, de preencher o vazio da cadeira da escrivaninha, de ficar de olhos fechados e a cabeça aberta.

Um toque muito breve de campainha soou; ele escutou, os olhos continuaram fechados. Um tanto de luz adentrou as salas, ele pensou: aquela faca! O barulho cessou, estava tão silencioso que dava para escutar a respiração de outra pessoa. Manteve os olhos cerrados. Então os abriu lentamente e olhou, sem espanto, nos olhos do filho.

Sua atitude não mudou em nada.

— Então...? — perguntou.

A primeira palavra entre pai e filho. Uma palavra sem significado, muito simples. Mas também não era uma palavra incomum, uma palavra que definia uma relação nas mais finas nuances, que era pesadamente carregada de história, que tinha sido dita com a voz de um César.

KATADREUFFE E DREVERHAVEN

Foi perto do fim de agosto, numa manhã.

Katadreuffe passou uma hora trabalhando no quarto. Foi ao andar de baixo e viu a caixa de correio cheia. Como sempre, ele colocou as cartas na mesa da senhorita Te George, pois ela abria todos os envelopes, retinha sua própria correspondência e o restante era distribuído por Rentenstein. Ainda era período de férias, alguns senhores estavam de licença, mas Stroomkoning já tinha retornado, além dela e De Gankelaar.

Como sempre, ele olhou os endereços. Às vezes, no meio das cartas, havia algo para o porteiro, Graanoogst, e também correções de trabalhos de cursos que ele fazia e exercícios novos. Dessa vez havia apenas uma carta para ele, do tribunal.

Sobreveio-lhe um pressentimento; sabia, quase podia adivinhar, antes mesmo de abrir, o conteúdo. E ainda assim, ao ler, ficou em completo estupor.

Pediriam sua falência. Estava sendo convidado a comparecer ao tribunal na manhã da quarta-feira seguinte pois a Companhia de Crédito Popular, por meio do sr. Schuwagt, tinha feito o pedido de falência. Ele ainda tinha cinco dias.

Arrastou-se para o andar de cima com o rosto acinzentado, foi à sala de De Gankelaar. Ali, concentrou toda a atenção em textos de leis sobre falência. Até ali, já estava bastante familiarizado, pois sabia onde deveria procurar.

E achou um artigo que dizia: se um novo pedido de falência for feito após a anulação, o requerente é obrigado a provar que dispõe de meios suficientes para cobrir os custos da falência.

Leu a cláusula três vezes, depois absorveu todo o significado. Inexplicavelmente, por desesperada imprevidência, nunca tinha dado muita atenção às dívidas. Possuía motivos, como qualquer pateta leigo teria: se falência estava fora de discussão, então as dívidas também estavam fora de discussão. Agora percebia que era o contrário, que as dívidas continuavam existindo até que o último centavo fosse pago. E o que o deixava bravo é que deveria ter sabido disso, que era lógico que um devedor, do nada, não quitaria as dívidas apenas por ter ido à falência, que a maneira de se livrar da dívida era uma só: pagá-la.

Acinzentado, mas totalmente calmo e lúcido, reviu a situação. Lembrava-se das palavras de De Gankelaar, quando ainda era curador: não se podia acompanhar uma falência de quinze florins. Essa era a situação *na época*. E agora possuía uma renda regular, oitenta e cinco florins por mês. A falência podia ir atrás disso. Era sério. A eterna vergonha! Como pôde ter ficado tão indiferente antes? Mas o contato diário com as leis tinha lhe ensinado o que a falência significava para seus estudos, seu nome, seu futuro.

Enfiou a carta no bolso; não fez o desjejum, mas já estava com tanto autocontrole que ninguém notou algo quando desceu ao escritório. Sentou-se impaciente à espera da chegada de De Gankelaar, pois tinha que contar a alguém, e deveria ser De Gankelaar. Mas naquela manhã ele estava atrasado, decerto tinha ido remar ou nadar, e não chegou até as onze; era época de férias.

Não foi de imediato que Katadreuffe encontrou uma ocasião para falar com ele, apenas ao meio-dia conseguiu mostrar-lhe a carta. De Gankelaar olhou hesitante.

— Foi terrivelmente tolo não ter pensado nisso. De qualquer modo, também fugiu à minha cabeça. Me entregue o processo, pegue no arquivo, não me lembro de muita coisa.

Katadreuffe saiu veloz do gabinete. Um rubor surgiu no rosto, o pequeno processo estava em seu próprio quarto. Esperava que permanecesse enterrado lá para sempre. Agora tinha que trazer à luz aqueles malditos papéis.

De Gankelaar olhou o arquivo. Seu olhar continuou hesitante.

— Ainda não pagou centavo algum...? Não...? Sim, é uma pena, é uma pena... À Companhia de Crédito Popular, trezentos florins em capital, além de muita comissão, e ainda um ano extra de juros a dez por cento e, claro, sem esquecer dos custos; ao senhorio, vejo que são dois meses de aluguel; trinta florins emprestados a um certo Maan... Sim, senhor, há muitas dívidas; devo dizer que temo o pior... Mas Schuwagt nunca foi um homem fácil de lidar, aquele desgraçado deveria ter se desligado do quadro de funcionários há bastante tempo, mas é muito astuto para eles. Certamente, uma vez ao mês vai falar com o decano, mas é muito astuto para todo o conselho fiscal. Enfim, o mais baixo do baixo. Mas isso não lhe ajuda em nada. Eles não vão permitir parcelas — aquela ralé vai querer o lago cheio. E agora o senhor está em outra posição, não podem mais falar em anulação por falta de recursos. Simplesmente tomarão seu salário ou, ao menos, parte dele.

— Isso eu sei, senhor — Katadreuffe disse firme.

— Sim — falou De Gankelaar, hesitante. — Cá entre nós, talvez poderíamos...

— Não, senhor, nunca falarei sobre o assunto, não quero fazer isso. Agradeço-lhe de antemão, mas não quero empréstimo, nem do senhor nem de ninguém. Mas agradeço-lhe.

Inconscientemente, tinha falado as mesmas palavras que a mãe quando estava na sala de parto e recusava a ajuda de terceiros. A resposta agradou De Gankelaar. Embora fosse de natureza reservada ao lidar com os outros — um moço muito afetuoso, prestativo, mas também bastante sovina —, agora queria adiantar o dinheiro necessário a seu estenografista e, por fim, ficou contente que foi rechaçado. Não podia suspeitar que Katadreuffe, além do orgulho fazer-lhe recusar qualquer presente, necessitava, com essa recusa, castigar-se pela incompreensão. Continuou dizendo:

— Sim, é um caso sem esperanças. Se Schuwagt pessoalmente estiver disposto a cooperar com algum tipo de acordo — mas ele vai rejeitar isso de antemão — então Dreverhaven certamente não vai querer.

— Dreverhaven? — perguntou Katadreuffe — O que ele tem a ver com isso?

De Gankelaar inclinou-se e o olhou desconcertado.

— Dreverhaven? O senhor não sabe que a Companhia de Crédito Popular pertence a Dreverhaven? O senhor não sabia disso? O *senhor* não sabia, enquanto que todo o escritório sabe...? Pelo amor de Deus, meu rapaz, metade da cidade sabe.

Katadreuffe tinha pegado um empréstimo com o pai. O pai ocupava-se em levar o filho à falência, pela segunda vez.

— Por favor, perdoe-me. Posso me retirar?

Saiu da sala antes de receber a resposta. Decerto uma dor de barriga, pensou De Gankelaar, e sentiu uma leve decepção, um pouco de desprezo, por seu protegido. Mas Katadreuffe retornou de imediato. Bebeu um copo de água rápido como um raio, deu algumas tragadas em um charuto — que raramente fumava — e calmamente voltou à sala de De Gankelaar, com bloco de notas e lápis em mãos. Enfiou a carta do tribunal, que estava na escrivaninha de De Gankelaar, no bolso. Ele falou:

— Verei como lidar com o assunto.

Aquilo também agradou ao advogado.

— Farei o que puder para mantê-lo aqui, não deixarei de fazer nada.

— Obrigado. Espero que o senhor seja meu curador, quando chegar a esse ponto.

E sorriu, aquele raro sorriso atraente dele. De Gankelaar sorriu também, mas respondeu com cautela:

— Duvido disso. As chances não são grandes. Parece-me que é melhor não.

Mas Katadreuffe já tinha feito um plano; naquela noite iria ver o pai. Antes tinha que procurar a rua no mapa, pois não sabia exatamente onde era. O mapa da cidade era uma radiografia e Katadreuffe achou um lugar terrível entre a Goudsen Singel e a rua Kip, lotada de galerias e becos. O escritório de Dreverhaven era ali.

Naquela noite de verão, adentrou a rua Lange Baan, que embocava na Goudsen Singel. A velha rua exalava a pobreza. O povo estava em toda parte. No meio da rua havia um cavalo de tiro sendo guiado com uma corda — um daqueles intensos produtos vegetais de Ardennen —, de cabeça pequena, barriga feito tonel, com tufos de pelos saindo abundante das patas. Já tinha cumprido as tarefas diárias e, atrás do acompanhante, dançava bem lentamente em meio ao fulgente chispe do crepúsculo nos seixos.

Então Katadreuffe viu o imóvel do pai. Era na esquina da rua Lange Baan e rua Breede. Uma casa erigida tal qual um quartel, envelhecida um século. O muro lateral na rua Lange Baan tinha oito janelas grandes, até o final; do lado da frente tinha cinco janelas e em cima o bloco inteiro de tijolos marrom escuro era uma enorme cornija, escorado por pequenos barrotes; acima disso, havia um telhado duplo. Embaixo da oitava janela, a mais longe da esquina, havia uma única entrada para o andar de cima, uma porta meio aberta com uma escada em espiral atrás. Ao lado da porta tinha uma placa: A. B. Dreverhaven, oficial de justiça. A placa estava coberta de arranhões e riscos, mas as grandes letras negras no painel branco de madeira ainda eram claramente legíveis. Dezenas de pessoas tinham lançado sua fúria na placa.

Katadreuffe não entrou de imediato. Ficou na esquina e dali viu a casa de frente. Não estava apenas curvado, mas sim pendido para frente, uma grande ameaça na rua Breede e na Lange Baan; a sombra no pavimento devia dar uma impressão pesada. Então a porta dupla se abriu e o cavalo de Ardennen adentrou o estábulo.

Katadreuffe permaneceu no meio da pobreza. Era como antigamente, no cortiço, mas pior, pois já estava desacostumado no tocante a esse lugar. E, sim, a pobreza alocada em um bairro onde os edifícios são tão altos dava um ar ainda mais descorado. Às suas costas havia uma rua diminuta, a Vogelenzang, que ziguezagueava para uma distância invisível; à direita era a rua Korte Baan, e ainda mais atrás tinha um beco negro como carvão com um nome cavernosamente lúgubre: beco Waterhond.[16] A casa era densamente povoada. Já estava escuro, ele via luzes em todo lugar, e estranhamente, via vários tipos de luzes. Tudo estava aceso na casa. A luz elétrica brilhava em alguns quartos, em outros tinha uma lívida luz a gás, também viu lâmpadas balançantes com um amigável e antigo brilho a parafina. A porta lateral da rua Lange Baan era a única que dava para as acomodações; a porta estava meio aberta, os mais indigentes iam e vinham com frequência.

Então Katadreuffe pensou como que ele estava ali da mesma maneira que muitos deviam ter ficado, que queriam implorar algo ao oficial de justiça, que hesitavam momentaneamente por causa desse edifício. E deu a volta e abriu a porta. A escada em espiral era de pedra, solapada por milhões de pés. Uma pequena entrada e a escada de pedra revolvia mais além, feito em uma torre de igreja; não se podia ver o fim. Mas no corredor havia uma porta e, ao lado, a mesma placa vista do lado de fora: A. B. Dreverhaven, oficial de justiça. Uma porta espessa de madeira velha pintada de branco, sem campainha, sem maçaneta, apenas o buraco da fechadura. Mas ao empurrá-la de leve, simultaneamente, uma campainha soou ao longe por um segundo. Estava em um cômodo alto, de gesso branco, chão de tábuas, um teto de pequenas vigas pintadas de branco — uma perto da outra — onde, como adornos, estavam penduradas algumas lâmpadas acesas, bem no meio do teto, mantidas à distância do visitante. A sala não possuía mais nada. Porém, na outra ponta encontrava-se uma segunda porta, igual à primeira, sem puxador, somente com uma pequena vidraça. Essa também, só empurrar que abria, e ali atrás havia um segundo

---

16 Literalmente, "água de cachorro".

cômodo, que se diferenciava do primeiro por ter paredes extensamente longas, cheias de processos. Ali também havia uma única lâmpada débil, e a porta na outra ponta dava para um terceiro cômodo, uma porta com vidraça possante. Atrás, no meio, em uma escrivaninha, estava o pai.

A casa parecia bastante silenciosa. A espessura das paredes velhas e o chão abafavam o som de outros moradores. O barulho da rua quase penetrava pelas oito janelas, cinco na frente e três de lado, cobertas com cortinas duplas, desbotadas e pesadas. No entanto, isso não o agradou. O escritório em si era bastante silencioso. Logo sobreveio-lhe uma enorme diferença do dinamismo do próprio escritório, mesmo que primeiro tenha demorado a tomar consciência. Toda sua atenção permanecia focada no homem que estava sentado ali. Já o tinha visto várias vezes e nunca tinha gostado muito dele. Reconheceu o chapéu e o casaco, mais do que as feições do rosto. Era como se estivesse vendo por uma lupa esclarecedora, pois no grande alvorecer encontrava-se sentado o homem, em meio à intensa luz. Em um canto havia um aquecedor cilíndrico, grande como um salão de espera de uma estação, nunca ficava preto de grafite ou vermelho de ferrugem; aqui e ali havia alguns móveis de escritório, processos, cadernetas, uma impressão tipográfica, uma máquina de escrever, mas, sobretudo, a escrivaninha pedestal, que antigamente era muito bonita, e o busto de um homem na luz intensa. Assim como, às vezes, uma única luz é direcionada em um quadro num canto escuro de um museu, como uma joia brilha debaixo de uma lâmpada coberta em uma vitrine, o busto do pai boiava na argilosa escuridão da sala. Estava sentado como se realmente estivesse convidando a agirem com violência contra sua pessoa. Nem faca ou bala de algum devedor enraivecido poderia errar aquele alvo impossível.

O filho ficou em silêncio e avistou o velho. Viu a cabeça flacidamente inerte sobre o peito. Os olhos estavam bem sombreados pela borda do chapéu, mas permaneciam fechados e nenhum olhar de ferro duplicava-se na escuridão. As bochechas flácidas eram cheias de um restolho gris, tão mal aparadas que parecia que a barba tinha sido esquecida, era uma prataria que crescia na parte inferior do rosto; o sensual lábio superior também estava grisalho, não era um bigode, mas um restolho. As mãos peludas jaziam dobradas sobre a barriga; o homem poderia estar dormindo. Também podia estar aprofundado em uma reza ou em uma diabólica blasfêmia.

Os olhos abriram, um olhar penetrante.

— Então...? — perguntou a voz.

Na hipersensibilidade de seu nervosismo, Katadreuffe compreendeu de imediato aquela palavra. Fazia uma ponte entre o hiato de uma conversa que já se dava há muito tempo. Não era um cumprimento a um desconhecido, a um filho com quem nunca havia falado. Como se fosse a coisa mais natural do mundo, uma conjunção que significasse: ainda estamos juntos aqui. Uma única palavra, cinco letras — foi tudo.

E o espanto daquela palavra inesperada — aqui, agora, saída daquela boca —, o absurdo da surpresa, fez o rapaz perder o equilíbrio por um segundo. Mas, repentinamente, também, percebeu que o homem o reconheceu, antes mesmo da voz prosseguir:

— Jacob Willem, veio pagar?

Achou que se ele se apresentasse pessoalmente ao pai, tudo estaria bem. Não tinha ideia de que um pai, afinal de contas, não levaria o filho à falência. E agora, do nada, via o contrário. Ridículo, louco, igual a um idiota, igual a um recém-nascido, imaginava que esse homem teria se permitido enternecer. Cada palavra ali era desperdiçada. Pois, para o pai, ele continuava sendo apenas um devedor.

Parecia estar bastante impaciente.

— Veio fazer o que aqui? Pagar? Liquidar? A quantia principal, juros, e custos...? "Ela" não o enviou aqui, nem precisa me dizer isso, entendo muito bem que isso não é nada da conta "dela".

"Ela", "dela". Ele também falava assim de sua mãe. E de repente havia uma ligação entre ambos; sentia que, apesar de tudo, aquele homem era seu pai. Não conseguia explicar, pela voz reconhecia que era do mesmo sangue. Aquele homem sempre seria seu pai, em seus pensamentos e palavras nunca seriam outra coisa senão seu pai, sempre foi seu pai. Mas então a ira ascendeu das trevas do sangue, até a altura máxima. Pois o respeito, até o medo, que se sentia em relação ao pai tinha limites. Em casos extremos, a criança o amava ou o odiava.

— Pagar? Pagar? — gaguejou, lívido de fúria.

As pernas tremiam, as mãos se apoiavam na placa da escrivaninha, mas mesmo assim os pulsos tremiam visivelmente, e ele não tinha mais a voz sob controle.

— Pagar...? É uma vergonha eterna o que o senhor está fazendo comigo. Emprestou dinheiro a mim com condições vigaristas, mas logo me faliu, e depois, justo quando começava a trabalhar por meu futuro, fali de novo... Pelo amor de Deus, como que é possível que um pai trate um filho desta forma...? Alertaram-me sobre o senhor, De Gankelaar disse: você é louco de ir lá, não vai dar em nada... Não quis acreditar, pois pensei: De Gankelaar não sabe que ele é meu pai... Mas o senhor é um monstro, mesmo se o senhor fosse meu pai por mil vezes... Não, o senhor é um monstro porque é meu pai.

— Olhe — o velho falou impaciente —, não é questão de ser pai e filho. Se o presidente da Suprema Corte caísse nas minhas garras, a casa dele também desapareceria. O que imaginou? Que eu iria lhe fazer uma exceção? Você é um devedor. Se não me pagar, não preciso de você.

Como se estivesse sozinho, começou a escrever um memorando em uma letra lenta, pesada, ciclópica, com tinta preta. E com isto, levou o oponente ao completo furor.

— Monstro, carrasco, o senhor é um canalha! — berrou Katadreuffe.

E então começou a gritar de tudo sobre a mãe, sobre ser bastardo, sobre a falência, sempre voltava à falência. Dreverhaven nem escutou.

— Está me ouvindo? Está me ouvindo? — vociferou, a voz atingindo quase um tom de grito.

O velho achava que ele tinha ido muito longe? Que iria atacá-lo? Estava mexendo meio de lado em uma gaveta, com as mãos escondidas; houve um tilintar de aço, depois olhou para cima e falou, mas mantinha uma mão escondida.

— Se fosse outra pessoa, já o teria pegado pelo colarinho. Devido ao fato de ser meu filho, não quero fazer isso, pelo menos ainda não. Só há um meio de se livrar de mim. Coloco sua dívida, com juros e custos, a quinhentos florins; essa é a quantia aproximada, em relação à verdadeira. Mas me escute bem. Você me chamou de vigarista. Serei um. Você não receberá mais nenhum centavo meu se não assinar uma promissória de oitocentos florins, juros de doze por cento, escutou? Doze por cento, e terá que me pagar quatrocentos florins ao ano, entendeu bem? Quatrocentos florins por ano.

Então Katadreuffe ficou calmo e lúcido, via-se como a um cristal, olhava mais cristalino para seu próprio futuro.

— Oh! — disse, rancoroso. — Então essa é sua intenção. Um plano habilidoso, devo dizer. Emprestar mais dinheiro agora para poder me estrangular melhor depois. Agradeço sua filantropia, mas já tive o suficiente, mais do que suficiente.

Como se o rapaz não tivesse lhe falado nenhuma palavra, o velho disse:

— E claro que você terá que me dar o direito de reter seu salário... E se não gosta de minha proposta, por favor!

Sobre a escrivaninha, na direção do rapaz, ele jogou um punhal aberto. De súbito, os olhos brilharam de curiosidade.

Katadreuffe apanhou automaticamente o objeto, então logo percebeu a fúria cega e enfiou-o com toda força no tampo da mesa.

— Olhe! O senhor é um canalha, um canalha!

Saiu da casa feito um louco.

Com uma calma magistral, o pai retirou o punhal da madeira. Poderia tê-lo apunhalado, estava intacto.

A SEGUNDA VEZ

Katadreuffe levou um longo tempo para dormir. Não se arrependia das palavras, mas sim do gesto com o punhal e, ainda mais, temia a si mesmo. Era irascível e impaciente por natureza, mas antigamente tinha aprendido a se autocontrolar, a mão pesada da mãe também o ajudou. Lembrou-se que tinha batido em um menino no cortiço, chutou-lhe no fundo da barriga, inesperadamente, como um raio. Foi em defesa pessoal, mas foi vil, intensamente vil. A mãe tinha percebido e não disse nada, mesmo assim, pensou mais além, nas consequências, e tiveram que sair do cortiço. Contudo, tinha sido covardia, o ocorrido preocupou-o durante anos.

E agora aquele punhal. Algo ainda mais cego, se o tivesse enfiado um metro a mais teria sido acusado de parricídio. Foi provocado, é verdade, mas ainda assim seria um assassino. Arrependia-se.

Mas também se envergonhava, pois achava que tinha agido ridiculamente. Do nada, sentia bem a diferença entre a ira e fúria — a ira impunha, a fúria comprometia.

Mas, ao menos, agora sabia em qual ponto estava com o pai. Ficaria eternamente fora de seu caminho. Pegar outro empréstimo com ele, pagá-lo até sangrar? Daria as costas. Preferia ir à falência, pagar a dívida — até o último centavo, com todos os juros, usuras, custos —, e então se livraria para sempre daquele explorador.

O amanhã seria um novo dia. Com uma força de vontade colossal, obrigou-se a dormir.

Mas o dia seguinte o encontrou muito para baixo, desde manhã cedo. Conseguiria manter o emprego? Se Stroomkoning o colocasse na rua, estaria irreparavelmente perdido. Se não, tinha sido um mal reparável, e apenas seus estudos sofreriam, até que pagasse toda dívida.

De Gankelaar aconselhou-o a conversar com o chefe. Ele era um homem de humores; no momento, não tinha o menor interesse nele, não podia continuar protegendo para sempre o rapaz. Mas o que não admitia era ter que olhar para cima e pedir um favor a Stroomkoning, nem a outros. Recentemente havia algumas fricções entre ambos. Ele tinha recusado terminantemente a pegar um caso no qual não viu nenhuma chance. Podia-se apenas sofismar, e isso ele não faria. Era o tipo de pessoa que pregava brincadeiras com teorias destrutivas, mas na prática era íntegro. Era correto, acima de tudo; vinha de um ambiente — o pai era um *jonkheer*, a mãe não era da nobreza, mas era de uma linhagem considerável, uma inglesa de nascimento —, vinha de um ambiente onde ninguém se portava corretamente. Na realidade, imaginava mais do escritório de Stroomkoning. Era um escritório muito bom, apesar de não ser o primeiríssimo da classe. Possuía ótimos clientes, que podiam fazer seu dia, mas também possuía alguns ruins. Stroomkoning era tão ligado à clientela que quase não recusava nada. Desde os primeiros tempos atinha-se a vários de segunda classe; foi quando expandiu a quantidade de empregados... Não, não pediria um favor, dessa vez o rapaz teria que se virar sozinho.

À medida que o dia passava, Katadreuffe sentia-se mais nervoso. Espionava para ver se o chefe estava livre, não conseguia apanhá-lo. Não ousava entrar na sua sala, nunca tinha estado lá. E, além disso, ninguém podia notar algo nele.

Para piorar, a senhora Stroomkoning apareceu de carro, a fim de apanhar o marido. Era lá pelas seis horas quando ele escutou o enfático toque da buzina, enquanto ela esperava do lado de fora, no carro. Quando Stroomkoning veio ribombando pelo corredor de mármore, encheu-se de coragem e, na porta dianteira, perguntou se podia falar-lhe rapidamente. Stroomkoning percebeu que o rosto do rapaz estava cinza e fino de tanta miséria. A primeira coisa que pensou foi: esse aí está roubando meu dinheiro. Lembrava-se vagamente de Katadreuffe, nunca tinha lhe dirigido nenhuma palavra, mas aquele era o protegido de De Gankelaar, e De Gankelaar só o elogiava, isso ele sabia. E agora, provavelmente, o estava desfalcando. Enfim, saberia em breve.

— Acompanhe-me — falou.

Abriu a porta dianteira e gritou para a esposa:

— Iris, só um momento... Ou espere, é melhor você entrar.

E ele pensou: *é melhor ter uma segunda testemunha se ele confessar alguma coisa.*

Na grande sala de conferência, acendeu a luz de novo; ali, a luz artificial sempre era necessária. A fim de acalmar o rapaz, apontou uma cadeira para sentar e ele mesmo sentou-se. A senhora Stroomkoning sentou-se em um lado, um pouco atrás de Katadreuffe — tanto que, às vezes, ele até conseguia escutar o frufru de suas roupas —, mas não a via e sentia que ela o olhava. A cor voltou a seu rosto outra vez.

— Como é seu nome, mesmo? — perguntou Stroomkoning

— Katadreuffe, senhor.

Contou que iria à falência, pela segunda vez, mas

por causa da mesma dívida. Falou do senhor Schuwagt, mas calou-se a respeito de sua relação com Dreverhaven. Esperava que não fosse ser dispensado. Poderia muito bem pagar a dívida com seu salário e retomar outra vez os estudos.

— Que estudos? — perguntou Stroomkoning.

— Quero fazer o exame estadual, senhor.

Stroomkoning o olhou. Agora lembrava-se, De Gankelaar tinha lhe dito algo, que aquele rapaz tinha aprendido sozinho um monte de coisas com uma enciclopédia antiga, mas que faltava uma parte do alfabeto.

— Ah... o exame estadual... Então mais tarde o senhor quer virar meu concorrente?

Ele riu, com sua jovial risada de leão grisalho.

— Isso eu ainda não sei, senhor — respondeu Katadreuffe cauteloso.

E Stroomkoning ficou mais sério. No fundo, era um moço perfeito. E assim como De Gankelaar, ele pensou: *esse rapaz merece uma chance.* Mas os pensamentos foram mais além. Ele mesmo também tinha surgido do meio do povo; o pai foi um mero atendente que trabalhava com água, ambos os pais tinham sacrificado muito para economizar e fazer com o que filho talentoso pudesse estudar e virar um homem de prestígio. Dois pequenos retratos dos pais adornavam o belo console de mármore da lareira da sala. Era bem verdade que ficavam na sombra quase por completo, devido a dois grandes retratos dos sogros, já que a família de Iris poderia vê-los.

— Quanto o senhor ganha? — perguntou.

— Oitenta e cinco florins, senhor.

— O senhor De Gankelaar está muito satisfeito com o senhor. Ele sempre me diz isso. O senhor pode ficar, claro. Meu escritório não irá cortar da própria carne por ter um funcionário falido, e gostei muito que o senhor me informou com antecedência... Agora, combinemos assim: quando a falência for declarada e tudo estiver encaminhado, o curador fixará a quantia que será retida de seu salário, e depois eu aumentarei seu pagamento em cem florins — o curador não precisa saber disso —, assim, o senhor ficará com mais liberdade. Combinado?

Levantou-se sem esperar resposta. Katadreuffe de imediato ficou de pé. Não conseguia encontrar nenhuma palavra, a senhora Stroomkoning percebia em seu rosto.

— Seu nome é bem peculiar — ela falou. — Nunca tinha ouvido.

Olhou para ele sorrindo, uma dama de outro mundo, vestida com uma charmosa roupa esportiva. Nunca uma pessoa tão bela lhe tinha dirigido a palavra antes. Era uma cabeça menor que seu marido, o cabelo loiro sob o chapéu era bem leve, parecia flutuar.

De repente, ele se sentiu mais forte, estava na ponta da língua dizer: *é o nome da minha mãe*. Mas não expeliu esses vocábulos.

No carro, Stroomkoning disse:

— Primeiro pensei: esse sujeito vai me contar que roubou alguns milhares da conta e não sei mais o que fazer... Felizmente, não foi nada.

Naquela noite, Katadreuffe sentou-se para trabalhar como se nada lhe pesasse na cabeça. Tentou coletar o máximo de informação possível, antes que a falência o impedisse de tornar seus estudos impossíveis.

Na noite seguinte, não conseguiu mais suportar tal atitude. Apesar de tudo, o espectro de sua desonra continuava a aparecer, seu humor estava muito sombrio, mas a fúria tinha se dissipado.

Naquele estado de humor, procurou a "ela". Jan Maan estava no quarto, lendo um panfleto; agora que estava sozinha, ele vinha visitá-la com mais frequência.

— Mais uma xícara de chá, Jan?

— Não, mãe.

A campainha soou, ele abriu a porta e Katadreuffe entrou. Não havia nada de especial nele, frequentemente tinha uma disposição tranquila. Jan Maan simplesmente continuou lendo.

— Na quarta-feira vou à bancarrota — disse Katadreuffe.

Conhecia esse termo pois Rentenstein falava sempre de bancarrota. Dizia: *primeiro os centavos debaixo do tapete e depois a bancarrota* — querendo dizer: *primeiro o adiantamento e depois o processo*. Ou falava: *essa pessoa vai à bancarrota hoje ou amanhã* — querendo dizer: *vou passar por cima de sua cabeça*.

Katadreuffe prosseguiu:

— Sempre é uma dívida daquela maldita Haia. Eles é que pediram minha falência de novo. Primeiro achei que tudo já tinha terminado, mas parece que é o contrário. Pois agora que sou remunerado, a falência não pode mais ser suspendida devido à falta de meios.

Olhou para ela. Parecia que ela aceitava o fato bastante calma, mas perguntou:

— Irão reter todo o seu salário?

— De Gankelaar espera que não. Mas é certeza que vou à bancarrota. Poderia muito bem pedir um empréstimo, mas só vai fazer parar de preencher um buraco e abrir um outro, darei as costas para isso.

Jan Maan tinha prestado apenas metade da atenção. Não tinha mais nenhuma moça e passava todo o tempo no Partido Comunista da Holanda, mas viu no rosto de Katadreuffe que o assunto discutido era sério. Levantou-se.

— Fique aqui, Jan — disse Katadreuffe. — Não possuo nenhum segredo.

Jan Maan respondeu:

— Tenho que fazer uma coisa antes.

E foi embora. Katadreuffe sentia-se, afinal de contas, muito mais livre sem o amigo. Pois queria falar algo sob a vigia de apenas quatro olhos. Jan Maan sabia que ele era um bastardo, não se importava com o fato, mas o que ele não sabia era a identidade de seu pai. Com sua nata delicadeza de rapaz do povo, nunca perguntou; rapazes do povo raramente mostravam-se curiosos sobre a vida familiar dos outros. Mas Katadreuffe tinha algo mais a dizer:

— A senhora sabe onde fui parar? Aquela Companhia de Crédito Popular, que me emprestou os trezentos florins, é de meu pai. É um Deus nos acuda quando seu próprio pai organiza sua falência, duas vezes.

Ela não deu resposta alguma. Ele começou a ficar rabugento. Era bem mais fácil ficar calada. Então ela falou:

— Pela lei, não é questão de ele ser seu pai ou não. Dívida é dívida.

Eis seu consolo. Não deveria ter sabido de antemão? Ela sempre foi assim. Dívida é dívida. Muito bem. A dívida de um filho com o pai dava ao pai o direto de destruir o futuro do filho. Para isso tinha vindo aqui, para escutar tralhas como essa.

Entretanto, a mãe pensava na caderneta de poupança. Mas não, não, não tocaria nela, o rapaz deveria salvar-se sozinho.

Ele já estava de pé, o chá estava intocado. Disse apenas:

— Desculpe-me, mas, temporariamente, não poderei mais lhe dar os quinze florins.

— Com razão — ela respondeu.

Ele foi ao canal Noord na quarta-feira de manhã. De Gankelaar o tinha desaconselhado a ir, não tinha sentido, poderia ser condenado à falência por inadimplência. Sim, ele sabia disso desde a última vez, mas estava tão pavorosamente bravo consigo mesmo que não queria ser poupado de nenhuma punição. Permaneceu defronte ao tribunal. Reconhecia a dívida, admitia que ainda tinha duas delas. O sr. Schuwagt estava atrás dele em diagonal. Recebeu-lhe ali mesmo. Esperava ver um rosto onde a infâmia saltava à vista, mas o sr. Schuwagt era um homem muito comum, com uma toga e uma enorme crista entre o cabelo loiro e grisalho. Ainda tinha muito que aprender: um advogado com um negócio ruim não precisava necessariamente ter uma aparência desfavorável. O presidente do tribunal disse ao advogado:

— Na vez anterior a falência foi anulada. Dessa vez, há rendimento o suficiente?

Mas Katadreuffe, que não queria ser poupado, respondeu:

— Sim, Meritíssimo, agora tenho um emprego. Ganho oitenta e cinco florins por mês.

O presidente voltou-se de novo para o senhor Schuwagt.

— Não podemos chegar a um acordo?

— Meu cliente insiste em pagar imediatamente, senhor presidente.

— Mas o senhor tem reservas contra o pedido de falência?

Essa pergunta já tinha sido feita a Katadreuffe. Ele respondeu:

— Não, Meritíssimo, absolutamente não.

— Os senhores podem ir, estão liberados.

Ele esperou mais uma hora no edifício. Então a sentença foi dita. Um certo sr. Wever era o curador. De Gankelaar disse naquela tarde:

— Wever? O senhor tem sorte, eu o conheço. Vamos conseguir resolver melhor o caso.

Quase não o conhecia, mas disse aquilo para armar a falência, pois apenas depois se arrependeu de não ter insistido que Katadreuffe poderia ter pegado um empréstimo com ele mesmo. Era impulsivo; agora, de repente, se arrependia.

Katadreuffe logo disse a Rentenstein que estava falido, mas que o chefe já tinha sido avisado e não tinha tido nenhuma objeção quanto a ele permanecer no escritório.

O sr. Wever veio na manhã seguinte. Era um homenzinho firme, com um olhar rígido, mas sem fixação. Olhava através de tudo à sua volta, mesmo se algo fosse de granito. De Gankelaar pediu primeiro que ele viesse até a sala, coisa que fez. Ficou sentado em silêncio, apenas ouvindo, enquanto o outro lhe dizia coisas sobre Katadreuffe. Seu rosto continuava completamente passivo. De Gankelaar e ele não tinham naturezas para harmonizarem, e ambos sentiam que isso era recíproco, já no primeiro encontro.

Por que esse homem está cismando com um funcionário?, pensou Wever. Falência era falência.

Com uma desaprovação implícita, olhou para o confrade, cujo nariz, igual ao verão, era visivelmente sardento. Julgou-o ser algum tipo de vadio ilustre.

Você é uma mula mesquinha, um oficial severo, com quem nunca terei contato, pensou De Gankelaar. Mesmo assim, ofereceu-lhe um cigarro. O outro recusou com um sorriso cortês, que fez o rosto inteiro se alterar, e deixou à mostra os pequenos dentes de rato.

Junto a Katadreuffe, foram à sala do último. A luz tinha que ser acesa. De Gankelaar, estando ali pela primeira vez, ao dar uma boa olhada, sentiu pena pelo crescimento de Katadreuffe, por aquele rapaz passar as horas livres naquele cômodo horrível, com os bloquinhos das provas. E como ainda estava afastado de sua meta! Será que ele nunca conseguiria? Agora, temia por ele.

Entrementes, Wever também olhou o entorno. De Gankelaar adiantou-se a Katadreuffe.

— Tudo isso pertence ao porteiro ou ao estenógrafo de minha mãe.

— Exceto — corrigiu Katadreuffe — o rádio e a cama-armário. Pago a prestação. O curador apresentou os contratos, pareciam em ordem, aquilo não tinha nenhuma propriedade.

— Mas — Katadreuffe falou — os livros são meus.

— Não há uma ação entre o senhor e sua mãe? — perguntou o curador.

— Não — respondeu Katadreuffe.

De Gankelaar sentia que aquilo não ia bem, o sujeito era capaz de anotar que tudo iria à venda. Ele disse:

— Olhe, Wever, deixe que seu avaliador anote todas essas coisas. Gostaria de falar com o senhor, venha até minha sala.

Foram conversar lá. Custou-lhe muito, teve uma enorme dificuldade em manter Wever longe do mobiliário da mãe, do qual já existia pouca coisa. Este último disse apenas que *falência é falência*, como se, para encontrar algo no fundo da falência, alguém teria que provar quem era o falido.

Por fim, De Gankelaar conseguiu encerrar o assunto com o curador ao usar um argumento que, para sua surpresa, repercutiu bem. Ele disse:

— E olhe, acima de tudo, não se deve esquecer a impressão desagradável que dará se o senhor anotar coisas que eu, outrora, tenha deixado de lado, pois não tive nenhum motivo para não acreditar naquele rapaz e em sua mãe. Posteriormente, o tribunal pode achar que eu não cumpri com meu dever. Com isso, o senhor comprometerá, afinal, a mim pessoalmente.

Então pareceu que Wever teve um sentimento fraternal. A quantia, além disso, não era de grande importância, ele era apenas alguém que dificilmente cederia a um princípio.

Em relação aos livros, entretanto, estava impassível. Agora a falência caía abaixo do rendimento e tudo teria que ser vendido. De Gankelaar teve uma inspiração, poderia fazer algo de bom pela falência.

— Antes eles tinham sido avaliados em quinze florins. Eu ofereço vinte por cento a mais. Comprarei por dezoito florins. Combinado?

Wever pensou por um instante. De Gankelaar entendeu errado sua reflexão.

— Quer ver as avaliações? Tenho o processo aqui no arquivo.

Não foi necessário. Wever escreveu um recibo e recebeu os dezoito florins.

Então veio o mais importante, a retenção do salário. Primeiramente, Wever não queria que o falido ficasse com mais de quarenta florins dos oitenta e cinco. Após muita conversa, De Gankelaar o convenceu afinal que fosse cinquenta e cinco florins, mas nesse ponto ele também foi impassível. Ele acrescentou enfático:

— Sob a condição de que o juiz de instrução ache bom.

Katadreuffe iria, portanto, pela primeira vez, viver com menos do que quando começou.

Ao final, De Gankelaar estava morto de cansaço pelas defesas de seu protegido; sua maneira de lidar com as coisas era completamente diferente.

— O senhor tem uma cabeça incrivelmente dura.

Wever sorriu e mostrou outra vez os pequenos dentes de rato.

— Já me disseram isso, mas considero um elogio.

E depois De Gankelaar suspirou para Katadreuffe.

— Sim, garoto, há curadores e curadores.

NEGÓCIOS E AMOR

Os primeiros dias da falência foram, para Katadreuffe, extremamente dolorosos, muito mais devido a seu caráter do que por motivos exteriores. Na verdade, ninguém fazia alusão à sua situação; apenas Rentenstein, com sua atitude, deixava escapar alguns comentários.

Rentenstein não estava contente com a maneira como as coisas iam; começou a sentir que Katadreuffe era um rival. Era um pouco demais que um rapaz falido soubesse como se manter ali, era um pouco demais. Stroomkoning não dominava mais o escritório, deixava-se ser zombado. Uma boa conversa e já tinha sido vencido; sim, note bem, deixou-se ser persuadido até para conseguirem um aumento de salário. Mesmo assim, não havia nada de especial em Katadreuffe, gostaria de vê-lo formular uma simples intimação judicial. O que os outros viam nele? Mas sua ambição, sem dúvida, estava virando um perigo. Fora que Rentenstein, recentemente, começou a sofrer com a consciência pesada.

Naquela tarde, quando Katadreuffe retornou do tribunal, contou primeiro a Rentenstein, em privado, que estava falido. Mas depois aproveitou um momento em que não havia ninguém na sala de espera. Então disse a novidade a todos:

— Estou falido.

Todos os que não tinham tirado férias estavam no escritório dos funcionários. Ele falou em voz alta; sobressaiu um silêncio, as máquinas calaram-se. A senhorita Sibculo ainda estava fora, além dos dois Burgeik. Soava quase ridiculamente desafiador: *estou falido*. No entanto, ninguém riu e ninguém falou uma palavra, exceto a senhorita Van den Born:

— Quero experimentar isso também!

Era um genuíno comentário feito por ela, o maior absurdo que se podia pensar. Ainda assim, havia uma certa solidariedade.

A senhorita Te George virou-se momentaneamente para ele; o rapazola, Pietje, olhou-o bastante sério; Kees Adam visivelmente não conseguiu encontrar a reação certa e, envergonhado, coçou o nariz. Katadreuffe sentiu que todos ali estavam preparados para lidar com o que aconteceu, alguém devia tê-los informados sobre a pendência do pedido de falência.

Um ou dois dias depois, quando o escritório estava completo, a senhorita Sibculo encontrou uma razão no acontecimento para reaquecer seu amor por Katadreuffe. Olhava-o suspirando assim que ele subia as escadas, ou quando ela mesma, com um bloquinho ou lápis, barrava a passagem para um dos senhores.

Os irmãos Burgeik eram os que mais demonstravam firme passividade. Sempre tiravam férias juntos — afirmavam que não era possível ser de outra forma. Por quê? Nenhum mortal entendia. Voltaram da província com fresca desconfiança da cidade. Entreolharam-se e então olharam juntos para Katadreuffe. Aquilo foi tudo; o rosto de ambos permanecia igual a pedra. Mas pensavam exatamente o mesmo: ir à falência era algo ruim, muito ruim; era preciso se estar na cidade para algo assim, no campo aquilo não acontecia. Seus rostos eram de pedra, assim como seus olhares.

Apenas Rentenstein agiu de um jeito ostensivo, irritante, quando o pagou, no fim do mês, os cinquenta e cinco florins. Quando, no mês seguinte, Katadreuffe deveria ter recebido o aumento de salário, ele fez um comentário com o chefe do escritório.

— Não quero mais do que cinquenta e cinco florins. A partir de agora, se o senhor quiser, envie ao senhor Wever quarenta e cinco florins ao mês.

Pois achava que o aumento de salário deveria recair sobre a falência, e informou o sr. Wever a esse respeito. Era de natureza fria, mas honesta; nessas coisas era completamente igual à mãe. O sr. Wever respondeu secamente ao telefone:

— Pagará a falência o quanto antes.

Com essa mesma honestidade, recusou uma proposta do porteiro de diminuir um pouco o preço da pensão. Doze florins por semana não era um centavo a mais por uma boa comida, tudo preparado com manteiga; com a mãe, em seus anos de mocidade, às vezes não tinha nada bom, o melhor do melhor, segundo ela, era margarina, especialmente nos anos mais difíceis da guerra. Ele era um rapaz do povo, sabia o que uma pessoa merecia; não, doze florins não eram um centavo a mais. Contudo, o fato de que ele também castigava a si mesmo, além de sua compreensão, não era totalmente estranho.

Tinha contato com a família do porteiro apenas na hora das refeições. Decidiu-se que ele comeria à mesa. Posteriormente, a senhora Graanoogst sugeriu-lhe que comesse em seu próprio quarto, mas ele não quis. Era quieto e fechado, estudava, tudo aquilo a impressionava. Era muito bem-vestido, as cuecas sempre eram impecáveis; as roupas bem coloridas, nunca espalhafatosas, isso também causava uma impressão. Talvez ela visse nele um futuro cavalheiro, mas apenas recusava-se a comer sozinho.

Ela era uma mulher quieta, devia ter ficado grisalha cedo, pois sua filha ainda era nova. Era uma pessoa incolor, com óculos, cozinhava bem. Assim como a mãe de Katadreuffe, ela tinha a habilidade de fazer comidas para o gosto masculino com meios simples. De manhã trazia café e achocolatado para a equipe inteira, ao meio-dia e meia trazia outra leva. Seu achocolatado tinha renome, era servido em simpáticos copos azuis, com uma grossa espuma marrom clara no topo e, aqui e ali, bolhas finas formavam um arco-íris. Seus longos vestidos eram notáveis: iam até os pés, totalmente fora de moda. Provavelmente escondiam uma deformidade, mas ninguém notava nada pelo seu andar.

Graanoogst demonstrava um estupendo apetite durante as refeições. A esposa era, em primeiro lugar, sua cozinheira. Ele levantava a tampa das tigelas com curiosidade, o nariz já se retorcia de antemão. Os sortimentos de comida sempre eram de seu gosto. Era mais novo que ela, ainda era loiro escuro, com um grande hiato na crista da cabeça que, durante as refeições, ficava rosado. Geralmente estava de bom humor, apesar de seus olhos fundos terem um ar de melancolia que às vezes encontrava os das pessoas que não tinham consciência de sua atonia.

Juntos, mantinham limpa a enorme residência, mas o marido também possuía outras ocupações. Não podiam existir com o salário insignificante, apesar da moradia gratuita, do aquecimento e iluminação; ele era mensageiro, perambulava bastante. Tinham uma diarista, Lieske. À noite, ele mesmo fazia a limpeza pesada de casa.

A moça, Lieske, comia na cozinha, e servia os quatro à mesa.

— Ela está bem confiante — disse Graanoogst.

Mas ele não a aprovava de maneira diferente do que aprovaria uma perna de carneiro macia em uma travessa, e sua esposa sabia disso. Katadreuffe sentia um ódio contido por Lieske, seu rosto era desfigurado devido aos olhos estranhos, turvos, quase rompidos, mas não eram cegos, possuíam certo olhar. Sempre se incomodava quando a moça o olhava, fato que já tinha vivenciado com a senhorita Sibculo. Agora, com a tal Lieske, incomodava-o o silencioso olhar com olhos desagradáveis, nos quais jazia uma pergunta problemática. Após um ou outro instante, ele não a olhou mais.

A filhota do porteiro, por outro lado, ele achava boa. Não sabia seu nome verdadeiro; era chamada de Pop. A menina estava longe de ser bela, mas era bem nova, e depois desenvolveria uma espalhafatosa beleza popular. Somente era uma pena que os dentes brancos eram irregulares.

Para um gosto mais formado e refinado, a menina não pareceria ter nada de bom. Mas Katadreuffe tinha pouco juízo acerca de crianças. A garotinha conhecia muito bem seu relativo charme, que ele não via. Achava divertidos os risinhos e olhares à mesa. Com frequência o pai desfazia tranquilo o que quer que a mãe tentasse fazer em relação à educação e maneiras. Ele não via isso. Ele, Katadreuffe, conseguia rir de suas gracinhas, impulsos, atitudes impacientes, tudo lhe fazia se lembrar de sua própria juventude. A menina tinha sobrancelhas longas e eram de dar água na boca a uma estrela de cinema, e, abatidamente, podia fazer com que as pálpebras fechassem iguais a de uma adúltera; nem isso ela via. Às vezes, mesmo após comer, ele brincava com a menina, mas logo tinha que voltar ao trabalho.

Tinha superado a depressão outra vez, estava trabalhando de novo, mas não conseguia estudar de verdade, a falência duraria ainda mais um ano. Contudo, poderia fazer algo. Os cursos na universidade popular não lhe custavam nada, e os estudos por correspondência foram assumidos por Jan Maan.

De repente, Jan Maan estava com muita curiosidade em aprender, seus interesses, coincidentemente, dirigiam-se para as mesmas coisas que seu amigo. Deu todos os enunciados e respostas a Katadreuffe, disse que já os tinha estudado. Katadreuffe não acreditou em nada, mas aceitou a ajuda. Afinal, algo daquilo talvez ainda ficasse com Jan Maan, então ele deixou que assim fosse. Somente pensou: *espere só, quando terminar os estudos, eu lido com você*. Entrementes, pôde desenvolver a base de sua educação geral, mas queria ocupar-se com coisa mais difícil. O trabalho era pouco para ele, ansiava por estudos de verdade: grego, latim, matemática. Tinha que saber seis línguas, quatro línguas modernas podiam ao menos lhe ajudar, além de um pouco de História. Mas ainda assim seu progresso foi muito lento, ia a conta gotas a cada semana; às vezes a falência, subitamente, o desesperava. Um ano de perda de tempo, nunca acabaria. Logo voltou às antigas lições, mas sabia tudo de trás para frente, sua memória era muito boa, nada importante lhe escapava. Seu alemão ia razoavelmente bem, ao menos na leitura. Então, por alguns centavos, comprou no mercado uns livros maltrapilhos, em francês e inglês, pegou dicionários emprestados com um dos advogados e passou apertos com os romances. Agora, pelo menos, tinha algo em que se empenhar por total.

A falência afetou-lhe mais do que suspeitava. Em uma noite de inverno foi tomado por um ataque de pânico quando se encontrou em um enorme corredor no andar de baixo, na total escuridão, de pijamas. O mármore frio debaixo dos pés descalços finalmente o fez despertar. Aconteceu mais algumas vezes naquele inverno, era assim que acordava, mas tremia quando pensava com quanta frequência talvez tivesse saído da cama e voltava a dormir outra vez.

No entanto, a força de vontade nunca deixava que passasse muito tempo remoendo sentimentos ou tivesse pena de si mesmo. Quando a falência estivesse terminada, aquilo também acabaria. E a falência, Katadreuffe percebeu, seria bem suportável sem o alto objetivo que tinha imaginado para si mesmo. Havia muitos que possuíam menos que ele. Mas queria seguir em frente, apesar da falência.

Um acontecimento bom surgiu com isso, algo que ele não notou, que o fez mais humano. Seus olhos quase tinham um brilho diferente de antes. A mãe tinha percebido.

Foi em uma certa noite na primavera. Ele tinha acabado de comer e ia ao quarto quando a campainha soou. A menina, Pop, rufou escada abaixo e abriu a porta. Ele escutou a voz ao fundo e algo tilintando, mas não prestou atenção.

Um pouco depois foi ao escritório. Queria redigir uma alegação para De Gankelaar. Havia pressa nesse trabalho e De Gankelaar tinha uma letra difícil. O som da máquina de escrever chegou até ele. A senhorita Te George já estava sentada atrás de sua mesa, com a lâmpada acesa.

Ele a cumprimentou e foi para seu lugar. Sentou-se bem na outra ponta do escritório e olhou para suas costas. Rentenstein era denominado o chefe de todos, além de que não havia superiores. Mesmo assim, Katadreuffe sentia que aquela moça era sua superior; dia após dia ela ficava na sala de Stroomkoning, trabalhava em grandes casos, fazia as atas em todas as reuniões, sabia francês, inglês, alemão, e era fluente em todas. Também deveria ter um ótimo salário, um pouco menor do que o de Rentenstein; para ela, ele era, no máximo, um chefe denominado. Nunca lhe dava nada, seu trabalho vinha direto de Stroomkoning.

Nunca trocaram mais do que algumas palavras na hora dos cumprimentos. Talvez ele ainda desejasse tomar seu lugar, sentar-se ao lado de homens de negócios, mas o desejo era mais vago do que antigamente, suas aspirações tomavam outro caminho, esperava fazer mais do que aquilo.

Ficaram batendo à máquina, sob a lâmpada, durante um bom tempo, com frequentes pausas no barulho do aparelho. Ele a via curvada e concentrada na leitura, seu trabalho parecia difícil. Depois, ela foi à sala dos fundos, e então voltou com um processo, bateu algumas cartas, virou-se e disse repentinamente:

— O senhor não deveria trabalhar tanto.

Ele a olhou, o gelo estava quebrado.

— Como assim?

— O senhor não aparenta estar bem.

Não falavam tratando-se por "você". Entre os funcionários, homens e mulheres adultos, todos sempre usavam "senhor" ou "senhora", exceto Rentenstein. Rentenstein tinha estabelecido isso não por princípio, mas por contraste; soava como se tratasse todos por "você", enquanto ele próprio usava o formal. Mas usava este último com ela, apenas com ela. Ela, uma pessoa que possuía uma tranquila dignidade, que nunca falava sobre os casos do escritório, sabia das coisas mais importantes, conhecia os casos ligados à conta principal; apenas ela.

— O senhor trabalha tanto... É muito bom que esteja estudando, mas deveria fazê-lo com moderação.

Ele não sabia o que responder. Sentiu ficar corado. Por fim, disse agitado:

— Não trabalho o bastante, apenas devido àquela miserável falência.

Ela pareceu ficar muito entorpecida. Ele perguntou:

— Como a senhorita sabe que estudo?

— Todos nós aqui sabemos disso! O senhor quer fazer o exame estadual, não é verdade?

Eles bateram à máquina e retomaram a conversa outra vez, aos trancos e barrancos. Ela perguntou a ele sobre o que estava ocupando-o. Ela mesma tinha que traduzir um contrato do inglês, um caso que Stroomkoning — ela disse senhor Stroomkoning — lidava juntamente com a C. C. & C., um acordo de *gentlemen*. Não se explicou mais. Katadreuffe pensou no que podia significar aquela palavra, a qual ela tinha dito sem ser exibicionista, mas deve ter percebido que ele não tinha entendido.

— Maravilhoso que a senhorita faça tudo isso sem dicionário.

— Ah, sim, mas eu preciso dele de vez em quando.

Ela perguntou a ele se estava satisfeito com o quarto. Ele a inquiriu se não gostaria de vê-lo. Respondeu-lhe:

— Vamos lá.

Seu trabalho estava pronto. O dele ainda não, mas ambos foram ao andar de cima.

A senhorita Te George achou que o quarto era letalmente sombrio, mas não fez nenhum comentário. Era frio, grande e vazio. Tinha um pano pendurado na frente da cama-armário, mais do que terrível. Ele acompanhou seu olhar e disse:

— Não foi minha escolha, mas de Graanoogst.

Ela se sentou na cama-armário, ele do lado oposto. Ela o notava havia muito tempo, desde os primeiros dias, com aquele talento misterioso da mulher para sondar o homem; em uma fração de segundo, o homem era analisado até a raiz antes que ele mesmo note que está sendo visto.

O próprio Katadreuffe a notou também nos primeiros dias, dava boas e precisas olhadas, quando um passava pelo outro, na escada, ela saída da sala de reuniões; mas ele a olhava como um homem, via sua aparência da cabeça aos pés, nada menos. E então teve que juntar todos aqueles pensamentos, movidos por uma angústia estranha e debilitada.

Sentia essa angústia de novo, estava sendo levado para algo obscuro, e, ao mesmo tempo, inconfundivelmente prazeroso.

Houve uma batida na porta; a senhora Graanoogst trouxe-lhe sua xícara de chá. Katadreuffe a deu à senhorita Te George, e a esposa do porteiro trouxe-lhe outra. Ele se perguntou se isso não daria motivos para mexericos, mas não estava com medo. Stroomkoning não era de natureza tacanha, e eles também não. Tinha bastante fraqueza por outra coisa, mas não sabia pelo quê. Como se estivesse indo pelo caminho errado, era o que lhe parecia.

— Quer um cigarro? — ela perguntou. — Gosto de fumar à noite, dois ou três.

Seus cigarros eram muito melhores do que ele jamais tinha tido, e, atualmente, devido à falta de dinheiro, não podia ter nem os dos piores tipos.

A conversa não era fluente, ainda que espontânea. De vez em quando avistava-a através da fumaça. Era uma moça alta, uns seis anos mais velha que ele, um tanto franzina, as pernas um pouco magras, os pés notavelmente pequenos e graciosos. Vestia-se com gosto. Via-se seu rosto ora como diferente, ora como encantador. Sob a testa grande e lisa tinha largas maçãs do rosto, que se inclinavam levemente no pequeno queixo redondo. Duas finas linhas do nariz, que iam até o canto da boca, deixavam-na um pouco mais velha; era como se tivesse uma tristeza secreta. A boca era um pouco arqueada, os dentes brancos ficavam logo atrás dos lábios, os incisivos da mandíbula superior eram fortes e quadrados.

E de pronto Katadreuffe pensou: *sou exatamente igual a um zoólogo, olho primeiro para a arcada dentária.*

— Por que o senhor está rindo? — ela perguntou.

Ele não queria dizer. O cabelo dela era de um loiro bronzeado, o ar em seus olhos, que hesitavam entre o cinza e o azul, era carinhoso. Seu pescoço parecia mal modelado, especialmente em contraste com a bela e ampla cabeça; suas mãos, pequenas e esbeltas, ele as achava cheias de caráter. Deu-lhe uma boa olhadela, e claro que ela notou.

Perguntou-lhe algo de sua família, ele falou sobre a mãe e Jan Maan. O escritório não foi mencionado. Ela morava com os pais, bem ao sul. Conhecia a rua Groene Zoom? Ele não conhecia. Era *naquele* distrito — bom de morar, ensolarado, tranquilo, somente muito longe. Ela sempre vinha de bicicleta. Às vezes tinha um vendaval, especialmente na ponte Maas ou na ponte sobre o canal Koning. Ela achava o vento arrebatador, quanto mais, melhor.

Katadreuffe maravilhou-se com a aparente propensão à fragilidade da moça diante da tempestade. O tilintar que escutou veio-lhe à cabeça.

— A senhorita está com sua bicicleta agora mesmo?

Então ele a viu tremer ligeiramente.

— Está com frio?

— Não — ela mentiu, pois estava muito frio naquele quarto sombrio mal iluminado.

Ele, que não queria parecer pobre por não ter uma lareira, disse:

— No inverno trago para cá um aquecedor a óleo.

Então ele a deixou sair, apanhar sua bicicleta num canto debaixo da escada, e a viu pedalar na noite abafada. Estava calmo na rua Boompjes àquela hora. Os raios de luz dos faróis da bicicleta brilharam pacatamente, cada vez mais afastados. Ele via melhor aquela luz do que a moça em si.

Então ficou no corredor, refletindo, imóvel, nada satisfeito consigo mesmo.

PERÍODO MONÓTONO

Aquele foi o único encontro íntimo dos dois. Não deixaram que ninguém notasse nada, nem mesmo entre eles. Além do mais, nada tinha acontecido. Mas para Lorna te George as primeiras semanas foram bem difíceis. Os pensamentos sempre tomavam seu próprio rumo, iam àquele momento no quarto, quando ele sorriu. Ele tinha olhado para sua boca e sorrido. Ainda não havia ardência nos olhos escuros naquele rosto belo e expressivo, mas sim um sorriso. Deixou suas feições tão excepcionalmente charmosas, justo porque ninguém nunca via nada ali, a não ser seriedade. A lembrança perpassou-lhe com prazer e dor. Ela não deveria pensar tanto nisso. Seria a maior loucura; era seis anos mais velha, e o rapaz não pensava em nada, a não ser seu futuro. Felizmente, ele não sabia o quão cativante era sua risada, fazia dezenas de vítimas. Não, *infelizmente*, pois se soubesse de sua sedução, a risada seria insuportável, igual a mais insignificante impureza na música mais celestial — então, pelo menos ele não causaria nenhuma impressão nela.

Entrementes, Te George prosseguiu com seu trabalho, não havia nada de especial nela que alguém pudesse suspeitar; não eram tempos sentimentais, as mulheres definhadas ficaram completamente para atrás, embora ainda estivesse ali para serem vislumbradas pelos olhos dos outros. A humanidade criava seu tempo, o indivíduo fazia o que queria que o tempo exigisse. Assim era com aquela moça, mas, apesar de todo o coletivismo, ela era uma criatura à parte.

Era uma pessoa que chamava atenção; não se sabia ao certo quais qualidades possuía ou o que prendia a atenção dos outros, ela apenas emanava charme. A Rentenstein, ela era por demais inacessível para que ele se permitisse brincar com Te George da mesma maneira que fazia com a senhorita Sibculo. As brincadeiras eram bem inocentes, mas ela não teria suportado aquilo.

Todos os maiores clientes de Stroomkoning a conheciam, seus olhares sempre estavam nela. Ela sentava-se do lado esquerdo do advogado, em uma mesinha, colocada contra um pano verde de uma grande mesa de conferência, um pouco atrás dele. Não perdia nada da conversa, se algo engraçado era dito, também ria junto; além disso, sentava-se correta e modestamente, nem ereta e nem pudenda. Muitos se surpreendiam que não usava aliança, era impensável que aquela moça nunca tinha sido beijada; criava-se uma atmosfera de mistério a seu respeito que lhe protegia muito melhor do que um sinal de noivado. Uma vez, um deles fez uma alusão mais pessoal, à qual ela nunca reagiu, e Stroomkoning teve uma secreta empatia. Ela era completamente indispensável a ele, sempre sabia onde encontrar os papéis, mas mesmo assim nunca tinha sido íntimo dela. Sempre tratava todas as moças por "senhorita" e depois falava o sobrenome, quando se lembrava deles. Mas as únicas pessoas que realmente existiam para ele era ela e Carlion, nem mesmo Rentenstein.

Tinha uma grande admiração por Carlion. Ele era especialista em casos de navegação fluvial, mas era muito mais que isso. Stroomkoning conhecia bem a lei e a jurisdição, mas Carlion as conhecia melhor ainda. Sabia de prisões preventivas do Supremo Tribunal de Justiça feitas havia dez anos, sabia quando aquele conselho "iria" com o caso, quase podia escrever de cabeça toda a história da jurisdição holandesa.

Mas não era um advogado *all-round*. Apesar da admiração por essa enciclopédia ambulante, Stroomkoning sentia que ele não era mais do que isso. Carlion conseguia trabalhar excelentemente bem em casos, mas não conseguia ganhar nenhuma clientela; não possuía o dom de manter o cliente, nem de conquistar sua confiança; ele era muito especulativo e seco. O próprio Stroomkoning era, de longe, o melhor advogado *all-round* de todos, mas também de longe era o mais velho. Além do mais, era do tipo que trazia casos.

Carlion, de uma maneira ressequida, demonstrou condolências a Katadreuffe sobre a falência. Estava sentado no escritório, trabalhando; não o olhou e apenas disse:

— Estou falido, não é?

Sem olhá-lo, colocou a mão sobre a folha, uma mão cheia de nervos, que dava uma impressão agradável.

Mas Piaat não reagia de jeito nenhum. Estava bastante agitado, igual a uma borboleta. Tinha que escrever tudo, para não se esquecer de nada, a não ser que tivesse a ver com a clientela, e não anotou que devia mostrar simpatia a Katadreuffe. Sempre se enchia de febre pelos processos penais, um trabalho terrível para a maioria, mas ele gostava. Era bem sagaz e também tinha um grande número de gracinhas prontas; no tribunal sempre conseguia encontrar alguma apropriada para a situação. Sua crença na benção de risadas era imperturbável. Os juízes gostavam de ouvi-lo, um sorriso aparecia em seus rostos, juntamente com o barrete no tribunal. E ele era tão popular que riam por educação até quando era insosso. Estimavam-no em tudo, até em ocasiões em que, com outras pessoas, teriam demonstrado enorme frieza.

Ele estava tão cheio de gracinhas que não tinha tempo de pensar em Katadreuffe. Na hora do café, com os juristas das bolsas, sempre conversava sobre seus próprios casos e debitava novas gracinhas. Além disso, era realmente muito bom sair do canto. Uma vez contou — Katadreuffe escutou do outro cômodo — sobre um desfalque complicado, com diligências e especialistas.

— Olhem, os senhores têm que escutar, é impagável. Ali, uma manhã no tribunal, tinha uma enorme pilha de livros de contabilidade. Peguei o que estava em cima, todos enfiamos nossos narizes nele; no entanto, um daqueles peritos burros deu uma cotovelada e a pilha toda foi ao chão; eu gritei bem alto: "agora, sim, o senhor pode dizer que a contabilidade não está em ordem!" A sala inteira bradou, a argamassa caiu do teto, a tribuna se curvou feito arco, inacreditável.

Aquilo realmente tinha sido dito, já havia aparecido nos jornais noturnos.

Mas seu bom humor era parcialmente uma fachada. Ele tinha um coração fraco e fazer alegações era-lhe, decerto, fatal. Alegava usando um gorro, pois tinha a ingênua ideia de que o deixava um pouco mais alto, mas ultimamente suava horrores.

Suas preocupações eram o coração e a pequena estatura. Tendo cabeça grande, era igual a uma criança míope de óculos. De Gankelaar o resumiu ao dizer:

— O senhor e seu sobrenome, só o senhor para escrever Gideon Piaat por extenso apenas para parecer que é mais alto do que realmente é.

— Bem, bem — respondeu o diminuto homem —, se meus pais tivessem me chamado de Theodore, não sei, não.

Pois Theodore era o nome de outra pessoa. E Piaat riu bem-humorado. Entretanto, o coração o preocupava, e gradualmente estava ficando mais para pierrô do que para palhaço.

Os juristas das bolsas encontravam-se ao meio-dia e meia na sala amarelo ocre, uma sala de vidro em forma de octógono, com os quatro cantos verdadeiros escondidos pelos armários de paredes. Pelo teto de vidro, no qual a chuva e o vento podiam causar estragos, a luz penetrava incolor. Ao longe parecia que a luz do dia perpassava por um vidro feio e colorido, amarelo ocre, quando alguém não olhava para ele. Aquele amarelo vinha, porém, das próprias paredes; um papel de parede sem padrão, com uma única cor, estranha e extremamente feia, parecia dar um brilho irreal a tudo; nas pessoas presentes e na comida.

Ao meio-dia e quinze, a moça, Lieske, colocou a mesa; ao meio-dia e meia, trouxe café e chocolate. Rentenstein então disse à senhorita Van den Born:

— Avise que está ficando bem frio.

E a moça da voz rouca falou no telefone:

— Senhor, seu café está ficando frio; senhora, seu chocolate está ficando frio — como se todos estivessem aguardando.

Era uma coisinha de nada, mas Katadreuffe sempre se irritava. Coisas assim não eram feitas em um bom escritório; isso acontecia porque Rentenstein não sabia qual era sua posição, então nem podia explicar qual era a posição dos outros.

Os juristas das bolsas nem sempre começavam na hora certa e não mais do que a metade aparecia no dia seguinte. Carlion e Piaat, com frequência, se ausentavam; o último, especialmente, viajava bastante; faziam alegações desde Groningen até Middelburg. De Gankelaar era um companheiro fiel, assim como a senhorita Kalvelage. A porta que dava para sala dos funcionários normalmente ficava aberta e dava para o corredor; quando Piaat estava presente, os funcionários das bolsas podiam escutá-lo pelo prédio inteiro.

Constantemente, quando Katadreuffe descia para tomar café, podia escutar vários fragmentos de conversas dos advogados na sala dos funcionários. Realmente falavam de seus casos até a chegada de De Gankelaar, que era o primeiro de todos a ficar entediado, e mudavam de assunto. Preferindo filosofar, ele disse:

— Não tenha sempre mão tão pesada. Todos os processos, de minha parte, têm seus etceteras e etceteras. Para mim, há apenas um único fenômeno interessante no mundo, e é o Homem. Nenhum processo é interessante, mas o Homem sim, pois ele construiu algo tão engenhoso como o direito e jurisdição.

A senhorita Kalvelage disse secamente:

— Não vejo nada de muito interessante em nenhum de nós quatro sentados aqui.

— Aí a senhorita tem razão, mas tem que olhar o Homem como um fenômeno, não como um indivíduo.

Ele já estava montado em seu tema favorito, sobre as facetas das pessoas, que eram todas diferentes, e sendo assim entrou mais ou menos em conflito com sua fala anterior. Apesar disso, pelo menos uma vez tinha dito algo original. Disse:

— As pessoas são uma complicação total, então temos que nos contentar com algumas poucas facetas. Ah, se tivéssemos olhos de uma mosca, que podem olhar para todos os lados simultaneamente. E agora? Para todo mundo, Napoleão é um bicorne, um belo perfil grego, uma mão enfiada no casaco, duas pernas vestidas de branco e uma de cada lado de um cavalo. Mas, asseguro-lhes, existe em algum lugar do mundo um livro infantil bem velho, daqueles bem pequenos, com uma dedicatória à mão, escrita com letra de criança: "seu amado amiguinho, Napoleão". Existe, em teoria.

Ninguém o escutava mais. Ele riu com uma ponta de irritação:

— Oh, os senhores são só advogados, não sabem nem um pouco como é um ser humano.

E acendeu um cigarro.

A única pessoa que ainda o escutava, mas sem querer fazê-lo, era a senhorita Kalvelage. Era uma criaturazinha brusca, mas, apesar de tudo, era dela que Katadreuffe mais gostava — seguida de De Gankelaar. A moça também não disse nada sobre a falência, e ainda assim, de um jeito indefinível, só por sua maneira, por ter ficado calada, ele compreendeu que ela havia pensado no assunto, e pelo menos não tinha se esquecido, sem mais delongas, igual a Piaat. E dessa maneira, calada, femininamente sensível, sua simpatia por ela cresceu. De resto, não havia algo de muito feminino nela, certamente nada dentro de um sentido limitado e antigo. Ela tinha um gabinete com vista para rua, perto da porta da frente. Os cômodos do andar térreo, ao lado da porta, pertenciam a outro inquilino. Assim como em velhas casas de Roterdã, havia um armazém, e, como em todos os armazéns, havia ratos. Um dia, no verão anterior, um rato apareceu, trepando do armazém, e adentrou pelo buraco do revestimento de lambris, atrás da cadeira, sobre o linóleo, um rato marrom e grande. Ela o escutou, houve um grito, mas vindo do rato. Rápida, quieta, pungente, certeira, acertou-o com uma régua antes que pudesse pular. Chamou Lieske. Lieske quase caiu para trás de nojo. Graanoogst limpou as coisas, mas ela mesma não disse palavra alguma a respeito; a história ficou conhecida por intermédio do porteiro. Era uma moça que nunca perdia a compostura, era tranquila e brusca, nunca mandona ou mal-humorada. Katadreuffe permitia-se gostar dela... De vez em quando ela o monopolizava, pois ele era muito melhor do que os Burgeik, e De Gankelaar só o entretinha com seu papo, que compreendia muito bem.

Katadreuffe sentiu-se quase humilhado da primeira vez que ela lhe mandou apanhar algo. O sentimento logo desapareceu, pois não era questão de seguir ordens de uma moça. A criatura não tinha sexo, decerto não era uma moça, mas um tipo de duende; ditava concisa e tranquila algumas cartas bastante longas, por vezes parava para pensar, mas nunca para melhorá-las. Quando levantou a vista, viu aqueles olhos de uma amarelo cambiante, tão grandes atrás dos óculos redondos, a cabeça com cabelos bastos e pretos, bem aparados, mas um pouco grisalhos, envolto em uma eterna cabeça mortal. Estava quase atraído, não por nada feminino, mas sim por ser curioso. E tinha que esconder o sorriso, pois a voz dela, inconscientemente, ascendia-se, aguda e cortante, não dirigida a ele, mas relacionada ao ditado. Quando achava bom açoitar alguém no papel, seu tom também açoitava, a voz subia e descia, subia outra vez, descia novamente, de acordo com o assunto. Era uma autêntica advogada, vivia naquele pequeno cômodo, lutava contra o invisível, mas, para ela, era um adversário real. Por fim, seu tom e palavras ficaram bem mais tranquilos, tinha triunfado.

Quando Katadreuffe voltou de sua primeira visita a ela, sentiu-se, no fundo de sua alma, realmente bem humilde, e também um tanto derrotado. *Tenho muito que aprender, uma montanha enorme de coisas a aprender*, pensou. Não sabia o quão útil era que percebesse isso.

A seus próprios olhos, ele estava sem trabalho, não conseguia preencher as noites, o rádio havia sido tomado, não poderia aprender mais nada com aquele aparelho, já sabia de tudo. Ainda ia à universidade popular, mas era mais raro. O que estudou lá poderia ser chamado de recheio ou molho, mas em nenhum caso poderia ser chamado de ingrediente básico.

Via seu pai de vez em quando, no escritório; ignoravam-se exatamente como antes. A raiva havia desaparecido por completo, não sabia mais se odiava seu pai ou, apesar de si mesmo, sempre sentia uma ligeira reverência restando de quando o conheceu. O pai muito claramente despertava-lhe uma combatividade. Pensava: *espere só, valentão, você não vai me diminuir, nos confrontaremos em breve.*

Não obstante, estava descontente, sua apatia o levou a ir de noite à casa da mãe com mais frequência e ainda mais a ver Jan Maan. Este último estava inspirado pela ideia essencial do comunismo; a proclamação de teorias subversivas na fábrica já tinha feito com que fosse demitido pelo patrão, mas era um montador capaz, encontraria rápido um novo lugar para trabalhar. Katadreuffe notou que o amigo não era mais tão gentil e amável; talvez sua natureza tivesse se alterado, igual à de alguns animais que, quando solitários, podiam se tornar perigosos. Perante a Katadreuffe e a mãe, Jan Maan não tinha mudado em nada. Lênin, nem por um instante, poderia ficar entre dois amigos; o próprio Katadreuffe era muito leal. Nessa época também começou a ter respeito pelos princípios dos outros. Iam com mais frequência à Caledonia vermelha, no porto; uma vez Jan Maan fez um discurso ali mesmo e, basicamente, saiu-se muito bem, Katadreuffe até aplaudiu. Um pouco depois a polícia chegou, pois eles tinham ido muito longe, espalhando cartazes subversivos por aí. A reunião tinha terminado, a evacuação do salão aconteceu de forma tranquila, sem incidentes. Katadreuffe olhou rápido e desafiante para a cara do policial, teria preferido morrer a fechar os olhos, nem o agente cerrou seus próprios olhos.

Após o novo verão, a falência tinha sido liquidada. Os três credores receberam, cada um, cem por cento. Katadreuffe estava contente que Jan Maan havia devolvido a pequena quantia que devia. Wever o chamou e repassou-lhe a conta; tinha dinheiro sobrando, quase cem florins. Wever o olhou diretamente, perpassou-lhe, como se furasse granito.

— Quando o senhor assinar esse recibo, o caso estará em ordem.

— Ele entenderá — De Gankelaar havia dito a Wever, pelo telefone. — O senhor é um bom sujeito, verá que ele vai entender e recusará categoricamente; ele é muito orgulhoso.

Katadreuffe *não* entendeu. Era impossível que pudesse ser cem florins a mais. No máximo, poderia ser um acréscimo ao pagamento do último mês. Ele disse:

— O senhor deve ter se enganado. Há uma diferença de uns setenta e cinco florins. Isso é muito. Não posso aceitar. Seu cálculo está errado.

O diminuto Wever olhou para o escritório bastante sério.

— Eu não me engano, não há erro. Aqui, assine, e pegue o dinheiro.

Então Katadreuffe compreendeu. Era de seu próprio salário, o salário do curador, setenta e cinco florins, que Wever queria lhe dar de presente. Katadreuffe notou a quantia no livro de contabilidade da repartição. Ficou profundamente vermelho, sem saber o que fazer, levantou-se. Apanhou um pouco do dinheiro, deixou exatamente setenta e cinco florins ali:

— Não — falou.

Não acrescentou:

— Mas muito obrigado.

Wever riu, ficou com os pequenos dentes à mostra.

— Falência é falência, mas estudo é estudo.

— Não!

Então Wever ficou impaciente.

— Não seja tão bobo, cara. Esses recibos têm mais significados para você do que para mim. O dinheiro é seu, você merece.[17]

Mas Katadreuffe não possuía a magnanimidade de quem aceita um presente a tempo. Pareceu-lhe uma caridade. Ali, era considerado um mendigo. Quase ferveu de raiva.

— Não, senhor Wever, simplesmente acho melhor não. Não, não e não.

Seu autocontrole tinha chegado ao fim, percebeu o fato e saiu apressado.

Katadreuffe calou-se sobre o incidente e De Gankelaar, pouco a pouco, teve respeito pela intransigência de seu protegido e não quis inquiri-lo ele mesmo. Soube do ocorrido por Wever, então ficou realmente temeroso que Katadreuffe, pela segunda vez, descarregasse sua ira nele. Não tinha comprado aqueles livros de Wever? Mas Katadreuffe não tinha visto este item no livro de contabilidade. De Gankelaar, no entanto, sabiamente ficou de boca fechada.

No final daquele mês, por um curto período, apareceu no escritório um novo rosto. O jovem Countryside veio de Londres, era o mais jovem associado

---

[17] Há um grande coloquialismo no original, gerado pela impaciência do personagem, e optou-se por trocar o "senhor" por "você".

da Cadwallader, Countryside & Countryside. Na realidade, não tinha mais tanto aspecto juvenil, era difícil imaginar uma pessoa mais feia que ele. Mas não era de uma feiura ordinária, era cortesmente feio, quase um homem de meia idade, que muitas mulheres achariam atraente. Só queria vir e dar uma olhada naqueles colegas de escritório do continente. Seu pai, antigamente, fazia isso. Com seu casual ar distinto de inglês, com uma elegância íntima, tratava a todos de forma galante.

— *How are you?* — perguntou para todos do escritório, dando a mão.

— *How are you?* — perguntou para a senhorita de Te George e apertou-lhe a mão por tempo demais para o gosto de Katadreuffe.

— *How are you?* — perguntou para Katadreuffe

— *Yes, thank you* — foi a resposta que o próprio Katadreuffe achou que estava longe de ser elegante.

O único dos funcionários que podia conversar decentemente com ele era a senhorita Te George. Katadreuffe os viu um pouco por fora, claramente bravo e ciumento, por detrás das costas do britânico. Foi um breve triunfo do qual ela desfrutou e se apegou o máximo possível. A relação dos dois não avançava, não conseguia dizer algumas palavras, às vezes ela pensava com amargura. Isso constituiu uma pequena compensação. E Countryside logo notou que ela era a única que conseguia manter uma conversa. Falaram um pouco e chegaram a rir, até a vinda de Stroomkoning. Devido a esse serviço, a senhorita Te George manteve, aos olhos de todos, a estima em alta, pois era inteligente o suficiente para falar em um idioma estrangeiro, mas também foi corajosa ao brincar e rir. Ela sentiu a admiração e sorriu depois, quando se sentou à sua mesa.

O jovem Countryside carregava traços de uma vida meio dissipada no rosto, nas linhas e dobras da pele. De certa forma, deixava-se ter um jeito cansado, a voz soava profunda e cansada. Os pelos negros da mão cresciam quase até a dobra dos dedos, mas não era atraente, nem vulgar. Mesmo com esse excesso de pelos, continuava sendo uma pessoa de verdade. Seus dentes não eram mais muito bons, as cáries começavam a perpassar os orifícios, especialmente a boca; quando ria alto, o dourado da cárie brilhava e transparecia. Penetrava na sala uma doce e densa fumaça de cigarro, não havia nem cinco minutos que estava com Stroomkoning quando o verdadeiro *Dutch gin* apareceu na mesa.

Stroomkoning nunca mantinha bebida alcoólica no escritório, então Pietje trazia uma garrafa do velho e do melhor, com rótulo preto, uma peça de cerâmica totalmente poluída.

Ele se hospedou na vivenda de Stroomkoning, nos lagos Bergsen. A senhora Stroomkoning se dava bem com ele, remavam e nadavam juntos. Mas Countryside rumava muito ao escritório, na enorme sala de conferência ou na sala de De Gankelaar, caminhava sobre a lama da rua Boompjes com um cravo rosa na lapela. Gostava de ver a rua cheia, tão perto do trabalho. Era um eterno silêncio em seu próprio escritório, no Gray's Inn, ao fim da Chancery Lane, sério, apenas monótono e eternamente sombrio.

As coisas iam excelentemente bem entre Countryside e De Gankelaar. Logo cansou-se dos outros, mas De Gankelaar falava inglês como um nativo. Na realidade, aquela era sua língua materna, o idioma de sua mãe. Apesar de não ser fluente, era melhor que Stroomkoning na pronúncia. No gabinete de De Gankelaar, o próprio e o britânico ficavam com as pernas em cima da mesa, um de cada lado, viam-se apenas as solas dos sapatos. Assopravam a fumaça do cachimbo e o cigarro na parca luz azul que existia, o *Dutch gin* tinha que ser chamado logo para cumprir seu dever.

Uma vez Katadreuffe viu os três passando por ele, Stroomkoning, enorme no meio, De Gankelaar, atlético e esportivo, e Countryside, com um terno cinzento — como um gibão cinza oscilando por aí, mas sem ser ridículo. Depois uma questão veio à cabeça: *se eu fosse advogado, qual deles gostaria de ser?*

A resposta veio logo depois: *nenhum dos três — quero ser eu mesmo.*

Após um mês, o jovem Countryside foi embora com alguns tamancos entupidos de palha dentro da mala, suvenires dos Países Baixos. Katadreuffe, havia muito, já tinha se lançado ao trabalho.

KATADREUFFE E DREVERHAVEN

Então estourou uma revolta, algo inexplicável para Roterdã. Havia uma diferença importante entre a população das duas maiores cidades; os roterdameses eram mais calmos, mais equilibrados do que os amsterdameses. De longe, o jornal mais popular era o não alinhado *Rotterdams Nieuwsblad*, quase toda família o lia, tanto que era conhecido apenas como *Nieuwsblad*, as páginas políticas vindo atrás. O roterdamês, sendo calmo, também era confiável. Ele jurava pelo *Nieuwsblad*, jurava pela Caixa Econômica, *tout court*,[18] e ao falar de Caixa Econômica, não queria dizer Caixa Econômica do Correio. A privada, na rua Botersloot, e a outra ficavam mais para trás. A senhora Katadreuffe lia o *Nieuwsblad* e depositava na Caixa Econômica.

Uma parte da população se deixava, inexplicavelmente, ser atiçada por um vento comunista, por uns acontecimentos políticos do exterior. A parte cinzenta no centro, onde Dreverhaven reinava, estava em revolta. Estavam justamente revestindo a estrada da Goudsen Singel, para melhorar a enorme largura. Paralelepípedos e asfalto estavam prontos para serem apanhados. As pessoas construíram barricadas infantis nos becos. Disparavam tiros à noite, a senhorita Katadreuffe escutava os estampidos ao longe quando estava silêncio à sua volta.

---

[18] Expressão em francês, "sem delongas", "apenas isto".

Jan Maan se sentou à mesa. Nunca tinha se sentado tão desajeitado, com os cotovelos o mais longe possível à folha, as mãos nos cabelos, quase lendo, mas ela viu o quanto ele pressionava as mandíbulas, o quanto os músculos da bochecha sobressaíam-se e os dedos apertavam nervosos o cabelo loiro. No fundo, sentia pena dele, gostava muito dele, mas ela era severa. Não dava importância que ele falava de revoltas, não deveria resultar em atos, ela o tinha nas mãos. Seguiu-se uma curta, mas significativa, conversa:

— Jan!

— Sim, mãe.

Involuntariamente, a cabeça foi erguida e ele olhou dentro daqueles olhos que ardiam iguais ao fogo distante de um soprador de vidros.

— *Se* você tiver coração.

A cabeça afundou.

— Então...?

Houve um breve silêncio, depois o involuntário:

— Não, mãe.

Um momento depois, assobiando bravo, foi ao quarto, a fim de mostrar sua independência, mas ela assentiu tranquilamente para si mesma; não havia mais perigo com aquele rapaz.

Os tumultos, no entanto, não foram abafados, apesar de terem sido espalhados do centro até a vizinhança da senhora Katadreuffe, indo ao norte, em direção ao matadouro. Ela mesma tinha morado ali antigamente, mas não na parte mais pobre. Atualmente havia uma revolta total na parte mais pobre, em um grupo de ruas bem estreitas. Tropas do destacamento vieram para ajudar a polícia. O bairro inteiro estava cercado, e as pessoas de boa vontade que saíam de casa de manhã para irem trabalhar não podiam retornar para suas casas. A senhorita Katadreuffe escutava disparos do outro lado.

Em uma das ruelas, Dreverhaven teve que despejar uma família. Era no coração da revolta, na rua Rubroek. A tranquilidade seria restaurada em um ou dois dias, a polícia teve que tomar medidas bastante extremas. Dreverhaven poderia ter esperado, mas não era homem que fizesse isso. Ele foi até lá naquela tarde, com Hamerslag e Apanhador de Carvão, uma tarde gelada com um vento cortante. Ao longe, já soava o tique taque.

Depois atingiram o foco central. Em cada canto da rua havia soldados acampados nos telhados e acobertando cada cruzamento com metralhadoras. Logo que uma mão dentro do quarto se aproximou de uma janela fechada, logo que uma cortina se moveu na casa, balas voaram.

Dreverhaven foi até o cordão policial. Não queriam deixá-lo passar, mas ele disse:

— Em nome da lei! — e mostrou no peito a fita laranja do distintivo prateado com o brasão de armas do Reino dos Países Baixos.

Deixaram que ele e seus sequazes passassem.

Um pouco mais tarde, no verdadeiro campo de batalha, encontrou uma patrulha comandada por um tenente.

— Em nome da lei! — e fez a mesma coisa de antes. O tenente respondeu apenas:

— Sob sua própria responsabilidade.

E pôde passar de novo. Então andou na parte mais silenciosa da cidade, as ruas cobertas com telhas quebradas, buracos de balas nas janelas em todo lugar, que corroeram a tinta branca por toda a madeira lascas fragmentadas que as balas arranharam. Os três continuaram andando. O Apanhador de Carvão não tinha muita consciência da ameaça de morte pois, sempre que as balas cuspiam, caminhava aparvalhado ao lado do funcionário. Durante o recrutamento, tinha escutado tantas vezes o som da martelada no casco de um navio, o rufar da escavação pneumática; aquilo era exatamente igual. Hamerslag demonstrou uma outra personalidade, um tipo de comediante com humor seco.

— Puxa, que vento gelado.

Parando no meio da pista, assoou o nariz prolixamente, e vibrou como uma trompa.

Dreverhaven viu que o tiroteio se voltava em direção a eles, mas algo poderoso regateou do homem pesadão e calmo que usava uma fita e um distintivo, bem largo no peito. Ele abriu todos os casacos e os encheu de vento, igual a uma fragata em alto mar. Aquele não era um agitador, aquele homem tinha um charuto grande pendido para cima no canto da boca, bufava fortemente. Ao mesmo tempo, protegia os dois que vinham atrás, em seu encalço.

Na rua Rubroek, então, ele ficou na frente da casa. Não se deu ao trabalho de tocar a campainha; arrebentou a porta com um chute do pesado pé, tão forte que atingiu a parede, e o gesso desmoronou em uma fatia, a casa tremendo. Gritos aflitivos soaram, uma mulher ficou num quarto com uma tropa inteira de filhos, que não comiam absolutamente nada havia vinte e quatro horas. Havia dois dias procuravam um homem, um dos piores das revoltas, que tinha fugido da casa de um aliado. O oficial de justiça teve pena, teria adorado encontrar o sujeito; se acontecesse, seria em um instante. O Apanhador de Carvão já estava levando a tropa de crianças à sua frente para a mortífera rua, e elas iam gritando. Entretanto, o mais novo, um menininho de uns dois anos, o puxava pela calça, na altura do joelho, rindo corajosa e amigavelmente para o Apanhador, com o vago sorriso de uma criança muito pequena que não tinha ideia do porquê estava contente. A mãe o puxou, ficando muito baixa e diminuta em meio às caras vis.

Entrementes, os dois soldados discutiam com Hamerslag. Um na frente, outro atrás, a mulher queixosa com a sêmola na mão, assim foi a tropa, à frente das pontas de duas baionetas com lencinhos esvoaçantes suspensos no ar. Um momento e as tralhas das pessoas também foram postas na rua, o vento batendo livremente em algumas cortinas rasgadas.

Naquela noite, Dreverhaven pôs-se a refletir sobre os despejos mais bonitos de sua vida. Pensou na criança risonha que tinha puxado as calças, na altura do joelho, do Apanhador de Carvão de uma maneira amorosa; que pequeno larápio. Mas ele mesmo não riu. E pensou: valeu a pena tanta dificuldade, não pelo dinheiro, mas sim pela audácia. Não sabia mais, quase não sabia mais, se desejava que uma bala perdida o abatesse. Em todo caso, o desejo continuava sendo apenas algo elusivo; em face a isso, sua indiferença era muito enraizada. Mas uma das coisas das quais tinha plena certeza era que só o fato de saber já bastava. Ele nunca, nunca, ficaria doente, isso era predestinado, um final de vida com mazelas, com a lenta dissolução de suas forças, que ele teria que economizar. Como que quer fosse, pela violência exterior ou pela devastadora força interior, ele cairia pesadamente, do nada, sem demora, e o chão ribombaria onde caísse.

Ele olhou o cômodo grande e cavernoso à sua volta, barbaramente vazio, e, além disso, pensou no filho.

O escritório do filho vibrava de vida, ao passo que o do pai era tão silencioso quanto um túmulo. Não era silêncio de tranquilidade; era, como aquela tarde no bairro da revolta, silêncio sepulcral de medo. Com a ascensão dos anos, gradualmente espalhou-se um terror; seus próprios clientes quase não o procuravam mais, ele era muito espantoso, muito mau, prefeririam se comunicar por telefone; algumas qualidades o mantinham na ativa, mas ele não possuía realmente nada daquilo, a clientela logo teria ido embora.

Em um cômodo esfriado, na cadeira atrás da mesa, de casaco e chapéu, ele examinou sua longa vida como se fosse uma paisagem. Cada vez mais se parecia com uma paisagem, os olhos fortes da memória viram os melhores detalhes no horizonte; depois, quando a memória desaparecia, as nuvens se dirigiam até ali e apagavam o lugar inteiro. Não, não, então não existia mais.

Ele bebia muito ultimamente, tanto que ia aos arrancos, igual quando ia até uma mulher. Podia tanto continuar bebendo como deixar para lá, tinha apenas um vício: dinheiro. Mas um copinho lhe dava um gosto especialmente bom ultimamente, pegava uma garrafa e um copo no escritório; o primeiro copo bebia em um gole só, o segundo em dois goles, o terceiro deixava posto em sua frente.

Então mexeu em uma gaveta e começou a escrever uns dois memorandos, em seu estilo conciso e formidável de escrita negra. Não manteve nenhuma cópia daquelas cartas; havia anos não usava mais papel carbono. Não se esquecia do que tinha escrito e também não se importava se esquecesse. Nunca assinava as cartas, apenas os decretos judiciais. Sua verdadeira língua escrita era o decreto.

"Nos anos tal e tal desse ou daquele mês eu, Arend Barend Dreverhaven, Oficial de Justiça do tribunal de Roterdã, *insinuo* e *aviso...*"

Ou melhor, ainda:

"... eu, Arend Barend Dreverhaven, *intimo*..."

E melhor:

"... eu *convoco*..."

E o preferido:

"... eu *ordeno imediatamente* que pague a mim, oficial de justiça... etc."

Pois não eram apenas os decretos preliminares em si (ganhava-se algo com eles, isso era tudo), mas a execução deles é que eram seu desejo e vida; a apreensão de bens, o leilão público, o despejo, a quebra de fechaduras, a superação de obstáculos na casa, o apanhar dos devedores pelo colarinho e o levar deles à delegacia, encarcerando-os como reféns; tudo isso em nome da lei, em nome do Rei, em nome do Deus todo poderoso, o Dinheiro.

O telefone tocou. Pegou-o do gancho: era o sr. Schuwagt. Ele o usava como procurador para seus casos sujos, para os créditos e crediários de seu banco de usura. Realmente era o Oficial de Justiça no escritório de Stroomkoning, mas este último não era seu procurador. Sabia muito bem que Stroomkoning se recusaria a agir pelos negócios, sua clientela sempre tinha um lado detestável, então ia com aquele rastejante advogado, sr. Schuwagt. Ao mesmo tempo, odiava aquele sujeito, devido à sua miserável submissão. Schuwagt era o mais miserável de toda a advocacia de Roterdã, o que era pouco, pois a advocacia continuava em prestígio, mas ele era, de longe, o pior e mais abominado por todos os lados. Dreverhaven, que podia usá-lo, que o tinha usado, não se poupava ao tratá-lo como um lixo. Zurrou a resposta no fone, colocou-o no gancho, bebeu o último copo, e logo dormiu. Mas o charuto continuou aceso no canto da boca, e os olhos da mente permaneceram abertos.

Então escutou o passo leve, nervoso, mas certeiro, que conhecia bem, semelhante a uma fera que reconhece de longe a própria cria. Primeiro um olho abriu, depois o outro; o filho estava na frente da mesa. Estava calmo e pediu com um tom mais calmo ainda:

— Pai, vim contrair um empréstimo com o senhor.

— Para quê, Jacob Willem?

— Não passarei no exame estadual sem aulas particulares. Estou bem em línguas modernas, mas História, matemática, e, especialmente, línguas clássicas... para isso, não há cursos normais.

Dreverhaven havia muito já tinha fechado os olhos, mas, agora, Katadreuffe conhecia o velho; compreendeu que ele pensaria a respeito, às vezes era como se ele sempre o tivesse conhecido, embora se passassem por estranhos.

Dreverhaven não estava pensando muito, mas estava pensando. Que atrevimento do rapaz, que espécime bom. Foi procurar o leão na cova. Sempre pensou naquele rapaz estranho, magro, que possuía as feições da mãe, de forma que "é meu filho" já bastasse. Sentiu que o rapaz era feito de sua própria carne quando Stroomkoning o colocou em serviço, sentiu de imediato: *aquele rapaz vai seguir o caminho do pai, vai procurar o exercício do direito, vai viver do direito, mas vai mirar mais alto do que eu*. E agora, aquele sujeito dava de novo um passo na direção cujas consequências já conhecia de antemão — agora que tinha vindo pedir dinheiro emprestado, sentia-se conectado a ele da maneira mais secreta e valiosa que possuía: pelo sangue. Mas o sangue apresentava, também, muitos problemas intrigantes; uma má vontade sobreveio-lhe e disse ironicamente:

— Então parece que pensou melhor. Agora quer dinheiro emprestado de um usurário?

— Sim — respondeu Katadreuffe.

Ele pensou por um instante e prosseguiu:

— Sim, vou enfrentá-lo. Se o senhor me der a oportunidade, então vou atingir seu nível.

Dreverhaven cerrou os olhos outra vez. Aquele era o sangue, aquele rapaz demonstrava caráter. E perguntou sem tom algum, como se falasse dormindo:

— Quanto?

Katadreuffe tinha calculado que poderia se virar com duzentos florins.

Dreverhaven o olhou de novo, as cinzas do charuto caíram no peito e seguiram seu próprio curso entre as muitas listras que tinham se engordurado na roupa. Katadreuffe, sensível outra vez, temeu ter o fracasso nas mãos. Dreverhaven disse:

— Lembre bem que se eu lhe fizer o empréstimo hoje, amanhã posso quebrar seu pescoço.

— Eu sei.

— Leia isto.

E empurrou-lhe um formulário impresso.

— Apenas emprestarei sob essas condições. Se assinar, então está assinando sua forca.

Katadreuffe empurrou de volta o papel, indiferente.

— Tenho ciência disso.

O que realmente quis dizer: *não tenho medo do senhor.*

Dreverhaven fechou os olhos de novo.

— Então, amanhã de manhã no banco, às onze horas.

No dia seguinte, a quantia do empréstimo foi paga e nem mesmo com exigências de um pagamento excessivo. Os juros foram de oito por cento. O único perigo era a possibilidade de uma anulação imediata a qualquer hora. Também teve que ceder ao banco, com antecedência, seu salário.

Tinha a intenção de fazer o exame estadual em dois anos, contados a partir do próximo verão. Encontrou um jovem doutor de Letras Clássicas que por setecentos e cinquenta florins ao ano faria seu latim e grego irem de vento em popa. Para isso, tinha aula três noites por semana, de duas horas cada, a quase três florins por hora, e não achava caro, pois considerava que tinha que se esforçar intensamente nas aulas, já que durante o dia tinha outros trabalhos a fazer.

A atmosfera na qual Katadreuffe vivia lhe ensinou a tomar certa providência. Pagou ao professor um adiantamento de um ano. Este achou aquilo estranho e, inicialmente, não quis aceitar, mas Katadreuffe insistiu com grande determinação. Pois pensou: *se o banco realmente for severo nesse ínterim, pelo menos pagarei adiantado esse ano, e então poderei continuar com as lições o ano inteiro e ninguém poderá me impedir.*

E algo notável lhe aconteceu: saiu-se completamente bem, avançou muito, as línguas não lhe deram trabalho algum. Os fundamentos do conhecimento geral, assim como a noção de uma mente acima do nível escolástico comum, o ajudaram a seguir adiante. Era um bom ano pela frente, as línguas o atraíam assim como seu talento atraía o professor.

Havia muitos meses Katadreuffe já tinha retomado o pagamento da mãe. Todo mês, prontamente e calado, deixava quinze florins na toalha de mesa. Até mesmo encontrou um tempo para distrair-se um pouco e, além do mais, era algo que sentia a necessidade de fazer. Jan Maan levou-o de novo à Caledonia vermelha, onde, ultimamente, filmes russos muito bons estavam sendo exibidos para as células comunistas. Podia-se levar convidados. Então eles foram; "ela" às vezes também queria ver algo e ia junto, andava no meio dos dois.

Um cômodo frio e vazio, cheio de pobreza, mas bastante tranquilo, tanto que as mulheres levavam seus bebês, além das chupetas e mamadeiras. Viram *Der Weg ins Leben*, de Ekk, e *Três canções de Lênin*, de Viértov.[19]

Jan Maan ficava em êxtase, a sala aplaudia estrondosamente no fim de cada filme — ele também —, e até Katadreuffe sentia-se estimulado, mas continha-se. Nunca viraria um comunista, e quando tudo estivesse acabado, era a realidade holandesa que, com a mão fria, o manteria na trilha da moderação.

A menos afetada era "ela". Sim, sim, a fita era muito boa, e aqui e ali realmente era muito bonito, isso não negava. Mas, de repente, escutava-se atrás da tela um homem ou uma mulher dando um sermão em russo. Ela não entendia palavra alguma e, ainda assim, compreendia tudo; falavam sobre ideais comunistas, mas realmente tinha que rir daquelas vozes fanáticas, que não se encaixavam em lugar algum, à medida que o filme continuava passando. Ela disse, quase notando o quão fatalmente certa via a situação:

---

[19] Respectivamente, Nikolai Ekk (1902-1976), diretor de um dos primeiros filmes soviéticos com som, E Dziga Viértov (1896-1954), um dos maiores diretores da história do cinema. Bordewijk grafa em alemão o título do filme de Ekk, "O caminho da vida", e erra o título de Viértov, o correto é "Três canções sobre Lênin".

— Esses russos são uns crianções.

Isto ofendeu profundamente Jan Maan. Crianções, crianções? Não exatamente. E trouxe expressamente à tona as sangrentas realizações do movimento comunista. Ela tinha pensado na execução de toda a família do Czar nos Urais, na República Soviética da Hungria sob Béla Kun e Szamuely[20]. Sabia algo das prisões russas? Se não, ia dar outras leituras em casa a respeito daqueles que estavam em Moscou, Lubianka 2 e Lubianka 13,[21] por exemplo. Quando soubesse sobre o assunto, tremeria — não era leitura que se levava para cama — que esperasse só.

Ela respondeu curta:

— Não se pode deixar as crianças brincarem com coisas perigosas.

Jan Maan calou-se em desespero, Katadreuffe começou a pensar nos estudos. Logo voltaria a trabalhar.

Eles também viram *Cama e sofá*, de Room[22] — e foi curioso, pois Katadreuffe achou o filme chocante. Às vezes, sua castidade era bem modesta, mas ela achou o filme bom, apenas bom; foi o filme que mais a tinha impressionado, ela tinha uma grande noção de tudo.

Em uma suave tarde de domingo no inverno, ela estava com Jan Maan no De Heuvel, no Het Park. Sempre gostava de se sentar ali, o movimento da água lhe dava um sentimento bem pacífico.

---

20 Respectivamente, Béla Kun (1886-1938), revolucionário comunista que governou a Hungria em 1919; Tibor Szamuely (1890-1919), líder comunista.
21 O prédio Lubianka, em Moscou, era a sede da polícia secreta russa, a KGB, e também uma prisão.
22 "Cama e sofá" — filme mudo soviético de 1927 dirigido por Abram Room (1894-1976) — foi bastante controverso em sua época ao retratar a poligamia, o aborto, e a liberdade sexual.

Então, um pedaço de carne humana completamente quadrangular apareceu vagaroso e sentou-se ao lado dela. Era o capitão do flutuador, Harm Knol Hein. Nunca mais a encontrou após a carta. Ele apertou a mão dela e de Jan Maan.

— Você não mudou nada — ela disse.

Era verdade, ela o reconheceu de imediato.

— Mas você, você mudou bastante — ele disse, ingênuo. — E mesmo assim logo a reconheci.

Sentou-se ali, largo, pesado, e fundamentalmente saudável, um rebento de Roterdã na sua melhor forma.

— Está casada agora? — perguntou.

Olhou para Jan Maan. Aquele homem não poderia estar casado com ela; era muito velho para ser um filho e muito novo para ser um marido, mas talvez fosse um filho de um casamento anterior.

— Não — ela respondeu —, e este é meu pensionista. Mas você se casou?

Ele cuspiu a folha de tabaco. Secou os lábios com as costas da mão, olhou pensativo para água.

— Não, não exatamente — disse. — Estou, por assim dizer, morando com uma mulher.

Suspirou e olhou outra vez para Jan Maan. Então prosseguiu:

— Agora falam em casamento. Pode ser, pode ser, mas não é nada.

E, sendo realmente feminina, ela sentiu sob aquelas palavras que ele sempre sofreu por sua causa, que bastaria que ela levantasse um dedo e ele a seguiria. Em momento algum pensou em fazer isso, ainda não entendia nem sabia. Havia anos era assim, perguntava-se o que ele pensava daquele corpo velho, em oposição àquele sujeito saudável, especialmente agora que ela estava mais velha e bem mais parecida com um cadáver.

Entretanto, ele contou, com a maneira rude e ingênua de um homem ligado à água, sua experiência. Havia uns três anos foi a um bar com alguns amigos, onde se via no balcão uma gordona, grandalhona, com bastante sotaque do sul de Roterdã. Ela era do Leste, enfim, com saúde para dar e vender. Não era mais tão nova, entre quarenta e cinquenta anos, e continuava servindo cerveja e bebida. E ele estava com aquela gordona, três anos de tortura, com um humor dos diabos. E continuava cada vez mais pesadona, cada vez mais gorda. Ele a manteve no cais, pois se ela subisse na embarcação, o maquinário inteiro colapsaria — não, não poderia começar aquilo. Ela queria se casar, mas ele mandava aquilo às favas sem rodeios. E trouxe também um amigo, um marinheiro, que era tão grande e largo quanto ele; ia bastante para casa e esperava que...

E disse:

— O resto você entenderá, bom dia.

E foi embora com um lento passo de pernas bem abertas, típico de um homem pesadão da água de Roterdã. Mas pediu o endereço dela, e algumas semanas depois a visitou do nada, sem ter sido convidado. Colocou uma cadeira sob suas poderosas coxas.

— Pode vir quantas vezes quiser — ela disse —, mas não pode fumar. O médico não vai deixar fazer isso aqui.

— É apenas um trago — respondeu —, em geral só mastigo. Se notar bem, fumar é uma banalidade.

Cortou certeiro uma tira do charuto negro e o colocou entre a mandíbula e a bochecha.

Ele vinha de vez em quando, e ela gostava daquele sujeito bastante simples, era como um fragmento de água salobre, um pedaço de vida no porto; nunca se casaria com ele, mas tinha sido jovem e casta, então ainda não sabia bem. Limitado, mas não estúpido, apenas moroso, de coração muito aberto, muito valioso, um homem do povo em seu melhor. E um homem cuja energia sempre a fascinou.

Uma vez ela o levou a Caledonia vermelha, com Jan Maan do outro lado. Foi um acaso, pois estavam saindo quando ele chegou. Muito bem, então, ele queria ver o teatro de marionetes ao menos uma vez. Mas foi um fracasso, um pouco enfadonho, também, ainda que não pudesse ficar com raiva, embora Jan Maan tenha ficado. Ele reagia mal a tudo. Quando não havia nada do que rir, ria ingênuo e estrondoso, e ressoava sob os protestos e silvos dos que estavam na escuridão. Aliás, durante um silêncio mortal com muito sangue na tela, ele disse duas vezes:

— Pelo amor de Deus.

O CAMINHO PARA LEIDEN

No primeiro ano, o caminho de Katadreuffe para Leiden foi coberto de rosas. Tinha uma excelente cabeça para línguas, agora parecia bastante óbvio. Seu jovem professor estava entusiasmado. Muitos haviam tentado, mas quase todos desistiram, pois as dificuldades pareciam insuperáveis, desde o início. O próprio docente não tinha tido uma experiência assim, mas isso foi confirmado de todos os lados. Como era raro ver alguém do povo demonstrar ter cabeça para os estudos. Estudiosos geralmente eram hereditários: as crianças das classes mais altas saíam para o mundo mais preparadas, suas cabeças eram mais arredondadas, as testas eram mais altas, o crânio estreito ou escorregadio era a exceção.

Mas essa pessoa estava em ascensão. Ele era um raro fenômeno que, com suas qualidades naquela idade, iria longe.

Katadreuffe tratava de estudar sozinho as línguas modernas, tudo o que fazia era traduzir um trecho de prosa ao holandês. Comprava livros — agora era capaz de adquirir literatura de melhor qualidade — em leilões, pacotes de trinta livros franceses, alemães, ingleses por alguns florins. Os pacotes nunca tinham obras mais modernas, mas o que poderia fazer? Sempre havia livros muito bons. De vez em quando traduzia um trecho escolhido arbitrariamente, melhorava cada vez mais e precisava cada vez menos dos dicionários. Sabia bem que aquele era apenas o estágio inicial de seu conhecimento de línguas estrangeiras, logo teria que aprender a escrever razoavelmente bem, falar fluentemente e entender perfeitamente os discursos mais rápidos e lentos. Sem isso, não seria um bom advogado e até ficaria muito atrás da senhorita Te George. Tinha que ultrapassá-la, porém não possuía mais a ambição de tomar seu lugar, aquilo tinha sido um impulso, igual ao de tomar o lugar de Rentenstein. Poderia ser promovido se conseguisse se sentar com Stroomkoning. Contudo, nem por um momento, pensava mais em preencher aquele lugar de maneira permanente, ficaria satisfeito se ocasionalmente o fizesse. A ambição não estava mais em tomar o lugar dela, mas sim ficar a seu lado.

A respeito de Rentenstein, o caso era bem diferente, pois ainda mantinha o mesmo ódio daquele sujeito, considerando-se que esse sentimento era justificado, já que o homem simplesmente não cumpria seu dever. Ambos lidavam com ridiculamente pouco, o tribunal continuou tendo menos importância à medida que Stroomkoning foi crescendo cada vez mais no *big business*. Muitos dos clientes de menor porte, gradualmente, foram dispensados. E como um todo, Rentenstein não organizava nada, as coisas andavam ainda mais lentas do que antes. Apenas os processos do próprio Stroomkoning e tudo o que concernia a seus casos eram mantidos em excelente ordem; no entanto, Rentenstein não tinha nada a ver com isso, tudo ficava aos cuidados da senhorita Te George. Não havia, na realidade, nenhum motivo para que Katadreuffe não tentasse tomar o lugar de Rentenstein. No tocante à organização, seria muito melhor sob *sua* liderança. O trabalho no tribunal também não era uma grande proeza: de vez em quando, à noite, olhava os processos — a maioria casos menores, nos quais a lógica comum era mais útil do que o conhecimento de lei. Estudar um pouco sobre a legislação de contratos de trabalhos e as condições de aluguéis e financiamentos o levaria ao final.

Claro que ocuparia o lugar de Rentenstein como chefe do escritório e primeiro procurador. Aquilo significaria uma promoção de verdade, e, se lhe oferecessem, a aceitaria com as duas mãos. Mas seria algo provisório, nunca com outra intenção a não ser a de que seria um posto provisório. Afinal de contas, isso o faria prosseguir com sua ambição. Entretanto, não tinha o desejo de solapar o lugar de Rentenstein, não importava o quanto pudesse detestá-lo, o quanto estava convencido de sua própria grande excelência. Ia contra alguns princípios da honestidade, um rapaz do povo também não podia se portar mal com seus sentimentos diante de um colega, possuía solidariedade, que sempre se encontrava nos subordinados do mesmo patrão.

Katadreuffe estudou um pouco de matemática, mas não muito; por enquanto, tinha apenas uma hora de lição por semana acerca da disciplina, que não tinha tanta importância para ele. Ele se aprofundaria mais no segundo ano de estudo. O mesmo valia para História.

A moça Van den Born se transformou em uma datilógrafa de velocidade fora do comum. Entre os atendimentos telefônicos, batia suas cópias à máquina, tudo atrevidamente, posava de rapaz, de homem, com seus pensamentos, aparentemente, bem distantes. Trouxe uma pequena mudança nas atividades do escritório. Os Burgeik recebiam menos cópias para datilografar e mais ditados. Por causa disso, Katadreuffe também tinha pouco trabalho nas mãos, mas tinha afazeres diferentes e melhores, por enquanto, coisas menores.

Outra vez, foi De Gankelaar que o apoiou ali. O próprio De Gankelaar havia muito não lhe dava trabalho o suficiente. Perto do verão, de repente, sentiu o entusiasmo pelo protegido despertar de novo. Foi quando Katadreuffe lhe disse que tinha começado sozinho a ler *Carmina*, de Horácio,[23] mas não tinha entendido nada. De Gankelaar ficou tão perplexo que tirou as pernas de cima da mesa e tão entusiasmado que lhe apertou a mão.

— Sim — disse Katadreuffe —, mas não chego a lugar algum.

— Não se estatele, meu caro, já é inacreditável que ouse lê-lo após menos de um ano. Horácio, homem formidável, e sua Carmina são meus poemas favoritos. Agora creio que, tristemente, lembro muito pouco delas. Leu aqueles versos da prostituta no beco ventoso à noite? Não sei mais de onde vem. Começa com: *Parcius junctas quatiunt fenestras*...[24] Esqueci do resto. Conhece?

Katadreuffe, que era muito casto, assentiu que não.

— É uma velha oferecida num beco de Roma — matutou De Gankelaar. — Dê-me seu livro.

Estando sozinho, em um impulso, decidiu que Katadreuffe deveria ajudar o escritório. Aquele rapaz podia fazer tudo, tinha que atender mais a clientela. Então descobriu a senhorita Van den Born, da mesma maneira que tinha descoberto Katadreuffe anteriormente. O escritório mudou um pouco e Katadreuffe foi designado a lidar com seu primeiro caso no tribunal.

— Apenas — disse De Gankelaar — tem que perguntar a Rentenstein se ele pode deixá-lo tomar conta do caso. Se não conseguir, venha falar comigo.

---

23   Horácio (65 a.C.-8 a.C.), um dos maiores poetas líricos e satíricos da Roma Antiga. "Carmina" é o título latino para "Odes".
24   Em latim, no original, "raramente brinco com tuas janelas fechadas", primeiro verso da Ode XXV, onde Horácio zomba do corpo decadente da velha Lídia. Apesar de o original ser em hexâmetro, aqui optou-se por traduzir literalmente.

Mas Katadreuffe não queria perguntar. Parecia demais, como se quisesse eclipsar o chefe do escritório, então o próprio De Gankelaar perguntou.

Rentenstein o olhou estranho, mas não ousou recusar. Começou a odiar Katadreuffe, ainda que de modo impotente e mesquinho. Katadreuffe nem notou. Mas a Rentenstein, que sempre teve pouca força de vontade, ultimamente não restava mais nada: sua consciência não era limpa, temia a descoberta, o brilho de seus olhos ficou esquivo e desagradável. Tudo por culpa daquele Dreverhaven e seus camaradas.

O primeiro processo de Katadreuffe foi um daqueles bem ridículos, que enriquecem a vida, no qual a sessão no tribunal estava cheia. Uma senhora, com um dente falso na dentadura, costumava colocá-lo em um copo d'água à noite. Em uma certa manhã, pareceu que o dente tinha desaparecido. A senhora acusou a empregada de tê-lo jogado fora distraidamente; a empregada negou. Seguiu-se uma altercação e optou-se por rescindir o contrato. A empregada pediu indenização por demissão sem justa causa; a senhora apareceu no escritório com papéis do tribunal. Rentenstein fez um memorando defendendo o ponto de vista da senhora, mas, na opinião de Katadreuffe, havia muita ênfase em pequenas partes. Havia uma longa e grande explanação sobre o dente em si: de acordo com a senhora, o dente falso era bastante comum; de acordo com a empregada, era um modelo muito diferente, com um pino que impedia que fosse jogado na água, e devido ao tamanho excessivo, o dente teria ficado preso no copo de vidro.

Katadreuffe logo viu que essa briga devia ser secundária, realmente poderia ser eliminada. A questão era simples: a moça tinha *sido demitida* ou, como a senhora afirmava, *se demitido* zangada? Em todo caso, a moça devia provar que tinha sido demitida.

Katadreuffe lembrou-se de uma frase de De Gankelaar: *os fatos não contam no processo, apenas as provas dos fatos é que contam*. Logo captou essa verdade, depois ela ficou profundamente enraizada nele. Se a moça não conseguisse trazer testemunhas da demissão, o processo estava perdido.

Katadreuffe também ficou interessado nos próprios clientes, ao lidar com seus casos. Não era mais um autômato que copiava e entregava. Com exceção dos próprios clientes de Stroomkoning, dos quais até Rentenstein não sabia nada, ele perpassava por vários casos. Aprendeu cada vez mais a identificar os rostos que via nos processos. Procurar os processos nos arquivos era trabalho de Kees Adam, mas aquele rapaz era muito burro, sempre tinha que olhar a pasta inteira do processo, não reconhecia nenhum pelo número do lado de fora. Katadreuffe, apesar de não haver nenhuma necessidade de zelar pelos clientes na sala de espera, lembrava-se de rostos vistos meses antes e os associados a esse ou aquele caso, às vezes até com o número do processo.

Também aprendeu a ver as diferenças entre os clientes. O profissionalismo aumentava de acordo com a posição. Os grandes negociantes eram totalmente profissionais; os *pro bono*, de assistência gratuita, eram totalmente tediosos. Não havia exceção àquela regra. Uma regra boa e forte, mas com exceções, quando aplicadas a esses dois grupos extremos de clientes — os grandes negociantes eram fáceis de lidar, os *pro bono* eram difíceis. Os grandes negociantes eram fáceis devido aos milhares de florins, os *pro bono* discutiam entre eles a respeito de uma surrada chaleira vinda de uma herança em comum. Os *pro bono*, geralmente, também eram de opinião que estavam subordinados aos visitantes pagantes na sala de espera, e que os procuradores recebiam o *seu* salário — que diziam ser salário *deles*, que diziam que o salário não tinha *sido* pago — do "governo". Os grandes negociantes tinham uma ideia melhor.

A clientela podia, claro, ser distinguida em muitas categorias, então Katadreuffe dividiu-as entre aqueles que iam apenas uma vez, os que iam sempre, os que quase nunca iam, e os que faziam tudo por telefone ou correspondência. Os melhores escritórios, De Gankelaar dizia, eram aqueles grandes escritórios onde nunca se via nenhum cliente na sala de espera, a não ser, por acaso, um *pro bono*. E dizia isso com um certo pesar, pois não trabalhava nesses escritórios melhores.

A categoria dos que iam sempre foi dividida outra vez por Katadreuffe naqueles clientes que apareciam regularmente e irregularmente. No tocante a este último, no escritório de Stroomkoning encontrava-se um exemplo, um caso que Katadreuffe, com sua inexperiência, tinha achado bem fora do comum, e que na verdade não era tão raro. Dizia respeito a uma senhora divorciada que tinha visto na época de sua primeira visita, quando ele mesmo estava na sala de espera. Não sabia até então que tinha ido por causa do divórcio, um advogado experiente teria percebido logo de cara.

Ela era uma aparição vistosa com o cabelo descolorido, chique, mas vestida pesadamente para ser uma dama *every inch*,[25] e sempre se sentava no único assento de veludo vermelho. Quando o assento estava livre, logo dirigia-se para ele, e quando estava ocupado, então lhe ofereciam-no. Era esposa de um carregador de navio, chamava-se senhora Starels. Sempre imaginava que o marido era infiel e tinha outras mágoas, que era chamada de piranha velha e coisa do tipo. Após seis meses procedendo de maneira

---

25 Em inglês, no original, "a cada centímetro".

jocosa, o marido pagou as contas: eles se reconciliaram. Demorou um ano até que a senhora aparecesse de novo no escritório: o marido a enganava e assim por diante. Ela demonstrava uma forte inclinação para querelas, mas, felizmente, nunca brigou com Stroomkoning; permaneceu fiel ao escritório, e o marido fielmente pagou as despesas.

Todos os funcionários tinham que lidar com ela. Ia sentar-se ao lado deles toda íntima, olhava-os com olhos escuros, lânguidos, teatrais, e contava as coisas mais terrivelmente estranhas, que conhecia de A a Z (todas mentiras), mas que fazia os senhores sentirem-se constrangidos. A senhorita Kalvelage foi até ela, mas não se deram bem, pois a moça não sentia vergonha alguma, nunca ruborizava, sempre dizia:

— Vamos nos ater ao caso, senhora, apenas ao caso.

Além disso, bateu na mesa com uma régua, como se a esposa do carregador de navio fosse uma menina travessa em sala de aula.

Na primavera, Katadreuffe começou a mostrar sinais de cansaço. Sua constituição não era mais tão forte após ter contraído varíola e sarampo quando era mais novo. Até os dentes, apesar de impecáveis, eram fracos e o dentista achava que isso podia ter ligação com o fato de ter perdido a *dentitio prima*[26] de maneira muito violenta e precoce; afinal, quando criança, tinha brigado na rua quando ainda tinha todos os dentes de leite.

A natureza de Katadreuffe era oposta ao temor, mas às vezes tinha medo de si mesmo, medo das consequências, de modo que o controle de sua mente lhe escapava. Muitas vezes imaginou, como antigamen-

---

26   Em latim, no original, "primeira dentição".

te, que estava agindo feito um sonâmbulo à noite, mas soube de um remédio contra o problema: um pano encharcado ao lado da cama, no chão, e o dorminhoco era acordado pelo contato dos pés descalços com a umidade e o frio. Aplicou a recomendação e, para seu alívio, pareceu que nem saiu da cama. Mesmo que não tivesse acordado, os pés teriam deixado rastros de molhados. Nada disso, os panos encharcados continuaram exatamente iguais, com todas as dobras que tinha imprimido.

Ainda assim não se sentia bem, aparentava mal, e parar com as lições durante a semana da Páscoa foi um alívio. Após isso, fez tudo de maneira um pouco mais lenta, e decidiu passar meia hora depois de comer no cômodo de Graanoogst cuidando da menina, Pop. Ela levava uma existência solitária na casa. A mãe era muito quieta, um tanto deprimida, mas ele não tinha nem ideia do motivo, talvez lamentasse em silêncio alguma deformação na perna, mas ele nunca foi atrás da resposta; o pai ia aos trancos e barrancos, mas não era capaz de prestar atenção na menina, o pensamento logo vagava, e entediado, afastava-a; tinha comido bem e foi fumar o cachimbo perto da janela, olhando lá fora com olhos escuros cheios de melancolia rasa. A menina achava gostosa a meia hora com Katadreuffe, apesar de ele raramente fazer o que ela queria. Pois, na verdade, preferia brincar, fazer graça, saltitar, passear, mas Katadreuffe sempre pegava um livro e olhava as gravuras com Pop. E estava tão possuído pelo impulso de ensinar os outros — tinha tentado há muito tempo com Jan Maan, mas foi em vão — que ficava com os olhos mais abertos para o que poderia ensinar do que para as gracinhas, e conseguia destilar aproximadamente uma lição por gravura. Não entendia quase nada do espírito infantil. Apesar disso, Pop gostava da meia hora, tentava estendê-la ao máximo, pois, para ela, não havia mais ninguém em casa, a não ser ele. Mesmo sendo nova

— às vezes parecia ser nova demais —, era uma menina que possuía um despertar de mulher. Fazia-se de doce, deixava os cachos caírem sobre o livro de gravuras e, ao mesmo tempo, sobre a mão; atraía sua atenção com maneirismos infantis de uma menina oferecida; fechava as pálpebras ao bater os longos cílios para ele, mas os olhos continuavam azuis claros, duros e infantilmente egoístas. Era tão calculista que cuidava incessantemente dos dentes, brancos, mas desordenados, não os mostrava muito. Ele não via nada disso, mas ela não via que ele não via. Em face a isso, ainda era bem menina, achou que seu olhar sério era direcionado a ela, enquanto que na verdade era direcionado para a expansão de sua mente.

Katadreuffe não tinha competência para julgar a alma de uma criança, pois, no tocante a elas, estava completamente às cegas. De resto, notava a tudo afiadamente, também no que dizia respeito às mulheres. Tinha tido um pequeno tormento com a empregada do casal Graanoogst; Lieske, segundo o porteiro, era muito encorpada, com um olhar desagradável e torto. Possuía uma instintiva aversão àquela moça, pois sempre o olhava muito quando servia a mesa. E o fato de que ninguém observava o ato, a não ser ele, era o mais doloroso. Todo dia vivenciava o mesmo; sem mirá-la, sentia o olhar dela repousando sobre si. Após um tempo, teve compaixão e curiosidade, e uma vez a olhou de viés quando ela não o estava vendo. Não a olhava mais havia meses, pois era uma barbaridade, e teve um choque. Bem encorpada, sim, isso estava, mas com uma palidez terrível, o rosto cheio de sombras, uma palidez branca e escura. Através do semblante via-se uma tristeza que a primitiva moça do povo quase não compreendia e que, portanto, a infligia ainda mais profundamente. Ele tinha feito sua primeira vítima, apesar de não ter percebido, e se sentia vagamente culpado. No início do verão, ela foi embora.

— Acho que ela está de olho no senhor — disse a senhora Graanoogst à mesa. — Não percebeu nada?

— Não — mentiu Katadreuffe. — Felizmente, não.

E logo em seguida envergonhou-se do desabafo rude e brutal das últimas palavras. Mas a senhora Graanoogst as achou bem normais.

— Mesmo assim, ela não é nada para um cavalheiro, e um cavalheiro respeitável nem começa a ter aventuras... Queria ter me livrado dela. Alguém que após uns anos ainda não sabe como cozinhar carne enrolada, nunca aprenderá a fazer.

Para Katadreuffe restou apenas, então, a vergonhosa ciência de que os avanços silenciosos e atrapalhados da empregada não tinham passado despercebidos pela família.

Naquele ano houve uma mudança no escritório: o mais velho dos Burgeik largou o emprego. Não podia mais ficar longe de casa, foi a única explicação que deu. E claramente sentiram que ele era desconfiado demais para dar mais detalhes, mantinha distância de todos com os pequenos olhos endurecidos; se um homem da cidade não soubesse de nada, não poderia abusar de um camponês.

O que foi embora era o melhor dos dois, o mais velho, com a mão machucada. O irmão permaneceu ali sozinho, e não era mais motivo de risada; aquela silenciosa, ridícula, risada de ambos, que indicava uma grande piada interna (que apenas os dois entendiam) não surgiu mais. O sobrevivente se sentava tão lastimavelmente à sua mesa, no meio do escritório, o rosto quadrado, de curtos cabelos pretos, todas as expressões afundadas em um lago de tristeza, que previram: ele seguiria o mesmo caminho do irmão.

Enquanto isso, a senhorita Van den Born ficou no lugar do mais velho. Sentava-se defronte ao Burgeik mais novo, e ele certamente não lhe dava muito motivo para risadas; a moça se sentava tão atrevida e desafiante, tão estranha para um camponês, tão pouco feito moça, que ele preferia nem olhar para ela. Fechou-se em sua natureza reservada, igual a um cofre.

Kees Adam ficou no lugar do telefone, sua voz já soava masculina o bastante. Testou no telefone da casa, e Stroomkoning, escutando do outro lado, ficou satisfeito. Pois esse assunto era decidido pelo chefe superior; a voz era vital para os interesses do escritório. Rentenstein nunca se esqueceria de agir sozinho em situações como aquela.

Algumas pessoas do quadro de funcionários foram, portanto, promovidas, seguindo o curso normal dos negócios, menos Pietje. O moçoilo, que não iria crescer, continuou sendo um contínuo para tudo e todos.

Um novato tomou o velho lugar de Kees Adam, um moço alto que se apresentava como Ben. Tinha acabado de sair de casa e achava que todos deviam chamá-lo pelo primeiro nome, assim como em casa. Primeiro, sua cordialidade era muito irritante, quando via os advogados saírem das salas, sempre dizia "tchau, senhor" ou "tchau, senhora", para a senhorita Kalvelage. Não restou dúvida que sua mãe tinha inculcado maneiras civilizadas em sua criação; bem, logo tirariam muito proveito disso.

Naquele ano, Katadreuffe teve uma forte impressão de um incidente, que não era tão importante em si. Uma mensagem urgente teve que ser levada a Stroomkoning na hora do café. Havia anos Stroomkoning não era mais jurista de bolsas, e quando estava na cidade comia no mesmo restaurante. Rentenstein tinha ido embora, estava no tribunal, pelo menos era o que tinha dito. Katadreuffe considerou a mensagem tão importante que ele mesmo a levou para Stroomkoning.

Era um restaurante no coração da cidade, um salão de gênero exclusivo. Stroomkoning tinha uma mesa fixa, sempre levava clientes ou amigos de negócios consigo. A escada era coberta com um grosso tapete cor de vinho, o restaurante era no primeiro andar. O garçom deixou Katadreuffe entrar, pois achou simplesmente que aquele rapaz cuidadosamente bem-vestido era um conhecido.

Katadreuffe logo viu seu chefe sentado, ao longe, sozinho, de costas para ele. Mas queria absorver todo aquele restaurante, era a primeira vez que entrava em contato direto com o mundo superior. Por alguns segundos, sentiu-se absorto, aquilo lhe deu um sentimento de excepcional calma, não tinha vivenciado o menor sentimento de inibição ou embaraço. Pareceu apropriado para ele.

Havia vários senhores sentados ali, todos pareciam claramente serem homens de negócios. Havia muita pouca conversa, a maioria dos clientes, na verdade, estava sozinha. Sentavam-se com uma largueza e robustez, como apenas os grandes homens de negócios se sentavam. Mas não se portavam de maneira rude ou feia; largada, mas não ampla, largada por natureza, tão contida que, de costas para ele, pareciam fortificações que comiam.

Katadreuffe viu tudo em um piscar de olhos: o senhor que comia rápido, mas sem devorar, com gestos velozes, mas sem pressa. Apenas os garçons se apressavam, mas era o trabalho deles e cumpriam-no civilizadamente. O restaurante era totalmente organizado no ritmo dos homens de negócios, as porções não eram muitas, já que os homens de negócios, por natureza, eram corpulentos e tinham que cuidar do peso — o serviço era rápido, já que os homens de negócios não apenas viviam com pressa, viviam da pressa — tudo era caro, mas os homens de negócios não se importavam, pois era bom — e era simples, não se servia quase nada e bebiam apenas água mineral, pois um homem de negócio não faz festa em meio ao trabalho.

O que mais impressionou Katadreuffe foi o confinamento dessas pessoas durante meia hora, apenas quinze minutos exclusivamente para refeição — a fortaleza do caráter. E aquilo não era ridículo, de maneira alguma, mas sim algo grandioso.

Então pensou como que um dia queria estar sentado ali, sentado igual a eles. Era uma continuação da visão que teve no primeiro dia, quando ficou diante do escritório. Ainda não tinha sido aceito, ainda na rua Boompjes, ainda nos paralelepípedos. Não eram cinco placas brilhantes que tinha visto ao lado da porta, mas *seis*, e a sexta possuía seu nome. Nunca tinha falado com ninguém a respeito dessa visão, nem mesmo com Jan Maan. Via-a outra vez, sobreposta à outra visão, lia seu nome como o de um advogado ligado a um escritório importante, e ao mesmo tempo via-se sentado ali, na maravilhosa muralha de sua reclusão. Visão se fundiu a outras, as imagens permaneceram fortes.

Então Katadreuffe aproximou-se de Stroomkoning, ao longe. Apenas agora realmente o viu, por um instante, entre os grandes da cidade. A impressão total foi indelével.

NEGÓCIOS, AMOR, FRAUDE

No segundo ano, o caminho de Katadreuffe não foi exclusivamente feito de rosas. As coisas começaram a parecer menos promissoras antes mesmo do começo do novo ano no escritório, começou ainda durante as férias ou ainda antes mesmo disso.

Não tinha sido culpa da senhorita Te George, mas ela foi a causa do secreto desassossego de seu coração. Ele achou que a tinha renegado razoavelmente bem. Pareceu o contrário. Teve duas experiências com ela. A primeira carregava um caráter agradável e exclusivo, bastava pensar a respeito que trazia à tona o velho descontentamento.

Após aquela conversa olhos nos olhos em seu quarto, não trocaram nada mais que cumprimentos. Foi em uma tarde no final de junho, perto da hora de encerrar as atividades. Ele a encontrou na escada, igual a primeira vez. Ela estava saindo da sala, Stroomkoning tinha estado fora o dia inteiro. Então Katadreuffe teve uma inspiração, e foi ele mesmo que procurou fazer contato. Perguntou:

— Eu poderia olhar a sala? Nunca entrei lá.

Ele parou na escada.

— Nunca? — perguntou espantada — O senhor não quis dizer isso.

— Bem, uma vez tive uma curta conversa com o senhor Stroomkoning aqui. Mas nunca realmente a vi.

— E o senhor mora aqui!

— Sim, mas lá em cima. Aqui embaixo não me diz respeito.

Ela o olhou; a descoberta dessa estranheza naquele rapaz a fez sentir, no fundo, bem triste. Ele morava ali e nunca tinha tido a vontade de entrar na sala do chefe. Sentia que Katadreuffe falava a verdade, não tinha a menor dúvida que falava a verdade, e sentia ainda mais profundamente que sua atitude não era de humildade. Não, era de orgulho. Ele não queria ir às escondidas, ir aonde não tinha sido convidado, não tinha nada oculto. Mas ela tinha direito de entrar nessa sala; se *ela* quisesse convidá-lo, era outra história. Até onde um caráter assim poderia ir? Era triste, ela gostava dele.

Mas amigavelmente, sem delongas, pediu-lhe que entrasse na sala e ela mesma fechou a porta.

A lâmpada foi acesa outra vez; quase não batia luz do dia ali, pois armazéns tinham sido construídos no antigo terreno de trás.

— Não é bom para o senhor Stroomkoning sempre ter que trabalhar debaixo dessa luz artificial — ela disse —, isso não deve ser bom para a saúde, mas não se pode fazer nada.

— Sim, mas esse candelabro — e ele apontou — é uma pena.

O grande candelabro elétrico estava pendurado no meio da sala, sob uma rica pintura central no teto, uma vara atingindo as costas de Sileno.

Ele tinha um olho para coisas assim. Ela olhou para cima, e suspirou sorrindo.

— Sim, mas isso não poderia ter sido de outra forma.

A porta se abriu, Rentenstein apareceu.

— Ei, ei — ele quis começar a falar com Katadreuffe.

Mas a senhorita Te George, alta, esbelta, especialmente distinta, virou-se para ele e este desapareceu sem falar.

— Não acho — disse Katadreuffe — que Rentenstein esteja bem ultimamente.

Era a primeira vez que falava de um colega de trabalho, mas estava falando com *ela*.

— Talvez ele não esteja se sentindo bem — respondeu cautelosa, pois já tinha notado o fato havia algum tempo.

O assunto parou ali. Ele olhou ao redor da sala, os móveis e estofados eram escuros, bons, nada excessivos, quentes, nada luxuosos. Uma sala para clientes grandes, com poltronas escuras, mesinha de cigarros, a enorme escrivaninha de Stroomkoning num canto, uma anotação clara estava no espelho grande, acima da lareira, e quatro retratos no console da lareira, dois bem grandes, dois pequenos; um velho armário holandês com vasos azuis, dois vasos pesados de cada lado dos retratos.

E acima de tudo, no meio da mesa de reuniões, viu uma toalha de mesa verde, as cadeiras arrumadas em torno, uma cadeira na ponta — para Stroomkoning, igual a dos outros —, mas ao seu lado havia uma pequena mesa marrom escura.

— A senhorita se senta ali — ele falou.

De repente sentiu-se infalível, e ambos sorriram. Ali estava de novo, seu sorriso.

No entanto, já estava sério outra vez, olhou para os retratos ao longo da parede. Achou um mapa atrás do vidro o mais bonito, não era igual ao mapa dos portos que tinha nas salas dos advogados, mas uma carta geográfica de toda a cidade de séculos atrás, uma cidade pequena com portos velhos e débeis, que ainda se usavam. As cores eram tão bonitas, as casas de terracota, as ruas amarelas a óleo, o fundo cinza de pedra-pomes, a água de um azul de miosótis, e por cima de tudo a descoloração marrom de mais de dois séculos.

— Esse é bonito, é maravilhoso, esse eu gostaria de ter — ele falou infantilmente, enquanto ela estava atrás dele, olhando-o.

Mas estava longe disso, não era infantil, era um homem cujo objetivo era apenas um, cujo objetivo não era uma mulher.

Naquela noite teve outra vez o sentimento de que tinha cometido um pecado contra si mesmo. Essa relação era um erro, contudo, tinha sido *ele* a dar o primeiro passo. Mas aqueles dois jovens estavam destinados, alternadamente, a um atrair o outro.

Ela tirou o mês de julho inteiro de férias, Rentenstein entraria de licença em agosto; apenas os dois tiveram um mês inteiro, o resto pegou apenas duas semanas. Katadreuffe nunca tinha pedido férias. Morava ali, férias seriam uma loucura, nem saía da cidade. Enquanto continuasse naquele casarão, suas pernas o levariam todos os dias ao escritório. Portanto, férias nenhumas. E apenas aos sábados à tarde ou domingo acompanhava Jan Maan às praias naturais de Waalhaven ou as praias do mar em Hoek.

Assim, logo após o encontro com a senhorita Te George, Katadreuffe teve outro. No entanto, este foi menos inocente e a lembrança o levava a sentir um pouco de amargura.

Um domingo de manhã, ele e Jan Maan foram a Hoek. Estava quente, uma distância considerável, estrada cheia, mas pelo menos Katadreuffe tinha sua própria bicicleta.

Vagaram entre várias tendas na areia. Jan Maan iria se banhar em uma ponta distante, mas Katadreuffe não, tinha deixado seus trajes de banho em casa, e não era um amante de banho de mar como seu amigo. Jan Maan cumprimentou alguns conhecidos, Katadreuffe fazia pouco deles, eram todos arruaceiros, certamente "camaradas" do partido.

Subitamente, escutou seu nome ser chamado:

— Senhor Katadreuffe, senhor Katadreuffe!

Duas vezes. A voz alta, clara. A senhorita Te George estava em frente a uma pequena tenda, com uma bandeira pequena e garbosa cor de laranja, branca, e azul em cima. Katadreuffe, em um primeiro momento, ficou bem contente com o encontro surpresa. Ela estava toda de branco, mais radiante e animada do que nunca. Um traje de banho debatia-se ao vento, na linha de sua tenda.

— Já tomou um banho?

— Sim — ela respondeu.

E deu-lhe sua mão. Era o primeiro aperto de mão que trocavam; sua mão estava muito fria, por causa da água, e a sensação era maravilhosa. Apresentou seu amigo, Jan Maan, e ao amigo também lhe estendeu a mão fria e fina.

Então, o bom humor de Katadreuffe foi diminuído consideravelmente, pois saiu da pequena tenda detrás dela um indivíduo rastejando de quatro, que ele não conhecia. Quando se levantou, aparentava ser razoavelmente jovem. Foi apresentado com um ou outro nome, aos quais eram indiferentes a Katadreuffe. Poderia ser Van Rijn ou Van Dommelen — o fez gelar. Na verdade, era Van Rijn.

Muito claramente, Katadreuffe estava com tanto ciúme que se envergonhou, mas não conseguia se conter. Porque diabos ela teve que ir à praia, dia após dia, provavelmente, tomar banho com aquele Van Rijn? *Ele* também tinha estado no mar, seu cabelo molhado estava penteado para trás. Isso soaria bonito depois, a senhora Van Rijn, sobrenome de solteira Te George. Qual era mesmo seu primeiro nome? Ele não sabia.

Logo veio a resposta.

— Você quer um cigarro, Lorna...? Os senhores também fumam? — perguntou gentil o terceiro homem ali presente e ofereceu sua piteira.

Apenas Jan Maan apanhou uma, Katadreuffe ficou internamente bravo com seu amigo. Agora não podiam ir embora de pronto, não se fazia isso com um cigarro novo de um anfitrião na boca.

Anfitrião. Aquele sujeito a tratava por "você", não "senhorita", e ela se chamava Lorna. Ela nunca tinha falado a respeito de um senhor Van Rijn; pelo que sabia, ela nunca tinha sido levada ou apanhada por um senhor Van Rijn. Agora o apresentava repentinamente com os fatos. E olhou às escondidas para sua mão.

Ela o viu, seu ciúme era igual ao de uma criança pequena, muito óbvio. Acompanhou seu olhar até os dedos da mão esquerda, abertos na areia quente. Ela o olhou; um pouco entristecido, um pouco travesso, mas estava bravo demais e não olhou para ela. Levantou-se assim que pôde. Jan Maan quis segui-lo, e após alguns passos não se conteve mais.

— Que graça de moça... Como você a conhece...? É alguém do escritório...? Uma verdadeira dama...

Mas Katadreuffe não podia suportar a frivolidade de seu amigo, o comunista louco por garotas, falando de tal maneira sobre alguém como a senhorita Te George. Calou-se. Jan Maan foi adiante, imperturbável.

— Olhe, quanto a você... Achei muito estranho como você ficou ali. Não disse uma palavra.

— Estou com dor de cabeça — disse Katadreuffe. — Estou agoniando de dor de cabeça. Se você quiser ficar aqui, terá que ficar sozinho. Vou para casa.

Não estava mentindo. Parecia doente, tinha uma dor angustiante acima dos olhos.

Naquele domingo inteiro se sentiu chateado, não de dor, mas porque as coisas tinham ido longe demais com ele. Não podia ser, não podia ser. Mesmo se aquele Van Rijn, ou como quer que se chamasse, não significasse nada para ela — não poderia ser, por causa dele.

Ficou contente que ela sairia de licença por algumas semanas. E em agosto, quando voltou, tudo entre ambos estava normal, como antes.

Na segunda metade daquele mesmo mês, Stroomkoning apareceu de repente no escritório. Tinha interrompido suas férias na Escócia, e perdido, portanto, uma viagem a Staffa e Iona, e sua visita à C. C. & C. Sua esposa teria que continuar com o plano apenas com os filhos. Rentenstein esteve um mês de férias, e o próprio Katadreuffe, de forma oficiosa, ficou em seu lugar, distribuindo a correspondência. Stroomkoning o chamou de lado, agora lembrava de verdade seu nome:

— Nenhum dos clientes pode saber que estou no escritório, Katadreuffe. Dê essa instrução ao resto dos funcionários.

Nenhum dos clientes esperava que Stroomkoning já tivesse retornado. Ele podia ficar só, trancafiarse na sala de reuniões com um contador e todos os livros de contabilidade. O motivo era uma carta do fiscal de impostos. Os livros de contabilidade tinham sido examinados por um fiscal oficial apenas uma vez. Não era nada de mais, acontecia com todos os escritórios, mas apareceram irregularidades. O fiscal escreveu que havia suspeitas de desfalque, um ou mais funcionários estavam envolvidos. Essa carta foi enviada a Stroomkoning e era o motivo de ser retorno apressado.

Ele ficou a manhã inteira na sala com um contador particular. Novas papeladas eram trazidas com frequência, e o contador ia ao escritório pedir todo tipo de pastas com recibos de pagamentos.

Saíram de lá ao meio-dia e meia. Stroomkoning fez algo que nunca tinha acontecido antes: trancou a sala. Dentro de uma hora estavam de volta outra vez.

Uma depressão pairou sobre o escritório, mas, aparentemente, não sobre os dois funcionários que tinham tirado férias: senhorita Kalvelage e Carlion. Os dois eram tão pouco abertos a emoções que agiam como se não tivessem nada nas mãos, o que pareceu a Katadreuffe ser a melhor atitude a tomar. Mas sabiam que algo estava acontecendo; ninguém podia incomodar Stroomkoning, nem mesmo os funcionários. Na hora do café fecharam as portas da sala amarela, deviam estar falando bem baixinho.

A apatia recaiu em todos os funcionários do escritório, até o rosto de Katadreuffe ficou pesado de tão sério. Dois deles entendiam muito bem o mistério, ele e a senhorita Te George. Não tinham trocado havia pouco tempo algumas palavras sobre a má aparência de Rentenstein? Mas ela achava essa incrível seriedade muito engraçada; ele ainda era jovem, mais jovem que ela em todos os aspectos, exceto na ambição. No entanto, para uma natureza como a de Katadreuffe, roubar do patrão era um disparate.

Às quatro horas ele foi chamado a entrar. A enorme mesa no centro da sala transbordava de papéis. O chefe o olhou com o bigode de gato feito cerdas, os olhos verdes claros de berilo pareciam mais escuros. Não falou bravo, mas sim sério:

— Não quero mais esconder, Katadreuffe, que há dinheiro sendo roubado. No momento está faltando a quantia de dois mil. Rentenstein pegou sistematicamente, às escondidas. Há quanto tempo isso vem acontecendo, ainda não sei, mas o que sabemos é o suficiente para prendê-lo por um período. Porém, tenho que me aconselhar, mas em todo caso, ele não colocará mais os pés no escritório. Logo será demitido; deixe a senhorita Te George entrar. E o senhor pode dizer tudo isso aos outros.

No dia seguinte, Rentenstein enviou sua esposa. Ela já tinha começado a chorar na rua Boompjes e permaneceu chorando na recepção, cada vez mais. Era uma mulher altamente descuidada, murcha, desaguada, com cabelo amarelo, sem chapéu, vestida em algo que mais parecia um roupão encardido. Estava de meia calça finíssima e um sapato com uma ponta extremamente incômoda, vermelho berrante, com salto agulha muito alto, que quase não entravam em harmonia com o resto.

Mas a grande surpresa era que Rentenstein, para dizer a verdade, parecia ter outra mulher, fato que ninguém nunca soube. A esposa permaneceu sentada ali, chiando incontrolavelmente; Katadreuffe, por fim, a indicou à sala amarela, os clientes na recepção já estavam ficando nervosos.

Stroomkoning deixou-a entrar mais cedo do que pretendia, apenas para se acabar com os silvos irritantes.

Sentada em frente a ele, segurava as lágrimas, e começou a falar rápido. Dreverhaven era a verdadeira causa de tudo. Aquele homem tinha levado seu marido para as bebidas e jogatinas.

Stroomkoning teve um sentimento desconfortável quando escutou seu nome ligado ao de Dreverhaven. Não que considerasse impossível que o oficial de justiça o tivesse levado pelo mau caminho, ao contrário. Mas tinha feito muitos negócios com Dreverhaven, apesar de que recentemente estar fazendo menos do que antes. No entanto, algo assim sempre criava uma união.

Era desnecessário interrogar a esposa, tudo veio à tona por si só. Dreverhaven conhecia muitos agentes, o marido dela ia com tanta frequência ao tribunal que virou uma panelinha. Havia apostas, o marido apostava, e ela acreditava que isso também ocorria na Bolsa, pois ele não possuía dinheiro para nada, tinha chegado nesse ponto. E então, à noite, bebiam terrivelmente, sempre no mesmo bar, e às vezes em sua casa, o senhor Dreverhaven e os agentes. Então ela tinha que beber com eles, cantar músicas, dançar com todos os agentes, às vezes com dois ao mesmo tempo — era uma nova mania uma dama dançar com dois homens — até ficar morta de cansaço. E quanto ao senhor Dreverhaven, esse se sentava em um canto, como um grande caipira de chapéu e casaco, e quando bebia um pouco demais, ia para debaixo da mesa, e parecia sóbrio assim que saía dali.

Stroomkoning assentiu. Sabia muito bem que existia uma relação entre Dreverhaven e seu chefe, já os tinha visto cochichando juntos; decerto Dreverhaven lhe cedeu dicas que depois deram errado, assim como sempre tinha as cedido a ele próprio. E toda aquela bebedeira... então foi assim que o mais fraco negligenciou a diferença entre o meu e o seu.

E Rentenstein, claro, se fez de meio estúpido e meio astucioso. Tinha aumentado os custos dos decretos, isso foi astucioso, pois não se notava isso tão de perto, e também foi o caso de pequenos gastos do escritório; por exemplo, o registro semanal de Graanoogst, que não chamava a atenção. Mas não era o bastante para ele: acabou fazendo coisas estúpidas. Colocou na contabilidade contas que não existiam, inscritas sob "a Meyer" ou qualquer nome escolhido arbitrariamente, às vezes colocava apenas as iniciais. Graças ao descuido, estupidez, ou desespero, suas irregularidades ficaram cada vez mais óbvias; apenas uma olhada no registro de caixa trazia tudo à tona.

E Stroomkoning achou que ele mesmo não tinha culpa, pois sempre deixava tudo de lado, mesmo enquanto suspeitava que algo não estava indo como deveria. Havia muito tinha metido na cabeça que sentia que estava sendo roubado. Sim, lembrava-se da conversa com Katadreuffe, cujo rosto pálido, do nada, o fez pensar que parecia surgir uma confissão de desfalque. Quando já estava no corredor, não pensou em Katadreuffe, mas em Rentenstein. Porém, nunca conseguiu se decidir se faria uma investigação. Poderia ladrar ao adversário, se necessário, até aos clientes, mas nunca aos funcionários. Era assim, portanto, que estava: muito fácil e não possuía controle do escritório. Então foi inevitável acontecerem tais coisas.

Em resumo, ficou contente que tudo, aparentemente, não estava pior; dois, três, quatro mil, impossível ser mais do que isso. Temeu que a quantia fosse aos menos de cinco dígitos. Graças a Deus que mantinha duas contas diferentes.

— Ouça, senhora Rentenstein — Stroomkoning a interrompeu bruscamente —, primeiro, eu não sabia que seu marido era casado, mas quero deixar isso de lado, pois não advogo para ele, não quero falar de seu casamento. Todavia, ele se calava a esse respeito (aqui Stroomkoning teve que lutar com uma risada que subia pela garganta, mas conseguiu contê-la, e a mulher não notou nada). Mas ele não precisa levar em conta nenhuma das minhas considerações. Mantenho minha carta. E ele ficará contente se eu não o denunciar, se *eu* levar o déficit para minha conta. Se eu quiser dizer que não há déficit, se eu o ignorar em meu imposto e pedir que deixem assim mesmo. Então há uma chance razoável que Rentenstein não seja mais processado. Eu mesmo vou falar com o promotor, se parecer necessário, mas é o máximo que farei. Agora a senhora pode ir embora.

No fundo, ele era uma pessoa boa e generosa. Nunca tinha repreendido funcionário algum, não suportava dar bronca. Mas especificamente esse tratamento suave surgiu, em grande parte, da decisão de manter Dreverhaven fora disso. Não que ele tivesse tido algo a ver com o desfalque, mas toda aquela bebedeira, jogatina, e talvez a sedução de mulheres, não podia vazar na conexão com Dreverhaven, o homem que tinha tornado grande, assim como ele, por sua vez, também tinha tornado Stroomkoning um grande homem.

Realmente era uma mulher abominável, vulgar, verdadeira promíscua que foi abandonada, com seu emaranhado cabelo de cenoura, roupão com marcas de dedos, sapatos *dernier cri*.[27] Choramingona e berrona, atraía a atenção de todo o escritório, encheu meia rua Boompjes com seus problemas. E, no entanto, era uma mulher com um receio primitivo, pois, à sua maneira, ainda defendia o marido e, sobretudo, não mencionava o abuso e a repressão da vida de casada. Essas lamúrias, também, representavam um tipo de gratidão, o mundo inteiro deveria ser testemunha de seu alívio.

---

[27] Em francês, no original, "da última moda".

— Pense só — disse Rentenstein, assim que ela começou a contar tudo —, se você não vê que eu, ao menos, a mantenho longe das garras da justiça, então começarei, de cima para baixo, a quebrar, um a um, cada osso do seu corpo magérrimo.

Mas essa anistia de culpa da parte de Stroomkoning não foi, como ela vivenciou, nada difícil, e Rentenstein já suspeitava disso.

O CAMINHO PARA LEIDEN

Stroomkoning chamou reservadamente Katadreuffe:

— O senhor é o sucessor natural daquele ladrão. Não é o mais velho dos funcionários, decerto não em anos de serviço, mas é o único que levo em consideração. Não posso fazer daquele único gêmeo, o...

— Burgeik — disse Katadreuffe.

— Isso, Burgeik, não posso transformá-lo em chefe do escritório, o senhor entende... Além disso, todos os advogados estão satisfeitos com seu trabalho. Eu, pessoalmente, sei muito pouco sobre o senhor, e possivelmente continuará sendo assim, já que com Rentenstein também não tenho muito contato. Algo que não é necessário, e não tenho tempo para isso. Se comparecesse a todos os meus casos e distribuísse o resto entre os colegas de trabalho, mesmo assim meu dia estaria cheio. Quero tudo da maneira como está, não me incomode com nada, confio no senhor. Tenho absoluta confiança no senhor. Estou convencido de que, colocando de lado qualquer questão de honestidade, o senhor será um melhor chefe de escritório que ele.

Katadreuffe se calou, pois Stroomkoning ainda não tinha terminado de falar. Olhou para frente e apertou o bigode, pensativo.

— Há algumas dificuldades. Não sei se o senhor sabe organizar, mas, pela seriedade de seu rosto, me parece que o senhor é um sujeito que deve saber.

Diante disso, não tenho medo, as pessoas mais sérias, por via de regra, são sistemáticas. O senhor não fez o exame para ser oficial de justiça, não sabe quase nada dos tribunais, isso é o que mais conta. Mas não é invencível. Se pegar um caso difícil, peça conselho a um dos advogados. Resta a questão do salário. O senhor, claro, ainda não é inteiramente qualificado. Rentenstein ganhava três mil e quinhentos florins. Para começar, quero lhe dar dois mil e quinhentos florins. Concorda?

— Senhor Stroomkoning — disse Katadreuffe, usando pela primeira vez seu sobrenome —, considero sua proposta muito boa. Falarei diretamente: eu mais ou menos esperava isso, mas preferiria não a aceitar exatamente no formato que o senhor dispôs. Posso fazer duas mudanças?

— E quais são?

— Para começar, o senhor não me promova oficialmente a chefe do escritório.

— O senhor acha que isso vai criar ciúmes.

— Exatamente. Além do mais, prefiro não ir aos tribunais.

— Aha, está com medo de contaminação.

— Fui alertado a esse respeito.

— Por quem?

— O senhor De Gankelaar.

— Isso realmente é a cara dele — murmurou Stroomkoning. — Mas ele tem razão. De fato, há todo tipo de canalhas. Algo mais?

— Sim, não quero ganhar mais do que mereço.

— Merecer?

— Sim, do que merecer, a meus próprios olhos. Se quando comecei, o senhor me deu mil e quinhentos florins...

Levou um longo tempo até que Stroomkoning o fizesse aceitar dois mil. Stroomkoning era generoso com seus funcionários; ganhava dinheiro como se fosse água, pois recentemente tinha pegado grandes casos. Gostava de pagar bem, e pagar ao primeiro empregado mil e quinhentos florins, a seus olhos, parecia absurdo para um escritório como o seu.

No entanto, também era um homem que tinha surgido do povo. Raramente escondia suas origens, no máximo em pequenos retratos dos pais. Não havia dúvidas de que viria um tempo em que poderia se orgulhar de seu pai, o funcionário corrente, os retratos ficariam maiores. Via no rapaz uma vaga imagem de si mesmo. Também tinha estudado, sob muito mais dificuldades, ainda por cima trabalhava para sobreviver, e era mais velho. Imaginava algo de enorme obstáculo, dotado de intelecto, mas que ainda não tinha emitido luz, que mal absorvia, mas que um dia ultrapassaria a sua própria. Considerava-o um sujeito tão elevado que a disputa pelo salário o desapontou. Katadreuffe não conseguia ser transigente consigo mesmo, não conseguia aceitar presentes. Tinha crescido tanto nos últimos anos que possuía uma das consciências mais dolorosas, não conseguia dar aos outros o prazer de lhe fazer uma doação. Nele, a absoluta honestidade era unida a uma grande mesquinhez de espírito. Com enorme dificuldade, Stroomkoning conseguiu fazer com que ele aceitasse os dois mil.

Disse sorrindo:

— Para o senhor, suas qualidades ainda não têm crédito. Mesmo assim quer ser advogado?

Katadreuffe respondeu sério, não se perguntou se a outra pessoa o queria bem:

— Creio que posso me tornar um advogado razoavelmente bom.

E Stroomkoning sentiu que seus conceitos no tocante à advocacia não eram exatamente os mesmos. Continuou sorrindo:

— Bem, em todo caso, agora sinto que *eu* tenho que *lhe* agradecer por poder aumentar seu salário.

Katadreuffe mostrou tato na nova função. Não ocupou o lugar na cadeira de Rentenstein, permaneceu em sua mesa; continuou, também, a tomar ditados, mas menos do que antes, e trabalhava no tribunal. Raramente pedia conselhos a De Gankelaar e à senhorita Kalvelage. À noite, quando não tinha mais ninguém, trabalhava na contabilidade, sentava-se à escrivaninha de Rentenstein. Esta última tarefa, onde tinha perscrutado a lógica de uma contabilidade simples, era melancólica, mas a cumpria com sua habitual meticulosidade. Estava mais ocupado agora do que antes, e não interferia em nada com seus estudos. Uma coisa que o ajudava extraordinariamente era a confiança de que passaria no exame estadual, passaria até com folga o suficiente. Apenas em contextos matemáticos não ia bem, mas acertaria um número suportável de questões. Fazia lições com três professores, também tinha começado História. Seu considerável aumento de salário o permitiu que fosse capaz de pagar ao banco mais do que necessário. Além disso, agora podia aumentar a pensão da mãe. Várias vezes pensou em voltar para casa, mas por fim julgou mais prudente prosseguir com aquele plano após o exame estadual.

Absolutamente não percebeu que estava vivendo exclusivamente nos nervos, que, mesmo com *suas* qualidades, o arco podia ficar muito retesado, e mantinha essa atitude. Pois as matérias estavam ficando cada vez mais difíceis, cada vez mais extensas, sua imensa concentração durante o segundo ano prejudicou consideravelmente sua saúde. Ainda assim, encontrou tempo para a mãe, para os filmes, para Jan Maan, mas não percebeu que essas recreações não tiravam nenhuma força, que, para ele, não eram recreações. Via-se em constante perigo, e, ao mesmo tempo, completamente cego. Vivia totalmente fora da realidade normal, mas ainda assim fazia seu trabalho, tanto no escritório quanto nos estudos, de maneira excelente. Também dormia bem, mas, por mais absurdo que parecesse, eram os nervos que o faziam dormir bem, não tiravam a real força de seu sono.

Um sintoma deveria ter lhe indicado que sua situação era crítica, mas ele não o tinha notado. Era a relação com a senhorita Te George. Comportavam-se de maneira totalmente normal um com o outro. Na verdade, nunca tinha sido de outra maneira; sozinha, ela suspeitava dos sentimentos dele, e sabia que tinha se desnudado por completo naquela vez, em Hoek. Não era ter a ciência disso o que preocupava Katadreuffe. A presença dela também não conseguia atrapalhar seu equilíbrio. Ele sentava-se em seu lugar de antigamente, em diagonal, atrás dela, bem longe. Dava para ver suas costas de onde se sentava, mas raramente olhava para ela. Ele ficava, em geral, completamente ausente de seus pensamentos, pois assim podia se concentrar em absoluto no trabalho. Mas de súbito vinha-lhe a lembrança ranzinza daquele incidente na praia. Não acontecia com muita frequência, mas quando acontecia, era insuportável. Via aquele sujeito, o tal Van Rijn, sempre saindo da tenda, rastejando, de quatro, se levantando, ficando de pé ao seu lado, razoavelmente apresentável, um rapaz razoável. A aflitiva dor de cabeça voltou algumas vezes e, quando estava no escritório, ficava tonto, enjoado, e tinha que ir para cama com uma aspirina.

Apesar da nova posição, Katadreuffe não se colocava em um pedestal, aproveitou a oportunidade para reorganizar o escritório. Kees Adam não tinha permissão para imitar a senhorita Van den Born e fazer ligações do intercomunicador.

— Senhor, seu café está esfriando.

Ele dizia, respeitoso:

— Senhor, seu café está pronto.

Tinha recebido poderes de Stroomkoning para que a sala de espera e o escritório fossem remodelados. Stroomkoning, cujo tema favorito era a primeira impressão via telefone, viu que a primeira impressão da recepção e dos corredores que ligavam os escritórios era tão importante quanto.

Katadreuffe tirou os móveis horríveis da sala de espera. A desbotada poltrona vermelha sempre o havia exasperado. Colocou coisas mais modernas: uma cortina branca, poltronas de aço, uma luminária bem forte no meio, pendurada com cordas brancas, com uma rodela circular de espesso vidro translúcido opalina, que fazia a luz brilhante de cima se dispersar. Também tirou os estofados antigos dos parapeitos das janelas, assegurou-se de colocar uma grande mesa redonda no meio, onde materiais de leituras seriam devidamente organizados a cada manhã, não mais como anteriormente, em pilhas imundas nas quais os clientes pegavam algo ao acaso, rasgado e inteiro. No verão seguinte, a sala também ganharia um papel de parede mais leve. O escritório já era bem claro. A senhorita Starels, a dama que tinha se divorciado, perdeu seu assento de confiança dando um desapontador "ei!", e, suspirando, passou a colocar seu corpo pesadão de Roterdã, com gravidade específica, em um frágil móvel de aço sem nenhuma perna, que a sustentava maravilhosamente bem.

Tinha posto uma lâmpada similar no escritório. Além disso, naquele momento, não havia muita necessidade de ter coisas a mais no sistema. Substituiu aquele papel de parede ocre horrível da sala de vidro por um marrom leve, pois, durante as reuniões dos juristas das bolsas, as mãos dos advogados não pareceriam mais ter icterícia. Agora que ele era responsável pelos funcionários, avaliou profundamente todas as capacidades individuais. A antipatia pela moça Van den Born transformou-se quase em espanto sem palavras. Tinha certeza do espanto, pois era de uma espantosa rapidez seu trabalho mecânico. Ditados, leituras, digitação, tudo em um ritmo inacreditavelmente intenso. De repente, ela havia deixado a senhorita Sibculo muitos quilômetros para trás. Quando estava bem no corredor, sentada no meio, do lado oposto ao de Burgeik Jr., à vista de todos, ficava mais afiada ainda, atraía até a atenção dos clientes na outra sala. Sua máquina não ribombava mais, não rufava mais, mas sim provocava uma chuva, um aguaceiro de letras, uma fileira de letras jorradas feito raios, atingia caracteres especiais, jogava a carruagem para atar uma nova linha em ziguezague entre tudo, tal como o crepitar de um relâmpago. Em uma competição de velocidade, ela teria ficado brilhantemente em primeiro lugar. Que modesta era em comparação com o ruído da máquina da senhorita Sibculo; mais ainda, que modesta era perante aquela da de Burgeik, que, para enfatizar o contraste, sentava-se defronte a moça.

Mas ela não pensava em competições, não pensava em nada. Katadreuffe estava fascinado com esse talento. O quanto aquela menina poderia crescer, se quisesse. Conversava algumas vezes com ela após o expediente, sempre tinha a ideia de ajudar os outros a subir mais, assim como queria isso para si mesmo. Perguntava-lhe sobre seus planos. A moça com o peculiar cabelo de garoto, roupa repartida, as narinas largas, rindo ou espirrando, sentava-se altiva, confiante, inacessível, com uma camisola de malha e saia incríveis, os braços cruzados, as mãos que iam tão ligeiras às axilas, com uma atitude impossível de escutar. Ela não falava nada, a não ser sim ou não, o mais breve possível, suas respostas geralmente eram irrelevantes. Com um sentimento de pesar, Katadreuffe percebia que aquela moça se portava de maneira tão desmesurada que não conseguia fazer nenhum contato real com ela. Suas excelentes qualidades sempre seriam ofuscadas pelo comportamento ridículo, a imagem repulsiva, o tom proibitivo da voz rouca — uma voz em parte natural, mas nada contida, até mesmo cultivada. Devido ao seu formidável ritmo, valia a pena mantê-la, e apesar de tudo contra ela, ele não conseguia suprimir um sentimento de entusiasmo a respeito de seu trabalho impecável e sem erros.

Kees Adam não iria muito longe, nem mesmo tão longe quanto ela, mas era de caráter composto, sua ascensão seria simplesmente diminuída pela falta de disposição. Ele era um tipo de homem que se encontrava em todo escritório, o novato que não conseguia ficar empregado em nenhum lugar, cujos pais não pensaram em nada melhor a não ser contratá-lo para uma função simples no escritório e, que geralmente, após um breve período, acabava seguindo um caminho completamente diferente e se tornava barbeiro, garçom, ou ajudava o pai nos negócios. Este último estava reservado a Kees Adam. Tinha um gosto popular por esportes rudes, sua paixão era corrida de moto, estando em ação ou não, dava no mesmo para ele. Seu pai fabricava portões de garagem e, recentemente, estava fazendo assentos duplos para amantes do motor. Parecia algo promissor e tinha a intenção de que o filho entrasse na companhia.

Não tinha nada a fazer com jovem Ben, ele era a pior parte dos objetos abandonados de Rentenstein.

Mas Pietje, que não queria crescer, estava doente nos últimos tempos, então Ben sempre poderia fazer seu trabalho. Em todo caso, estava mais forte e velho.

No fim do mês, o próprio Katadreuffe teve que levar seu pagamento a Pietje. Era uma pessoa que, mesmo sem entender de crianças, gostava delas. E assim como aquela Pop, filha de Graanoogst, ele também tinha um fraco por aquele Pietje. Contudo, no que dizia respeito a Pietje, era um pouco também devido a uma certa simpatia social pela pobreza na qual Katadreuffe tinha se iniciado anos antes através de Jan Maan.

A criança se chamava Greive, era o que estava escrito na porta. O doente jazia na alcova, tinha belos olhos amarelos, os dentes eram feios e quebradiços quando sorria. Tinha uma cor magnífica e mãos quentes, a voz já estava quase indo embora. Muito novo, tinha corrido muito no escritório, do lado de fora também passou por vento e chuva, às vezes seus sapatos ficavam encharcados de neve e lama.

A mãe indicou significantemente para o peito, dos dois lados. Katadreuffe, mesmo sem o gesto, entendeu que aquela criança estava nos últimos estágios da tuberculose.

— Trarei o dinheiro no mês que vem — ele falou e se despediu.

Mas imaginou se ainda encontraria a criança viva. Afinal, a culpa era daquele maldito Rentenstein, que tinha aceitado uma criança tão nova e fraca, mais do que os pais que havia empregado.

— Agora eu sou o chefe — Katadreuffe disse para si mesmo —, coisas assim nunca mais acontecerão.

E ele se endureceu feito pedra, não podia ficar sentimental, tinha que trabalhar. Mas teve uma experiência desagradável naquele inverno, o noivado da senhorita Sibculo. Foi a pequena festividade proveniente do fato, foi o que aconteceu lá depois, ou quase, apesar de tudo.

De Gankelaar estava certo na época em que estipulou que a aparência de Katadreuffe era um perigo para a tranquilidade do escritório. Apenas pensou: *esse sujeito não quer agradar, não pensa em si mesmo, vai ficar bem*. Mas era exatamente na reserva de Katadreuffe que morava o perigo. E assim como Lieske tinha sido sua vítima, em certa medida, também era o caso da senhorita Sibculo. Era uma moça insignificante, mas o amor era um sentimento primitivo, no qual até o caráter mais marginal podia sofrer passionalmente. Ela esteve apaixonada por Katadreuffe, mas não estava mais. Na realidade, porém, sempre esteve, ainda mais quando ele se tornou o chefe e ficou acima dela, tendo apenas a senhorita Te George no mesmo patamar. Podia venerá-lo estando em uma profundidade perdida.

Não fazia isso de maneira tão aberta, não era uma moça vulgar ou rude, mas tinha incomodado Katadreuffe desde o começo, ele tinha exatamente o mesmo sentimento de mal-estar de quando estava com Lieske. Achava humilhante, também, que atraía moças tão vazias, mesmo sem intenção. Feria seu orgulho, não era presunçoso, mas bastante orgulhoso.

Essa moça rechonchuda, Sibculo, com as madeixas pretas artificiais, o pescoço curto demais, o charmoso balançar dos quadris, sempre lhe foi vaga e o preocupava cada vez mais. Seu trabalho não era bom nem ruim, era o suficiente, razoável, insípido. Já havia um bom tempo que ele a via como uma prova viva de mediocridade em todos os quesitos, como alguém que não merecia essa posição, pois um homem, em seu lugar, provavelmente, faria melhor. Katadreuffe queria admitir que, para um certo tipo de trabalho no escritório, uma mulher podia ter grande aptidão, mas ela não teria isso, um homem deveria ficar em seu lugar. O fato de a senhorita Sibculo não possuir uma grande aptidão o incomodava, ele via que ela estava roubando o pão de outra pessoa.

Ela estava noiva, como tinha avisado todo mundo, pediu para tirar a manhã de folga e voltou ao escritório à tarde. Katadreuffe alegrou-se com o noivado, tomava uma parte de suas preocupações. Naquela tarde havia um cesto de flores em cima da mesa, ao qual todos os funcionários contribuíram, e os advogados já tinham enviado um cesto para casa dela.

Mas ela não estava feliz. O noivado tinha acontecido de maneira bem inesperada; ali estava ela com um anel reluzente e sem saber direito como que a estranha joia tinha sido conjurada em seu dedo. As lágrimas rolaram. Os advogados vieram e desejaram-lhe sorte; a senhorita Kalvelage saiu da saleta e deu-lhe a mão feita apenas de ossos — ela chorou. Entre dois telefonemas, Stroomkoning a chamou; ela entrava e saía da sala, possuía nas mãos de rato um pequeno honorário vindo do chefe — chorava sem parar. Com olhos vermelhos, ficou diante das flores, ao lado da sua mesa, girando desesperada o anel brilhante, e não se acalmava.

Não era de todo mal que uma moça recém noiva chorasse, desde que houvesse limites. Ali ela tinha se excedido muito, todos se surpreenderam com essas abundantes lágrimas de felicidade. Mas Katadreuffe percebia como que, repetidamente, ela o olhava às escondidas, e quando se aproximava, parecia que ela chorava um tantinho — oh, tão pouco, tão pouco para o refino feminino —, um tanto demais. Tinha pena dela.

Pois nessa época seu caráter desenvolveu alguns traços indulgentes. Gradualmente estava ficando mais humano, apesar de que sempre seria um homem com apenas um objetivo, um inabalável desejo. Mas o que o incomodava em algumas pessoas do escritório, agora via tudo de maneira diferente. De vez e quando sentia compaixão, de vez em quando escondia seu entusiasmo.

Quando a senhorita Sibculo foi chamada ao andar de baixo para fazer seu último ditado, a moça sentimental estava com maquiagem sob o pó de arroz e batom. Era uma datilógrafa comum que saía por aí balançando o cabelo encaracolado quando abria a porta para o corredor. E não endureceu o coração de Katadreuffe, continuou sentindo pena. Sua cabeça oca nem por um momento soube como lidar com um sofrimento que era bem genuíno. Ele era compreensivo o bastante para entender qual atitude deveria ter: nunca demonstrar algo, nem piedade, nem mesmo interesse — nunca. Então tudo passaria mais rápido, pois, por maior que fosse seu sofrimento, não se aprofundaria com o tempo. Tinha amadurecido sua compreensão da alma infantil, mas dava uma boa olhada em relação às mulheres, aos homens, e também a si mesmo.

O leve entristecer dessa descoberta, o sentimento de culpa sem ser culpado, se não fosse por sua força de vontade, poderia ter derrubado seu equilíbrio, já que, sendo o chefe, estava ficando cada vez mais agitado. Naquele inverno, houve noites em que quase não conseguiu dormir. Ficava deitado na cama-divã, na impermeável escuridão do quarto, de costas, e tinha a sensação de que todos os caminhos e descaminhos de seus nervos começavam a ter vida própria. Esparsas correntes elétricas perpassavam-lhe, faziam-no sentir comichão na ponta dos dedos das mãos e dos pés. Algumas vezes teve palpitações; em outras noites, não conseguia sentir ou ouvir seu coração. Teve medo de novo do sonambulismo e, à noite, espalhou panos molhados diante da cama. No meio do inverno, às vezes enquanto dormia, os panos congelavam e na manhã seguinte ele não tinha certeza se tinha saído da cama, nem mesmo se tinha dormido, já que os panos não deixavam rastros de pegadas.

Ocorreram-lhe pensamentos de que estava se sobrecarregando de trabalho, que tinha que dividir os estudos de outra forma, e não podia ficar trabalhando a noite inteira. Tinha uma hora e meia completamente livre na hora do café, decerto poderia tomar uma hora para os estudos. Mas não queria fazer isso. Se ficasse meia hora na mesa de Graanoogst, retornaria imediatamente ao escritório.

A única diversão que às vezes se permitia ter, das treze às quatorze, era escutar os advogados da bolsa na sala de vidro, pois a porta que ligava ao escritório quase sempre ficava aberta. Achava difícil acompanhar uma conversa jurídica de verdade, mas eram raras, pois De Gankelaar sabia logo quando deveria mudar de assunto. Preferia falar sobre os humanos, recentemente também falava de homens, mulheres e casamento. Escaramuçava principalmente com a senhorita Kalvelage, apenas porque aquela anã quase não representava nenhum sexo, e ele achava isso um tanto picante. Às vezes se esquecia totalmente de que deveria tratá-la como uma mulher, diferente da maneira de Piaat e Carlion; esquecia deliberadamente. Às vezes essa negligência era quase grosseira, mas, de qualquer modo, parecia diverti-la. Seco e mordaz, mas não com raiva, dava-lhe uma festa. Conversas assim fascinavam Katadreuffe, até deixava o trabalho de lado para descansar.

Sempre começava com casos jurídicos, que entediavam De Gankelaar ao ponto de dizer:

— Os senhores são advogados, são mutilados. Sou um ser humano. Quero me casar. Vamos falar sobre casamento. Já perceberam o quão maravilhosamente bem uma mulher complementa a vida de um homem? Feito gado no pasto.

— O senhor é um polígamo desavergonhado — a senhorita Kalvelage se intrometeu, mas não estava falando sério.

Um pouco depois todos entenderam e riram, até De Gankelaar estava tão espontâneo quanto os outros.

— Seu exemplo, acima de tudo, é pouco lisonjeiro — disse Piaat.

— E o terreno é pastoso — disse senhorita Kalvelage.

De Gankelaar refletiu sobre essas últimas palavras, balançou a cabeça negativamente e retomou:

— As pessoas de hoje, felizmente, percebem que tudo já foi dito e procuram mérito apenas na forma.

A senhorita Kalvelage olhou para seu corpinho tristonho, quase incorpóreo.

— Agora o senhor está ofendendo, pois onde *eu*, como ser humano, tenho que procurar mérito?

Os olhos atrás dos óculos redondos o olharam com uma zombaria cáustica. Não foi ela mesma que ficou envergonhada pela aspereza antifeminina de sua resposta, mas envergonhou a ele. Era isso que ela queria fazer, gostava dele, mas não tinha muito a ver com ele. Ele tinha se recuperado e, com um fundo de genuína seriedade, disse:

— Não tenha medo, por nenhum momento, que alguém vá julgá-la, senhorita Kalvelage. A senhorita é muito especial, é um gnomo.

— Um parco conforto, mas enfim, Catarina, a Segunda, soa mais comprometedor do que Catarina, a Gnoma.

— Catarina — ele falou entusiástico —, que seja Catarina, nada mais. A maior honra que pode recair sobre uma pessoa é que o mundo a chame apenas por seu sobrenome. Essa é a prerrogativa de monarcas, senhorita Kalvelage, e de grandes artistas da Renascença, Michelangelo, Rafael, Rembrandt. Rubens já não muito, não, especialmente Rubens, que usa mesmo o nome de família, que o homem está muito atrás. Porém a *senhorita* tem que honrar esse direto, em absoluto.

Piaat e Carlion não escutaram mais, falavam de seus casos. A senhorita Kalvelage olhou De Gankelaar penetrante, perpassando-lhe. Ambos sentiam afeição mútua um pelo outro, de uma maneira fria e intelectual, e eles tinham ciência disso.

— O senhor — ela disse —, na verdade, está orientado de modo completamente europeu. Toda sua maneira de pensar, seus lemas, seus paradoxos, são europeus. Parece-me algo muito limitado.

Agora ela estava séria, ele ria de novo.

— Isso é questão de acreditar em qual discussão é difícil. Mas a senhorita tem razão se, por europeu, quis dizer Europa Ocidental. Nesse sentido sou europeu, pois há apenas uma Europa: Europa Ocidental. O resto pode ser chamado de mundo, é, há uns cinco séculos, a Europa Ocidental. Daí vem a raça loira. É impressionante que alguns pigmentos de cabelo, pele, e íris possam criar tal superioridade, mas estamos diante dos fatos.

— Europa Ocidental eu ainda tendo a aceitar, mas sobre o resto, o senhor está totalmente enganado — ela disse, quase violenta. — E, sendo morena, é com prazer que me coloco fora de cogitação, e o senhor também deveria fazer o mesmo. Esse é um outro ponto, mas sou bem séria. Peço apenas que pense em Katadreuffe.

De Gankelaar então poderia ter ridicularizado de modo bem amigável aquela resposta, tão tipicamente feminina, pessoalmente usada, nesse caso, por puro impulso, divergir ao máximo, mas a menção de seu protegido a este fim afundou suas críticas no entusiasmo. Respondeu:

— Sim, *ele* é o superior.

Ainda assim, não podia abandonar totalmente seus princípios, e acrescentou:

— A exceção é que prova a regra, ao menos de acordo comigo. Mas o superior é ele.

— Não — ela disse —, ele vai ser. Ainda está crescendo. Em dez anos ele vai se desenvolver.

Katadreuffe não conseguiu entender mais as últimas palavras. Eles falavam baixo e ambos conversavam ao mesmo tempo.

KATADREUFFE E DREVERHAVEN

Chegou uma carta para Katadreuffe, do sr. Schuwagt.

A Companhia de Crédito Popular tinha posto suas exigências em mãos. "Necessito que dentro de três dias o senhor pague sua dívida em meu escritório; se a ordem for descumprida, pediremos sua falência".

Katadreuffe não aceitou a carta com resignação, mas sim com pura indiferença. Se isso tivesse ocorrido um ano antes, então seria um negócio ruim, muito ruim. Não agora. Era verdade que era impossível para ele pagar a dívida inteira; já tinha pagado mais do que era obrigado, mas agora ninguém podia fazer algo por ele. O exame estadual começaria em algumas semanas, tinha sido convocado a ir a Haia; teria as últimas lições, as quais já estavam todas pagas. Tinha certeza absoluta de que passaria, imaginou que iria razoavelmente bem até mesmo em matemática, pois tinha recuperado esses assuntos da maneira correta. E quando passasse, não importaria se tivesse que começar os estudos acadêmicos um ano depois. Naquele ano, a dívida seria resgatada. Não daria importância se seu pai tomasse parte de seu salário. Quanto mais a lei admitisse que ele pudesse apanhar para si tudo o que lhe era devido, mais rapidamente a dívida seria quitada. Com o restante do salário, Katadreuffe conseguiria passar bem o ano inteiro. Então acabaria de vez com seu pai, seus ganhos seriam bons o suficiente para, posteriormente, ser capaz de estudar sem precisar pedir empréstimo. *Um ano passa logo*, ele pensou.

Vendo resumidamente, um ano de atraso era, claro, uma pena. E se perguntou até com amargura porque um pai tinha que fazer isso com um filho, *justo um pai com um filho*.

A fim de preservar a si mesmo, logo afastou esses pensamentos, recuperou sua indiferença. Pois percebeu que nesse tempo, com os exames em mãos, não poderia deixar que nenhuma perturbação o distraísse de seu objetivo.

Sim, se existisse a chance de ter uma nova falência, então o caso era diferente, ele tinha que encerrá-lo. Pois não só Stroomkoning teria dificuldade em lidar com um chefe de escritório falido — mesmo se fosse apenas um colega de trabalho falido —, mas Katadreuffe se viraria para uma demissão. Então ele se demitiria por vontade própria, mas nunca permitiria o contrário, pois era muito orgulhoso, preferia ter seu futuro arruinado a manter sua posição por caridade.

Mas não precisava se preocupar, sabia suficientemente bem sobre a lei: uma falência era completamente impossível. Tinha apenas essa dívida. Seu pai o estava assustando, nada mais.

E começou a pensar no pai, que não via havia tempos. Desde a saída de Rentenstein, não havia mais nada a sussurrar e Dreverhaven havia ido embora. Até chamou a atenção dos funcionários. Falavam entre si: *por que Dreverhaven nunca mais apareceu? Por que aquele empregado, Hamerslag, tinha levado ao escritório todos os autos do oficial de justiça?* Era óbvio: ele só ia lá apenas por causa de Rentenstein.

Katadreuffe se perguntava se seu pai sabia que exigia dinheiro em um momento bastante inconveniente. Claro que tinha direito ao dinheiro; meio que por autoconfiança, Katadreuffe tinha se colocado no cadafalso, assim como Dreverhaven havia dito. Ele tinha sido alertado que a dívida poderia ser cobrada a qualquer momento, e ainda assim tinha se colocado no cadafalso para desafiar seu pai, ao menos em parte. Pois não sabia direito a quem mais poderia pedir dinheiro emprestado, mas como quer que fosse, tratar do empréstimo foi plenamente justificável. Apenas o momento, bem antes do exame estadual. E o meio usado: pedido de falência. Isso era bem a cara do pai, sim, deveria ter sentido que não poderia ter escolhido um momento pior, de *seu* ponto de vista, não tinha momento melhor. Mas, para este fim, Katadreuffe não estava com medo. Seu pai *não* o derrubaria daquela vez. E alguns dias depois, com a mesma indiferença, ele recebeu a carta do tribunal na qual dizia-se que tinha sido intimado a comparecer devido a sua ligação com o pedido de falência.

A caminho do canal Noord, Katadreuffe discutiu o caso com Carlion. Apesar de estar de cabeça cheia, permaneceu calmo. De Gankelaar estava de férias, então Katadreuffe tinha mostrado a carta a Carlion. Os colegas de trabalho sabiam que ele tinha pedido dinheiro emprestado, mas era uma dívida gloriosa.

— Irei com o senhor — disse Carlion.

Katadreuffe não achou necessário.

— Irei com o senhor — repetiu Carlion. — Cá entre nós, mas aquele Schuwagt é um patife. Não quero saber o que ele pode fazer com o senhor, mas irei para me certificar. Enquanto isso, reflita bem: o senhor não possui nenhuma outra dívida? Schuwagt não pode nos surpreender?

— Não, isso é absolutamente impossível. Sinto-me completamente seguro, pelo menos em relação à falência. Com uma única dívida o tribunal pode me considerar falido?

— Isso está fora de questão. É uma ideia constante do Supremo Tribunal de Justiça, e todos os tribunais se guiam por ele. Pelo menos duas dívidas, e eles ainda têm que provar, senão o requerente não tem chance. Precisamente, a demanda que podia ser justificada de outra forma chega a esse ponto. No seu caso, isso é diferente, o senhor não deveria ir à falência e o não vai ser falido.

— Então não entendo por que o senhor quer me acompanhar.

— Precaução — murmurou Carlion.

À primeira vista, ele não dava uma impressão simpática, não era brilhante, não tinha o charme de De Gankelaar. Mas essa pessoa seca mostrou que se interessava, era prestativa, Katadreuffe lhe era grato. Juntando tudo, talvez pudesse confiar mais nele do que em De Gankelaar, pois não era um homem de impulsos, mas sim um homem de direito.

Uma hora depois estava diante da cancela; seu próprio advogado, com óculos de ouro e cabeça calva, permanecia do outro lado, atrás dele, em diagonal, e o sr. Schuwagt, aquele homem tão comum, sempre de topete entre loiro e grisalho. Katadreuffe olhou apenas para o meritíssimo. Este o fez lembrar um marquês francês idoso. Ele tinha um bigode branco com a barba bem aparada nas pontas. Perguntou-lhe se reconhecia a dívida. Sim. E ainda possuía mais dívidas? Não.

— Está correta esta última resposta? — agora o meritíssimo se direcionava ao sr. Schuwagt.

Ele permaneceu calmo atrás da escrivaninha, com o dossiê aberto diante de si.

— Não está correta, meritíssimo. Em primeiro lugar, gostaria de notar que o requerido já foi à falência antes, o senhor Wever foi o curador... Reconheço que a falência foi terminada com o pagamento integral... Mas desde então o requerido contraiu mais *dívidas* — peço atenção ao tribunal para o plural —, portanto, dívidas. Pois além da do meu cliente, há também a do senhor De Gankelaar, em cujo escritório o requerido trabalha. Uma pequena dívida, admito, mas ainda assim uma dívida... dezoito florins.

Katadreuffe, até então, não tinha se movido, estava tão certo de si mesmo... Aquele homem poderia continuar falando pelos cotovelos. Virou-se.

— Isso não é verdade.

Ele queria ter dito: *o senhor está mentindo.* Controlou-se e disse:

— O senhor está mal-informado.

O sr. Schuwagt não perdeu sua tediosa calma:

— Desculpe, minha informação provém da melhor fonte, a saber, o próprio senhor Wever. O caso é esse. Na lista de distribuição da falência anterior, sob os bens ativos, a entrada: "venda privada de livros, dezoito florins." Esses dezoito florins foram pagos pelo senhor De Gankelaar ao senhor Wever, a fim de evitar que os livros fossem a leilão público. Não sei o motivo, mas posso dizer apenas que o requerido estava, naquela época, no escritório do senhor De Gankelaar. Mas o requerido ainda deve estar na posse desses livros, e por isso o caso se resume ao fato de que o senhor De Gankelaar virou credor da falência antiga com a quantia de dezoito florins, que, pelo que sei, não foi paga.

— Hum — disse o meritíssimo —, outras explicações são imagináveis. Não nos aprofundemos nisso, o caso parece de pouca importância.

— Desculpe, meritíssimo, é necessário provar apenas duas dívidas.

O meritíssimo se virou para Katadreuffe.

— Qual é a situação? Esses livros são seus ou do senhor De Gankelaar?

Katadreuffe entendeu tudo. Ficou lívido, mas não pensou em mentir.

— São meus, Vossa Excelência.

— Tem dívida com o senhor De Gankelaar ou não?

— Sim, tenho uma dívida de dezoito florins. Primeiro não tinha pensado nisso, ou melhor, nem sabia disso, o senhor De Gankelaar nunca me contou. Mas já que ele comprou esses livros para mim, devo-lhe dinheiro.

Depois disto, o senhor Carlion se aproximou. Não estava assustado como Katadreuffe, fazia parte de seu trabalho não ficar assustado.

— Meritíssimo, sugiro que o assunto não vale a pena. Pergunto-me como meu confrade pôde ter trazido à tona uma quantia tão insignificante...

— Desculpe — disse o sr. Schuwagt.

Carlion continuou falando, incansável:

— Mas deixando isso de lado, ouso declarar aqui sem medo, em nome do senhor De Gankelaar, que o dinheiro foi um presente. Não sei nada sobre esse incidente. Mas o senhor De Gankelaar e eu somos do mesmo escritório, como o tribunal sabe. Tenho certeza de que o que disse está de inteiro acordo com seus desejos. Afirmo expressamente, da parte do senhor De Gankelaar, que ele não tem nada a exigir.

— Não — disse Katadreuffe ainda branco, virando-se para Carlion —, não, senhor Carlion, isso eu não quero. Sou culpado, absolutamente.

Pois não podia aceitar nenhum presente, apesar de seu futuro estar em jogo, e tudo ser por míseros dezoito florins.

O meritíssimo riu ironicamente:

— Hum, um fenômeno estranho. O credor que quer perdoar a dívida e o devedor não que não quer ser perdoado. Devo dizer aos senhores que o tribunal está mais acostumado com o contrário.

Mas Carlion ainda não tinha terminado de falar. Contou da razão da dívida, dinheiro para os estudos, dos planos do cliente, seu progresso, seu trabalho no escritório, os pagamentos pontuais de juros e a dedução bem decente. Estava bravo, queria lutar por Katadreuffe, o tal Schuwagt não era nada além de um ladrão de pão, mas escondeu sua emoção, seu rosto não estava mais vermelho do que normalmente. Ele falava rápido, conciso, e pronunciava o fim de cada palavra, falava com sotaque nordestino de maneira impecável. Schuwagt quis falar mais alguma coisa, mas o meritíssimo o cortou e disse:

— O tribunal está devidamente informado. Os senhores estão convidados a esperarem no corredor. O veredicto será dado em breve.

Katadreuffe e Carlion andaram de ponta a ponta no corredor.

— O senhor é teimoso, Katadreuffe — disse Carlion.

— Sim, mas, senhor Carlion, não considerarei nem por um momento... simplesmente não vou considerar...

Gaguejou de agitação e nervosismo.

— Ora, cale a boca, essa cuspida de pedaço de miséria, Schuwagt não vai lhe entender. Mas veja o quanto esses canalhas do banco devem ter lhe examinado. É uma pena o que Wever disse... embora, se perguntasse a ele como um homem de verdade, não poderia fazer nada muito diferente... E claro que ele não percebeu as consequências... No entanto, o senhor se comportou feito um imbecil, mas não se falará mais da falência... Aí está o sinal.

Quando Katadreuffe e Carlion voltaram ao escritório, souberam que o tribunal tinha rejeitado a declaração de falência, a segunda dívida não era importante, e, além de tudo, não era problemática. E enquanto Schuwagt, com uma reverência, se retirou, o meritíssimo, aquele marquês francês, manteve Katadreuffe ali e pediu-lhe que informasse ao tribunal a respeito das particularidades de seus estudos.

— Agora há duas coisas que eles podem fazer. Primeiro, podem forçar Stroomkoning a reter grande parte de seu salário — disse Carlion.

— Isso não me importa, senhor Carlion. Só não queria ir à falência.

— Eles podem também recorrer à decisão do tribunal.

— Nunca vão ganhar.

— Concordo com o senhor — disse Carlion com uma risada seca.

— Assim que o senhor De Gankelaar retornar, vou pagá-lo.

— O senhor é um sujeito durão, Katadreuffe. Nenhuma pessoa pode fazer nada pelo senhor.

Naquela tarde, Katadreuffe cumpriu com seu trabalho, como sempre. Nenhum dos funcionários sabia de nada; ele mesmo tinha encontrado a carta, pois sempre pegava a correspondência na caixa, a fim de que a senhorita Te George as abrisse e separasse as de Stroomkoning, enquanto Katadreuffe distribuía o restante. Os colegas de trabalho seriam informados do caso sob a promessa de segredo. O próprio Stroomkoning também, claro, porém mais ninguém dos funcionários.

— Para meu prestígio — ele falou a Carlion.

Mas se envergonhou diante da senhorita Te George, até mesmo diante da senhorita Sibculo. Agora, felizmente, tinha terminado. Tinha apenas um sentimento de cachorro cansado nas costas.

Ele estava em seu quarto naquela noite. Não conseguia ir ao andar de baixo para trabalhar. Sentia que o controle sobre seus nervos ameaçava ceder, pois até se assustou por um momento. De repente, viu um abismo diante de sim. Ele não era atordoado por natureza, mas se sentiu rodopiando quando pensou nisso. Sentou-se de frente para os livros, mas não os leu, não os estudou. Tudo rodava, e apanhou com furor a beirada da mesa.

Não estava alegre com o desfecho, apenas estava profundamente contente com uma coisa: sua mãe não sabia de nada. Ela não era alguém que sabia o que acontecia com ele; ao contrário, não encontraria palavras que o aborrecessem. E aceitar dinheiro dela, mesmo se ela possuísse, ele nunca aceitaria. Portanto, era melhor que fosse assim.

Ele teve de novo um sentimento instável, a tensão deve tê-lo cansado mais do que suspeitava, nunca esqueceria aqueles poucos minutos diante do tribunal. Somente agora a reação era notada. Não, não poderia ter uma reação, agora era necessário primeiro manter a cabeça limpa e os pensamentos livres, pois *tinha* que passar no exame estadual.

Decidiu, por fim, não trabalhar naquela noite, preferiu sair e tomar ar fresco. Pela primeira vez fez algo diferente, notou consigo mesmo, mas tomou a decisão irrevogável de fazer tudo pela manhã.

Era começo do verão, ainda estava claro do lado de fora. Ele andou pela rua Boompjes, deserta àquela hora. De vez em quando um navio a vapor soava ao longe. O majestoso som ecoava sobre as docas imensas, o mais belo, mais poderoso, mais colossal som que o ser humano já produziu, as vozes régias dos homens no navio.

Ele não prestou muita atenção. Tentou achar tudo bonito, tentou mesmo. Os portos chamavam, soavam maravilhosos, mas seus pensamentos estavam em outra direção. Era uma silenciosa noite de verão, as estrelas mais brilhantes começavam a aparecer no crepúsculo. Ele tentou localizá-las, mas seus pensamentos vagaram outra vez. Não tinha mais aquela aparente embriaguez, mas estava de cabeça fria; com frequência ficava com os pensamentos completamente perdidos e não sabia até onde estava indo.

Então viu um homem se aproximar, agitando-se na calçada, um verdadeiro inebriado, que falava incoerentemente e cantava. Havia um beco do seu lado esquerdo. Para evitar o homem, ele entrou ali. Foi instintivo. Quando parou, olhou à sua volta e viu que estava no beco Waterhond. Então viu que alguém o seguia, não o bêbado. Reconheceu a silhueta da figura de concentrada força como sendo a de seu pai. Seu pai estava no caminho, seu pai o seguia.

No meio do escuríssimo beco, ele parou; não se enfraqueceria diante do pai. O perseguidor se aproximou mais perto ainda das sombras; o pai era mais baixo que o filho, as bem mais largo, quase largo demais para o beco, para sua desgraça. Sob a aba do chapéu de feltro, os olhos brilharam perto do filho. Na escuridão, sua expressão parecia completamente insana. Katadreuffe, involuntariamente, olhou para trás, e esse movimento fez com que Dreverhaven fosse superior, empurrou o rapaz diante de si no beco.

Na esquina, ele o pegou pelo braço e o parou. Encontravam-se na ruela serpenteada feito saca-rolhas, a Vogelenzang, sob a luz verde de um antiquado poste de luz a gás. A Vogelenzang estava sem nenhuma pessoa, era diagonal a outro beco, o Korte Vogelenzang, onde tinha um pouco de barulho, mas não aparecia ninguém. Às costas de ambos, as bocas famintas do beco Waterhond bocejavam. Eles estavam em um pequeno e assustador lugar da cidade sóbria, entre os raros lugares assustadores, o menor e mais assustador. Com sua hipersensibilidade, o poder do ambiente oprimia Katadreuffe, e a encruzilhada era cúmplice.

— O que é isso? — grunhiu o velho.

— O que o *senhor* quer dizer com isso? — rugiu Katadreuffe também de súbito, de maneira quase lunática. — Essa manhã julgaram minha falência, o senhor sabia disso, não é? O senhor se mantém longe dos tiros e manda apenas aquele canalha do Schuwagt. Ele teve que limpar seu trabalho sujo, e seu filho que se enforque. Teria sido uma tremenda piada. Mas o senhor não teve sorte, está sabendo disso, não é? Que hoje eu sou mais forte que o senhor?

Havia um tom zombeteiro em sua voz, que soava falso. A voz subia, subia cada vez mais, ele conseguia ouvir seu próprio assombro. Estava em estado de gelo, raiva gelada. Parecia que Dreverhaven o escutava, a cabeça repousava no peito. Mas as mãos estavam ocupadas, tilintavam bastante, e Dreverhaven ofereceu-lhe em silêncio, zombeteiro, o cabo desdobrado do punhal aberto.

— Colha todos os frutos de sua vitória — ele disse. — Estou indefeso.

Mas a coragem do filho passou de repente. Pegou o punhal entre dois dedos, como se estivesse sujo.

— Ah — ele falou —, o senhor sempre com suas traquinagens infantis.

Notou uma grade nos pés. Deixou cair entre as barras largas o punhal, que caiu com um *ploft* na lama e desapareceu. Os olhos de Dreverhaven até brilharam de curiosidade. Ele o pegou pelo colarinho.

— Infantil? — retrucou. — Traquinagens...? Por favor, me acompanhe por um instante.

Normalmente, o pai era bem mais forte que o filho, ainda mais agora.

— Sim, irei — disse Katadreuffe monótono e com os dentes rangendo de maneira estranha —, contanto que não me trate como um bandido.

Dreverhaven pegou seu braço. Guiou o filho, e às vezes parecia que o estava escorando, mas então Katadreuffe teve mais um daqueles momentos nos quais seus sentidos lhe falharam.

Recompôs-se enquanto subia, atrás do pai, a escada de pedra encaracolada em direção ao escritório dele. Dreverhaven abriu as portas com uma maçaneta que tirou do bolso e que era entalhada de maneira diferente. Ninguém podia abrir as portas sem ela; a cada porta nova ele pressionava a maçaneta um pouco mais para dentro. Não havia praticamente nada para roubar ali, mas ele tinha alma de avaro que também escondia ou cobria os objetos mais insignificantes.

Eles passaram por cômodos vazios, então passaram por um com dossiês empoeirados, onde Dreverhaven entrou primeiro. Então estavam ali, o pai atrás da escrivaninha, de chapéu e casaco postos, bem brilhantes, como se fossem joias em um santuário; o filho permaneceu do outro lado da escrivaninha.

— Então, Jacob Willem? — perguntou lento o pai.

Até um segundo antes, o filho não sabia o que fazia ali, sabia apenas que tinha procurado o pai em estado semiconsciente. Mas agora se sentia completamente senhor de si mesmo, frio e colérico. De imediato, soube como deveria responder. Falou quase leve, mas corrosivo:

— Vim apenas lhe pedir, pai, para tomar meu salário. Peça ao senhor Stroomkoning o que lhe é devido do meu salário. Dever é algo de que o senhor entende muito bem. E, sobretudo, não se esqueça de apelar à sentença do tribunal, talvez o senhor ainda tenha uma chance.

Mas Dreverhaven havia muito já tinha fechado os olhos, as mãos estavam jovialmente dobradas sobre a barriga. Eram malcuidadas, e as costas eram cobertas de hirsuto pelos grisalhos. Katadreuffe olhou para elas, as garras de seu pai. Esperou um pouco, o outro não se moveu. O charuto fumegante estava em diagonal no canto da boca, mas os lábios, largos e grossos, sendo o superior sensual, pareciam não sugar a fumaça. Um naco de cinza caiu e continuou na dobra da manga na altura do cotovelo.

Katadreuffe foi embora antes que a cólera o tomasse outra vez. Sentia-a ascendendo, mas ele partiu, saiu da casa como se estivesse em um sonho. Do lado de fora, teve que juntar seus pensamentos de novo. Ainda tinha um pouco de luz — era época dos intermináveis crepúsculos — no fundo da rua, camadas com todos os tipos de cores sobre o céu, e todas as cores pareciam desbotadas. Então se virou para o caminho de onde tinha vindo. Viu o muro lateral sobressaindo-se na rua Lange Baan. A fortaleza de seu pai, uma fortaleza carregada de medo.

Naquela mesma noite contou para sua mãe um pouco do que tinha acontecido. Ambos estavam em casa, ela e Jan Maan. Katadreuffe tinha esquecido sua determinação de ficar em silêncio total, e aquilo o oprimiu. Tinha que se expressar, não lhe importava que Jan Maan estivesse ali. Ao contrário, o amigo podia escutar tudo. Mas não mencionou a visita recente, contou apenas da falência frustrada.

A mãe não respondeu nada. Era seu jeito, o bordado estava no colo e durante a história apenas olhava para Katadreuffe. Em seu íntimo, ele ficou furioso outra vez. Tinha ido até lá somente para ser olhado? Aquela mulher reagia a tudo, literalmente, de maneira errada. Ele não era feito de pedra, de vez em quando sentia a necessidade de ter uma palavra animadora, ainda que fosse ele, no fim, quem tinha que lutar sozinho pelas coisas. Mas nada, nada.

Jan Maan, pelo menos, era diferente.

— Acho que tenho que parabenizá-lo, burguês — ele falou bravo, sério e rindo, tudo ao mesmo tempo.

Cada vez mais claramente estava virando um comunista exemplar. Não conseguia nem mais ouvir falar em dinheiro, pois logo via o ódio capitalista. Então estava três coisas em uma: bravo porque tinha a ver com dinheiro, sério porque o amigo encontrava-se em perigo, e contente porque o perigo desapareceu. Também passou a usar recentemente, com frequência, o termo "burguês", quase com a mesma assiduidade com que dizia "Jacob". Mas não eram homens que tivessem uma verdadeira discórdia.

A mãe apanhou o bordado e tossiu um pouco. Quando Katadreuffe foi embora, lhe disse:

— Você não parece bem, mãe. É melhor ir ao médico... Bem, adeus aos dois.

CUIDADOS

Katadreuffe colocou de lado todos os pensamentos do incidente. Ia fazer o exame estadual, estava em meio a isso. Nada poderia distraí-lo, mesmo se uma apelação fosse feita, mesmo se retivessem seu salário. Mesmo assim, tinha que ter concentração total. A cada dia realmente esperava que uma ou outra coisa, até ambas, acontecessem — mas nada ocorreu. Esse silêncio era capaz de lhe atiçar os nervos, mas ele se controlou.

Foi a Haia, chegou num dia e voltou no outro.

Enquanto isso, ocupava-se com o trabalho do escritório. Todos sabiam que iria prestar o exame estadual, mas ninguém o questionava a respeito, seu rosto proibia qualquer um de fazê-lo. A seus próprios olhos, não estava indo mal, mas não tão bem quanto esperava. Às vezes achava que não sabia as coisas que imaginava saber tão bem, ou se lembrava delas tarde demais. Fez alguns erros perigosos. Contudo, melhorava gradualmente, reconquistou a calma completa ao fazer tudo oralmente. Sua oralidade era muito boa, lidou bem com isso.

Naquela tarde ele voltou com o certificado no bolso. Nem o leu inteiro, assinou de maneira mecânica. Apanhou-o em plena luz do dia. Sim, ali estava sua própria escrita, só que não era uma assinatura autoconfiante, de negócios, mas algo débil, um rabisco nervoso, então o escondeu outra vez. Sentou-se no trem. Aparentava estar pálido e enrijecido, tanto que atraiu a atenção dos companheiros de viagem. Não estava contente, nem mesmo intimamente, apenas morto de cansaço. O estudo pesado, a perseguição do pai, a dificuldade do exame estadual durante os dias mais quentes do verão calorento, a total falta de sono — tudo fazia sua cabeça girar. Deliberadamente, não incluiu nas dificuldades o sentimento pela senhorita Te George, a quem tinha banido de seus pensamentos. Prevaleceu sobre tudo isso o sentimento de fatiga.

O escritório sabia que ele teria o resultado naquele dia, estavam tão convencidos de que passaria que prepararam uma festa.

Ele chegou com o rosto impassível, quase sombrio, e eles temeram o pior. Porém, ao ver as flores, ele se controlou, os olhos brilharam. Sim, tinha passado. Graças a Deus.

E a festa foi bem diferente da de noivado da senhorita Sibculo. Várias cestas de flores, vindas desde os funcionários do escritório, porteiros, advogados, e um arranjo floral bem grande vindo da senhora Stroomkoning.

Houve silêncio naquela tarde, e lá pelas cinco horas todos vieram lhe dar os parabéns, e até mesmo a única cliente na sala de espera, a senhora Starels, lhe deu um aperto de mão. Ela ia justamente começar o processo de divórcio pela sétima ou oitava vez, e esperava que *ele* a ajudasse agora. Não ousava dizer que os métodos da senhorita Kalvelage não eram muito de seu gosto. Achava que, agora, Katadreuffe era um qualificado profissional de direito.

Deste modo, a homenagem ainda não estava completa, o melhor estava por vir. A pedido da senhorita Te George, ele foi para seu quarto, todo o escritório o acompanhou, e ali encontrou uma nova enciclopédia alemã. Então foi pego completamente de surpresa e quase se emocionou.

— Foi ideia *sua* — ele falou a ela, e não se importou de dizer isso na frente de todo mundo.

Ela não podia contradizê-lo. Já tinha ido a seu quarto uma vez, para ver se não precisava de algo, e tinha visto ali a enciclopédia incompleta e desatualizada; ao passo que o senhor De Gankelaar tinha lhe dito que ele gostava muito de ler, mas não tinha passado da letra T. O resto ele entenderia. Era da mesma editora, porém era a edição mais recente, em vinte volumes.

Isso o levou a fazer quase um pequeno discurso, todos ficaram ao seu redor naquela sala sombria, fria, bolorenta, onde a luz elétrica brandia enquanto o sol de verão brilhava. Mas aqueles vinte volumes maravilhosos reluziam e Katadreuffe os apanhou, um gesto de amante de livros. Aquilo era Conhecimento, mais Conhecimento, o melhor do melhor na área de Conhecimento popular, pois nenhum povo entendia tanto daquilo quanto o alemão.

— Agradeço a todos da maneira mais cordial — ele falou. — Não posso dizer que esse é meu maior desejo, pois nunca ousei desejar algo assim.

A senhorita Te George o tomou de lado.

— Quero dizer apenas que a maior parte veio da senhora Stroomkoning, mas todos aqui contribuíram, inclusive a senhorita Kalvelage, os advogados, e todos os funcionários. *Este* presente é de todos nós.

— Fico muito grato — falou firme e sem nenhum sentimentalismo. — O mais valioso é sempre terem pensado em mim, e isso partiu dos senhores.

Ele não se importava com festa e animação, mas tinha que retribuir de alguma maneira, e aquilo, que aconteceu espontaneamente, foi a melhor saída. Até conversou com o porteiro e o senhor Carlion.

Stroomkoning estava no exterior e Carlion ficou em seu lugar. Achou bom fechar o escritório naquela hora. Logo se livraram da senhora Starels. Trouxeram vinho do porto e xerez, bolinhos, doces, bombons, advogados. Era uma festa e tanto na recepção. Os advogados sentaram-se entre os funcionários e os funcionários se sentiram completamente em casa. Com frequência algo era trazido, inclusive cigarros e charutos. Após um tempo, a conversa de Carlion e Piaat seguiu a linha dos advogados da bolsa, mas a senhorita Kalvelage revelou um lado surpreendente. Ninguém imaginava que aquela cabeça de vento conseguia fumar um cigarro. E ela fumava um bem grande, pendurava no canto da boca. Tinha as mãos dobradas sob o queixo, os cotovelos apoiados na ponta da enorme mesa, os braços dobrados sobre o copo de xerez, a cabeça pendida em diagonal a fim de evitar a fumaça do cigarro; sua postura era a de uma estrela de cinema em um bar mundano. E não era nada vulgar, mas sim charmosa. Uma mulher. Por um momento, era uma mulher.

Uma pena que De Gankelaar não a viu assim. Tinha ido a uma reunião de credores em Amsterdã. Pelo menos os presentes ali estavam felizes, casualmente felizes, no coração do verão.

O certificado de Katadreuffe teve que circular pelas mãos de todos, os advogados estavam especialmente curiosos sobre as assinaturas, que os faziam se lembrar de seus próprios exames escolares.

Às sete horas eles foram embora, mas a festa ainda não tinha terminado. Katadreuffe queria mais uma festa com os funcionários. Tinha pedido que voltassem de novo às oito horas, ou oito e meia, a fim de comerem algo; aquilo nunca tinha acontecido antes. A senhorita Sibculo, sem dúvida, traria o noivo, e agradeceu Katadreuffe; havia uma grande lágrima em seus cílios.

E a senhora Graanoogst tinha feito maravilhas, apesar de ter pedido emprestado aos vizinhos alguns talheres, pratos, tigelas, panos de mesa. Além do mais, a maioria das coisas tinha advindo de um chefe e um comerciante de vinho. Mas tudo teve que ser esquentado, e ela se ocupou colocando a mesa com a ajuda de Pop, sua filha.

A firma esteve presente às oito e meia e se sentaram à grande mesa redonda da sala de espera moderna, austera, mas clara. As mocinhas, senhorita Te George e senhorita Sibculo, estavam com roupas floridas. A senhorita Van den Born apareceu com um vestido horrível, como sempre, mas foi muito bom que tivesse aparecido.

— Que boa essa mesa redonda — disse Katadreuffe. — Não fica ninguém na ponta.

Era seu senso de simpatia social que falava aqui; nunca quis ser oficialmente o chefe dos funcionários.

Todo pessoal estava ali, incluindo Kees Adam e Ben. Graanoogst também estava presente. Ainda com o mesmo sentimento de solidariedade, Katadreuffe falou:

— Uma pena que Pietje não esteja aqui.

Pois Pietje tinha morrido no inverno. O rapaz, na verdade, não foi substituído. Contentaram-se com Ben, mas aquele imbecil era um martírio para todo mundo, até para si mesmo.

Sentaram-se à mesa aleatoriamente, apenas Katadreuffe pediu de maneira expressa que a senhorita Graanoogst se sentasse de um lado e Pop de outro. E ele estipulou que Pop deveria ficar na festa até o fim. Pois naquela festa, na casa onde morava, sentiu-se mais ligado aos moradores dali.

Duas pessoas não falaram nada. Burgeik, com seus olhinhos suspeitos, sentava-se observando se as pessoas da cidade não tentariam fazer nada com um simples camponês. Já Ben ficou só sentado comendo, nada mais, nada menos. Porém, Kees estava ocupado explicando a Graanoogst, do outro lado da mesa, sobre a mecânica de um motor, o sistema de duas velocidades e quatro velocidades. As moças conversavam entre si, de vez em quando uma delas ajudava a senhorita Graanoogst. Em um momento, a senhorita Van den Born riu rouca, tanto que ninguém, nem mesmo Kees Adam, entendeu uma palavra sequer.

A senhorita Sibculo, é claro, sentou-se ao lado do noivo, mas não estava muito animada com ele. E por que diabos desperdiçaram tantas lágrimas no noivado? Pois aquele rapaz parecia bem apresentável, era um contador em uma pequena firma de seguros, mas podia fazer mais coisas do que apenas digitar seguros e calcular prêmios. Podia-se dizer: *escritório de seguros, mais seco que deserto, mais duro que aço* erroneamente. Na hora da sobremesa, ele já agia feito um zoológico de Roterdã, imitava todos os animais mais doidos que se podia imaginar, até mesmo o som estranho do rinoceronte ou do elefante — pelo menos era isso que ele queria fazer — e o público estava bastante a fim de escutá-lo. Ao mesmo tempo, grunhia buzinas, mugia sirenes, ouviam uma locomotiva. A rolha do champanhe estourou, o vinho fez *gluglu* e espumou. Por fim, um fogo de artifício, apenas um medalhão com os dizeres irrefletidos: "Viva Katadreuffe!".

O único que não estava alegre era o próprio Katadreuffe, mas ninguém nunca o tinha visto muito feliz. Estava muito sério para isso, e não parecia mais sério do que normalmente. Fazia seu melhor, mas a tensão poderia ter quebrado alguma coisa dentro dele, estava perdendo a velha resiliência. Ele pensou: *amanhã vou estar bom de novo, dormirei bem hoje e acordarei me sentindo mais tranquilo, como se fossem férias.* Mas não conseguia deixar a pressão de lado, parecia que algo pesava em sua cabeça. Ninguém podia, no entanto, notá-lo.

Antes de se levantarem da mesa, ele tomou a palavra. Subitamente, sentiu a necessidade de falar algo. Improvisou, a toda velocidade, de maneira simples, seu primeiro discurso.

— Amigos — falou —, digo amigos pois é o que todos aqui somos, e o noivo da senhorita Sibculo também é nosso amigo, já que ela está entre nós. Portanto, amigos, de coração, agradeço a todos. Fui celebrado demais, ninguém tem mais certeza disso do que eu. É pelo que sou agora ou pelo que serei no outono? Nada mais que um estudante... Mas quero adicionar isso. Quase todo mundo possui um dom...

Aqui ele se calou por um instante, pensou na senhorita Van den Born, mas não olhou para ela. Sentiu os olhos espalhafatos de Pop mirando-o no rosto. Não sabia o porquê, mas isso o aquecia.

— Quase todo mundo possui um dom que deve ser descoberto e, ao descobri-lo, deve ser cultivado. Em setembro, quando for inscrito como estudante em Leiden, serei um estudante iniciante, e devido às circunstâncias, um estudante bem mais velho do que a grande maioria. Mas isso não me importa, as pessoas podem começar mais tarde, desde que tenham um começo. Às vezes se descobre seu dom mais tarde. Porém, essas palavras até que são verdadeiras: vamos fazer o melhor que pudermos com nossas vidas. Vamos começar a nos descobrir. Quero só seguir em frente. Cada um de nós tem que querer, então poderá seguir...

Calou-se outra vez e disse mudando de tom:

— Queria falar apenas *isso*, e agradecer de novo. Que continuemos a trabalhar juntos aqui, em grande harmonia. E para terminar, infelizmente (não era minha intenção), infelizmente, isso se tornou um pequeno sermão.

Então ele logo conquistou a todos, pois seu sorriso apareceu, sorrateiro, irresistível; ali estava um homem completo, que, com apenas uma única expressão facial, conseguia conquistar o mundo inteiro, e ele nem se dava conta do fato.

O café foi servido mais tarde, também havia licor. E — as moças formaram um grupinho — a senhorita Van den Born falou inesperadamente, com voz rouca:

— Meu Deus, está um pouco bêbada, senhorita Te George? Olhe como sua mão treme!

A senhorita Te George balançou a cabeça, rindo, que não, e colocou na mesa o copo cambaleante.

Quando Pop teve que ir para cama, tudo o que ela queria era que Katadreuffe a carregasse pelas escadas. E ele a levou, ambos foram ao andar de cima acompanhados pela mãe dela.

Ele desceu a escada ainda ofegante, pois a criança já estava bem pesada, e viu um casaco de verão branco andando pelo corredor. A senhorita Te George estava indo embora. Tão estranha, tão dolorosa, tão opressiva aquela partida sem se despedir dele. Desceu rápido a escada larga e chamou baixo e urgente:

— Senhorita Te George! Senhorita Te George!

Duas vezes.

Ela se virou num instante, e eles ficaram um de frente para o outro no corredor de mármore de luz intensa. Posicionavam-se da mesma maneira, as mãos abertas na parede, de altura idêntica, os olhos no mesmo nível, os rostos pálidos e contraídos. Ele ainda estava um pouco ofegante. Não era a visão das seis placas brilhantes, mas *aquele* era o melhor momento de sua vida. Pois sentia claramente, fisicamente — uma hora estava ali e outra hora não estava mais — uma corrente entre eles, indo e vindo, sentia-a vibrar na altura do peito. Mas também havia um muro de aço. Ele a via através do muro, perdido, sentia apenas o contato da corrente.

Não sentiu mais nada. Calada, ela seguiu em frente; calado, ele a observou pegar sua bicicleta do lado de fora. Não a observou indo embora, fechou a porta tranquilo e rápido.

Outras pessoas conversavam no andar de cima, mas ele não conseguia escutar. Teve um vislumbre da senhorita Van den Born pela porta entreaberta: ela soltava duas colunas de fumaça de cigarro pelas narinas, que eram exaladas como se fosse a respiração de um cavalo em dia úmido de inverno. Ele nem aguentava ver. Graanoogst compreenderia seu cansaço e daria uma desculpa aos outros; ele foi calmo para o quarto.

Despiu-se e não conseguiu dormir. Levantou-se de novo, acendeu a luz, escutou pela porta, tudo estava um silêncio mortal. Andou pelo quarto de pijamas. A janela estava aberta no quebra luz. Acima e abaixo havia apenas a escuridão, a luz da lâmpada batia no muro cego do lado oposto. Sentia-se tão horrível que quase ficou indisposto pelo aborrecimento.

Devia ter voltado para cama, afinal, pois acordou lá na manhã seguinte. Nem tinha dormido além da conta, o mesmo cansaço o pressionava enquanto a incerteza o rondasse.

E então ele percebeu, de repente estava tudo claro, não estava mais cansado. Havia sangue no travesseiro onde repousava a cabeça, um vestígio, um filete, uma pequena serpente tinha saído de sua boca. Sim, ele sabia com toda certeza: de sua boca. Lembrou--se de tudo de uma vez só. Sentiu um aperto naquela noite, foi se sentar na cama, um leve sufoco, uma leve tosse, algo insípido na língua. Mas antes que pudesse entender qualquer coisa, caiu no sono, um sono tão pesado quanto um bloco de concreto, que o derrubou na cama.

Não tinha se esquecido de dizer à senhoria sobre o pequeno incidente daquela noite, do nariz sangrento. Desceu na hora certa para ver que Graanoogst já tinha limpado tudo, mas as flores ainda estavam lá e permaneceriam ali durante mais uns bons dias, se fossem aguadas. O telefone tocou e, instintivamente, ele o tirou do gancho; uma voz estranha falou algo sobre a senhorita Te George. Ela não estava se sentindo bem e não iria ao escritório naquele dia. Havia anos que aquilo não acontecia. A senhorita Van den Born disse de maneira significativa:

— Ela realmente estava um pouco bêbada, agora está com dor de cabeça.

Vindo de uma moça como ela, ninguém acreditou naquilo.

Na hora do café, Katadreuffe foi ver o doutor De Merree, o mesmo que um dia o ajudou a vir ao mundo. Ele tinha um consultório em Oostzeedijk, direcionado principalmente às classes menos favorecidas. Sua sala de espera sempre ficava cheia, mas ele aceitava trocar uma palavrinha na hora do café, quando tudo estava tranquilo. Contudo, pedia que a consulta fosse marcada por telefone e com antecedência. Katadreuffe ligou para ele do escritório de Stroomkoning, assim os funcionários não precisavam escutar.

Ele também era médico da senhorita Katadreuffe; assim que sua renda permitiu que parasse de ver o médico itinerante, ela procurou o doutor De Merree.

Conhecia bem seu nome, que tinha ouvido falar na maternidade. Gostava dele, considerava-o o único médico realmente instruído de toda cidade, apesar de que naquela época ela não seguia suas orientações. Afinal, isso era apenas da sua própria conta.

 Katadreuffe sentou-se à frente dele com o torso nu. O velho médico bateu e escutou, tinha que inspirar e expirar. Katadreuffe olhou para as mãos, queimadas por causa do verão, iguais a seu rosto. Sempre se queimava com facilidade e ficava mais bronzeado. No entanto, seu corpo era bem branco; naquele ano não tinha tido tempo livre para tirar a tarde de folga e ir à praia natural de Waalhaven ou à praia do mar de Hoek. Jan Maan tinha ido sozinho e no primeiro dia retornou ardendo de vermelho, já que a pele não tinha ficado muito bem bronzeada. Com uma dolorosa risada, Katadreuffe pensou em uma declaração da senhorita Te George, feita no escritório, direcionada a todos: ela também não suportava a exposição prolongada ao sol forte, seu matiz não era favorecido; nesse quesito, o senhor Katadreuffe era alguém que dava inveja.

 — Antínoo, não Apolo — disse o médico, falando consigo mesmo, ouvindo a si mesmo.

 Falou com o cinismo gracioso, manso, de muitos médicos idosos.

 Katadreuffe entendeu e corou. O médico colocou uma atadura no braço, enrolou apertada e olhou para o ponteiro.

 — Acho que você está fraco e nervoso, rapaz — ele disse. — Sua pressão sanguínea está baixa, muito baixa, mas não encontro mais nada. Deve ter uma leve hemorragia estomacal, então é melhor tirar uma chapa. Se nos apressarmos, ainda podemos encontrar o técnico radiologista. Meu carro está lá fora.

Katadreuffe ficou o tempo todo em silêncio. Apesar de ser do tipo bronzeado, era impressionante o quão pouco pelo tinha no corpo. O peito era completamente branco e liso, um peito de alabastro, terno e viril, com pequenos pontos recatados nos mamilos, os pelos das axilas bem ralos e limpos. Com orgulho instável, ficou com o pescoço dobrado, enquanto o doutor De Merree examinava suas costas.

No dia seguinte, chegou pelo correio uma carta para Stroomkoning. Logo em cima do endereço estava escrito "Confidencial".

E Katadreuffe de pronto entendeu que ela não voltaria, que aquela era sua despedida, sua demissão. Um envelope grande, lilás claro, tinta roxa. Fino, mas grande e de letra feminina bem firme, a letra de um caráter íntegro, distinto. Ele já a conhecia muito bem, mas pela primeira vez percebia suas qualidades e ponderou brevemente com a carta em mãos, sozinho no escritório naquela hora da manhã. Pensou não no nome, mas no endereço atrás: rua Boogjes.

Uma vez ela havia dito:

— Vou de bicicleta da rua Boogjes até a rua Boompjes e vice-versa, quatro vezes ao dia.

Sim, rua Boogjes, perto da rua Groene Zoom. Nunca tinha estado ali, era bem ao extremo sul. Era óbvio que agora ele nunca mais iria lá. Colocou a carta junto com outras correspondências privadas; Stroomkoning voltaria em alguns dias. Então abriu as cartas gerais.

Dois dias depois fez uma nova visita ao doutor De Merree. Estava convencido de que tudo daria certo, a primeira consulta já tinha lhe tirado um peso, mas não estava muito satisfeito.

A chapa não mostrou nada, a não ser que os pulmões não estavam muito fortes. Alguns pontos de tuberculose tinham secado no primeiro estágio e fechado. Isso não significava muito, mas apontava bastante resistência do tecido pulmonar, muitas pessoas tinham aquilo. Porém, teria que se cuidar, não trabalhar demais e descansar. E aquele filete de sangue, sem sombra de dúvida, vinha do estômago.

Stroomkoning retornou e apertou a mão de Katadreuffe. No entanto, estava cheio dos outros, chocado, irritado. A primeira coisa que fez foi abrir a carta da senhorita Te George, instintivamente.

— Pelo amor de Deus, como é que pode? — inquiriu.

Deu a carta para Katadreuffe, mas este não a olhou.

— Já sei o que ela disse.

— Já sabe? Mas nem viu a carta ainda.

— Se a senhorita Te George primeiro liga dizendo que está doente e no dia seguinte envia uma carta confidencial, então não é tão difícil imaginar o que ela escreveu.

Falou de maneira calma. Stroomkoning ficou muito preocupado com a estranheza da resposta; deu outra vez a carta a ele.

— Leia.

Sua voz soava como uma ordem. Katadreuffe leu, Stroomkoning andou apressado de um lado para o outro. Ela tinha escrito:

Caro senhor Stroomkoning,

Desculpe-me, sinto mais coisas do que posso expressar. Porém, após tantos anos, inesperadamente, tenho que pedir demissão; por alguns motivos

difíceis de explicar, sou obrigada a fazê-lo. Em relação a meu salário, nem preciso dizer que estou preparada para aceitar todas as consequências desta decisão. Agradeço-lhe pela consideração que recebi.
    Com saudações cordiais, e para a senhora Stroomkoning também.

Lorna Te George

Katadreuffe leu a carta primeiro de maneira corrida. Era a letra de uma mulher confiante, mas o estilo não era nada feminino. Era o estilo de negócios, com a exatidão de um advogado; após tantos anos naquela função, ficou contaminada com o estilo do escritório.

Assinou o nome completo. Lorna Te George. Então Katadreuffe releu aquela frase me voz alta:

— "Em relação a meu salário, nem preciso dizer que estou preparada para aceitar todas as consequências desta decisão". Ela quis dizer sobre o último pagamento do mês...?

Stroomkoning continuou parado e o interrompeu.

— Quis dizer exatamente isso. Renunciou ao salário. Desgraça, daria um quarto a mais, meio ano extra a mais! Nunca vou encontrar outra pessoa assim. Mas não entendo, pelo amor de Deus, não entendo.

Felizmente, ele não perguntou se o outro entendia. Continuou a falar enquanto andava de um lado para o outro na sala.

— O senhor deveria ficar no lugar dela, Katadreuffe, mas eu não quero. Então vou arranjar outro chefe de escritório que me roube. Daqui a uns anos, quando terminar seus estudos, o senhor também me abandonará. Não, isso é colocar a carroça na frente dos bois... Mas não vou deixar que isso aconteça. Veremos, isso eu não posso fazer. Apenas uma carta, e me deu saudações cordiais... após dez anos ou seria doze? Bem, talvez sejam oito. Não importa, vou trazê-la de volta. O senhor verá, Katadreuffe, amanhã ela estará aqui no escritório de novo.

O bigode de felino enrijeceu de ponta a ponta, os olhos de berilo brilharam, a aparada juba grisalha de leão foi para todos os lados. Teve uma inspiração; pediu que ligassem para sua casa e enquanto Katadreuffe se retirava, a esposa surgiu no telefone.

O CAMINHO POR LEIDEN

Ele não era de perder tempo, então naquela manhã mesmo foi com a esposa à casa da senhorita Te George. Sabia qual era a rua e o número, mas não sabia exatamente onde a rua ficava. Passando o viaduto, na estrada, a senhora Stroomkoning parou o carro e ambos olharam o mapa. Ali começava um quarteirão novo e extenso.

— Acho que temos que ir por aqui — ela apontou no mapa. — Vamos ver qual é a melhor maneira de chegarmos lá. Groene Zoom, Wilgeweerd, Enk, Leede, Krielerf, que nomes bonitos![28] Boogjes fica aqui.

Ela começou a dirigiu mais devagar. Tudo ficou mais silencioso, mais ensolarado, mais interior, os fossos ficaram mais largos, e ainda assim estavam na cidade.

— Diferente — ela falou —, não sabia que isso existia.

Lenta e cuidadosamente, passaram debaixo de folhagens de uma árvore pequena, mas cheia de folhas. A casa na rua Boogjes era próxima à rua Groene Zoom, numa esquina. Era uma casa de campo, a parte de cima era de madeira e pintada com um tom bonito de marrom, o telhado tinha extremidades sobressalentes. Dava a impressão que ambos sentiam: era o lugar ideal para essa moça morar e ponto final.

---

[28] Os nomes de todas essas ruas, que são verdadeiras e existem até hoje, soam muito estranhos ao ouvido holandês. Portanto, a personagem falou de forma irônica.

Ela mesma abriu a porta e, ao ver sua recepção tranquila, ele percebeu a irrevogabilidade de sua decisão. A compreensão o deixou petulante. Quando foram à sala, não conseguiu ficar sentado na cadeira, então resolveu andar pelo cômodo, como se fosse seu próprio escritório, com as mãos nos bolsos ou gesticulando.

— Não entendo. Não quero trazer nenhum segredo à tona, deixo claro. Mas sair tão de repente, após tantos anos... Não pode ir embora de maneira gradual?

A senhorita Te George estava sentada entre duas janelas, de costas para a luz.

— Provavelmente. Estou noiva...

Ela sorriu, mas não se deixou ser flagrada.

— Noiva, noiva? *Esse* é o motivo? Pode continuar no escritório enquanto estiver noiva. Por mim, pode ter um anel em cada dedo...

Sentiu que sua irritação o estava tornando grosseiro; deu uma risada um pouco envergonhada e se corrigiu:

— Bem, sim, desculpe. Claro que quis dizer que não posso perdê-la de jeito algum... Assim fica difícil de pleitear algo. Quem, pelo amor de Deus, quem pode substituí-la? Sei como dever ser difícil aceitar minhas coisas, como todo aquele ritmo dos meus ditados: primeiro rápido como um trem expresso, depois lento como um carrinho de mão. *Quem* pode fazer igual à senhorita...? Que conhece todos os meus assuntos? Quem pode saber mais que a senhorita, que sabia mais que eu mesmo?

A senhorita Te George se calou. A senhora Stroomkoning estava sentada no sofá, era uma diminuta beleza loira, uma duende. Mas a duende praticava esportes, fazia natação, jogava tênis, duelava esgrima, dirigia carro; debaixo da pele macia possuía músculos de aço, e também era mulher. Sempre sentiu um vago ciúme da relação do marido com a secretária, a moça sabia muito mais de seus assuntos do que ela mesma, pois mantinha ininterrupto contato com ele, mais do que ela mesma, aliás. Demonstrava um fenômeno dessa época: tinha o típico ciúme das esposas de homens de negócios. Na verdade, estava contente que aquela moça não voltaria mais. Porém, só isso não a satisfazia, deveria ter sua pequena vingança, fria, acalentada por anos; a oportunidade era muito boa. Perguntou inocentemente:

— Não há outra coisa, senhorita Te George? Não tem algo a ver com o escritório?

Perguntou sem preparação, piedade, pois era uma mulher. As duas mulheres, em uma fração de segundo, perscrutaram-se e se odiaram. O marido não falou nada.

— Não, senhora Stroomkoning — disse Lorna, tranquila —, o escritório não tem absolutamente nada a ver com isso.

Ela corou um pouco e, apesar da sombra que a cortina produzia, a senhora Stroomkoning pôde ver o ocorrido. Com a intuição de mulher, a senhora adivinhou e ficou satisfeita. Levantou-se, e Stroomkoning a acompanhou. Enquanto iam embora dali, dirigindo lentamente pelo encantador bairro, ela disse:

— Posso falar uma coisa? A senhorita Te George simplesmente está apaixonada pelo chefe do escritório, por isso se demitiu. Este é o único motivo, não existe outro.

Enquanto falava, ela o olhava pelos cantos dos olhos de modo bem afiado. Ele não perguntou como ela teve essa ideia, rejeitou-a de imediato.

— Impossível, absolutamente impossível! Ela tem alguma coisa, vejo um bebê. Mas ela e Katadreuffe...? Inimaginável.

Por que ele se agitava tanto? Ela olhou de relance para seu perfil. Estava pensando. E então:

— No entanto, Iris, o que você falou talvez não esteja tão errado. Agora me ocorreu uma coisa. Uma noite ela esteve com Katadreuffe — você sabia que ele mora com meu porteiro? — e depois foi ao quarto dele. Tomaram chá juntos, bem normal, amigavelmente, nada de especial, mas mesmo assim dá o que pensar... Não lembro quem me contou, Graanoogst, Rentenstein quem sabe... Foi há algum tempo. Mas me lembro do fato, é certeza.

Falou abertamente, e ela riu. Nunca tinha existido um vislumbre de uma relação entre marido e esposa. Ela disse:

— Viu? As mulheres têm sempre razão quanto a essas coisas. As mulheres *sentem* algo assim, os homens não. *That's all the difference.*[29] Suspeitava há muito tempo, o rapaz é bem bonito de rosto.

— Sim — ele falou —, eu sou um idiota. Pois essa manhã, hoje de manhã mesmo, eu poderia ter percebido... A carta de demissão, imagine só... aquele rapaz sabia o que estava na carta antes mesmo que eu a entregasse a ele...

— Pronto, aí está o resultado da soma. Agora você vai ter a condescendência de dizer que talvez eu não estivesse tão errada?

Ela voltou ao seu bom humor, e ele riu.

---

29 Em inglês, no original, "isso faz toda diferença".

— Tudo bem, as mulheres têm que ter sempre razão. E, por favor, preste mais atenção, esse poste não vai a lugar algum. Do jeito que você está dirigindo, até eu podia fazer melhor.

Katadreuffe substituiu tão bem a senhorita Te George que Stroomkoning temporariamente a esqueceu. Foi uma época fraca, no meio do verão, em que não houve reuniões e quase nenhum caso de importância. E Stroomkoning foi generoso o bastante para não jogar na cara de Katadreuffe que a culpa da partida dela tinha sido sua e foi delicado o bastante para não se certificar disso através de interrogatório. Se fosse isso mesmo, seria perturbador, mas, indiretamente, esse era seu caso. Contudo, Katadreuffe percebeu que Stroomkoning não conseguia escolher um sucessor, apesar de que isso tinha que ser feito. Por fim, disse:

— Se o senhor não tiver nenhuma objeção, eu mesmo posso procurá-lo. Sei mais ou menos de que tipo de pessoa o senhor precisa.

— Ia mesmo pedir que fizesse isso — respondeu o chefe. — Apenas não contrate alguém em definitivo. Faça um teste de, digamos, dois meses. Embora não queira nenhuma beleza, depois de Lorna também não quero suportar nenhuma feiura. Talvez seja uma besteira, mas até nos negócios uma mulher sempre será uma mulher, pelo menos para o homem.

Ele riu; falava de Lorna de maneira familiar, algo que nunca tinha feito antes com Katadreuffe. Quase criou um laço. Então ele voltou a ficar sério e olhou analiticamente para o chefe principal.

— Não tenha pressa. Estamos em uma época morta. Amanhã vou embora, ficarei um mês de férias. Mas o senhor também irá embora, pelo menos por um mês. O senhor aparenta estar horrível após o exame estadual, insisto que tire um mês de folga. Quando retornar, aí procure alguém para mim. Mas deixe o escritório andar sozinho, em paz, que tudo vai dar certo. O senhor precisa do ar do mar, da charneca, ou das montanhas; em todo caso, deve ir embora.

 No dia seguinte ele foi embora e Katadreuffe, pela primeira vez, tirou férias, saindo um dia depois. Agora sentia que o descanso era absolutamente indispensável. E logo ficaria livre de suportar o infindável incômodo das conjecturas a respeito da súbita partida da senhorita Te George, pois o resto dos funcionários do escritório não conseguia deixar de falar do assunto, e ele também tinha que entrar na conversa, a fim de não levantar suspeita. Não tirou um mês de férias, apenas catorze dias. Não foi para as montanhas, charneca, ou mar, mas permaneceu na vizinhança. Foi ver a mãe.

 Ela o recebeu com sua maneira silenciosa e rígida, mas o gabinete sempre estava pronto para ele. Sentiu que havia algo de diferente com ele, parecia tão caído que ela não conseguia saber ao certo o que era, certamente excesso de esforço, mas não somente isso, não somente isso, imaginava que tinha algo a ver com uma moça. Porém, se ele não falasse a respeito, ela também não perguntaria, não era de sua natureza. Preocupava-se inconspicuamente com ele, que não se daria menos bem com ela do que com as pessoas que o deixava tão contente.

 Ela o deixou que dormisse bastante. Na primeira semana, ele dormiu por quase doze horas seguidas. Uma ou outra vez ela foi mais cedo ao gabinete e ficou olhando o filho dorminhoco. Havia em seus olhos, outrora tão ardentes, uma ternura que nunca tinha deixado que ele notasse, da qual ela não tinha consciência. Seu filho era puro, lúcido, arrumado, novo, o ar onde ele dormia continuava puro, estava puro ali.

Quando acordou, não se levantou de imediato, continuou deitado, meditando, com os pensamentos voltados para Lorna. Às vezes, acordava logo de manhãzinha e pensava nela. Ela devia estar dormindo àquela hora, e ele claramente podia vê-la dormindo, como se fosse vidente. Imaginar essas coisas não fazia bem algum para ele, mas tudo surgia mesmo assim, não conseguia se livrar da tentação da imagem. Ia ao quarto dela. Ela dormia do outro lado, distante dele. Olhou-a bem de perto, e nitidamente, docemente, viu seu perfil. Sua imaginação continuava inocente, a imaginação de uma criança. Ela parecia fazer um movimento, como se quisesse se virar, e a visão desaparecia. Logo depois, ele mesmo caía no sono.

Durante o dia não se sentava mais no gabinete, ficava sentado com "ela". Inicialmente, ele hesitou, até que apanhou um volume de sua nova enciclopédia, a letra U, que era o que lia agora. Mas os pensamentos voltavam a divagar, com frequência, tanto que ela notava.

Jan Maan saía bem cedo de manhã, de bicicleta, rumo à fábrica. Levava um pão consigo, que comia lá, e ao retornar no meio da tarde, batia no ombro de Katadreuffe e dizia:

— E aí, burguês.

— Oi, camarada Maan — Katadreuffe respondia atormentado.

Após uma semana, ele se sentia mais forte. *Tenho que parar com essa sentimentalidade*, ele pensou, *esse sonho tem que acabar, queria ser filho dos meus pais, certamente da minha mãe, que nunca adorou ser mãe*. Isso tinha que cessar, a preocupação era completamente infecunda. *Na verdade, tudo mudou para melhor, realmente não sou homem para me casar.*

Não parou de imediato, mas diminuiu gradualmente. E precisava apenas pensar no pai que sua energia voltava de novo. Agora, pela primeira vez, tinha triunfado sobre o pai, e queria continuar sendo superior. O velho ficaria espantado com a rapidez com que receberia o dinheiro de volta, além dos juros da usura. E se o pai fizesse uso do direito de garantia, bem, mesmo assim o filho conseguiria tudo. Talvez um pouco mais tarde, mas conseguiria.

Suas conversas com Jan Maan o distraíam. Mais do que nunca, ele estava afastado do comunismo e Jan Maan estava cada vez mais mergulhado no tema, até o pescoço. Após as refeições, eles discutiam na sala de estar, já que Jan Maan preferia sentar-se com "ela". Alardeava que o Partido Comunista da Holanda ia extraordinariamente bem. Iria vê-los nas próximas eleições. Tinham certeza de que ocupariam um assento no Congresso. Prevalecia uma grande queda na vida econômica, dia após dia mais pessoas iam até eles. Os socialistas, visivelmente, estavam perdendo para o P.C.H.

— Exatamente — disse Katadreuffe —, é isso. Vocês não são um partido de verdade, são simplesmente um barômetro das conjecturas. Sobe e desce, sobe e desce, põe chuva e vento nos negócios, tudo é muito bom para vocês, ou o contrário, sempre é assim.

Jan Maan estourou de raiva, gritando:

— E isso vindo de um rapaz que não merece ver uma imagem na Praça Vermelha... E ainda tenho que ficar ouvindo um burguês desarticulado fazer ofensas a Lênin Uliánov! Sabe como vou chamá-lo a partir de agora? Burguês é muito bonito. Vou chamá-lo de capitalista.

— Acalme-se, Jan — admoestou a mãe.

— Não, mãe, esse senhor tem que escutar umas coisas agora. Ele diz que sobe e desce, sobe e desce.

Mas não vai descer. E se descer, mas isso não vai acontecer, mas se descer, então vocês, capitalistas, terão respeito por nós. Torceremos seus narizes para que se lembrem. E se eu ficar embaixo deles, ficar fedido, Jacob, você vai poder me cheirar, e ficarei fedido na frente de todos os capitalistas.

Em sua raiva, virou um imenso grosseiro. Katadreuffe o olhou, o coração doendo pelo amigo, não devido às palavras, que eram ditas sem causar consequências, mas sim por sua aparência. Pois Jan Maan, incontestavelmente, estava envelhecendo, e estava só no meio do caminho, entre os trinta e quarenta. Mas, sendo trabalhador em uma fábrica, começou a demonstrar rugas profundas; a dureza não estava em sua alma, apesar das palavras, mas em seus traços. Esse aspecto era notado em milhares de trabalhadores em fábricas, que Katadreuffe conhecia bem, e que podiam ficar velhos, claro, mas que não ficavam mais jovens.

Katadreuffe olhou para ele. Tinha desistido de fazer com que Jan Maan se interessasse por outra coisa além de moças e o Partido, que se desenvolvesse. Ultimamente, era óbvio que Jan Maan colocava o Partido à frente de tudo. Katadreuffe duvidava que essa era uma grande melhora. Ele trazia pessoas estranhas no cômodo, e uma vez, por pura curiosidade, Katadreuffe permaneceu no recinto, mas depois nunca mais ficou por ali; aqueles senhores irritavam seu nariz. Felizmente, Jan Maan não os levava para ver "ela".

— Seus camaradas não vão vir hoje à noite, Jan? — perguntou.

Não desistiu por completo de provocá-lo, mas não obteve resposta.

— Acompanhe-me, então.

Saíram pela vizinhança a fim de beber um copo de cerveja. Katadreuffe sempre pagava o consumo. Não valia a pena discutir com ele, como Jan Maan, que já tinha pegado a carteira uma vez, sabia. Não tinha se saído bem, tomaria cuidado no futuro. Mas entendia o motivo; à sua maneira, Katadreuffe queria demonstrar gratidão por Jan Maan sempre ter sido bom com "ela". E tinha que suportar que seu amigo lhe pagasse todas as contas, inclusive as assinaturas de cursos à distância, cada centavo, e escutava xingamentos quando hesitava com comprar.

Após alguns copos, Jan Maan não ficava mais amuado. Tornava-se confiante, voltava a ter brigas violentas com os pais, acreditava que sua vida tinha sofrido uma grande rachadura. Não ia ficar quebrando a cabeça pensando nisso. Mas era a mesma chatice de sempre, de que tinha que voltar para casa, ao passo que queria continuar a ser livre. Ele ajudava em casa, portanto os pais não estavam em posição de mandar em algo, e, se ele quisesse permanecer morando com "ela", então ficaria com "ela".

— Um dia você vai ter que ir embora, Jan — disse Katadreuffe —, e talvez mais cedo do que imaginamos. Falei há pouco com o médico dela. Acha que ela vai piorar, depois vai ficar estável, e com o passar do tempo vai piorar cada vez mais. Graças a Deus que ela sabe disso.

— Ela nunca falou disso — disse Jan Maan.

— Não, ela é assim mesmo.

Jan Maan pensou um pouco.

— Pode ser que eu a deixe um dia. Mas de uma coisa tenho certeza. Não vai ser para me casar, não sou o tipo de pessoa feita para o casamento. Nenhum de nós dois terá uma esposa, nunca, Jacob.

E, em seu íntimo, Katadreuffe se surpreendeu que seu amigo o tinha descortinado tão profundamente. Falou:

— Acho que você tem razão. E quando "ela" não estiver mais entre nós, ficaremos juntos. Juntos, entendeu? Insistirei nisso.

Enquanto ainda estava com a mãe, uma certa noite, o capitão do flutuador, Harm Knol Hein, apareceu. Os homens tinham ido assistir a um filme russo no Caledonia, e ela estava sozinha.

— Agora posso dizer que sou um homem livre, senhorita — ele falou por detrás da xícara de chá.

Ela entendeu que ele tinha vindo contar alguma história, e talvez mais do que isso. Continuou escutando sentada, tranquila; sua falta de vergonha infantil às vezes conseguia suavizá-la. Ele prosseguiu:

— Contarei o que aconteceu. Aquela mulher gorda, lembra-se? Secretamente eu a coloquei em contato com um amigo meu, como tinha lhe dito anteriormente. Eu achava uma boa ideia, ou não? Conversa vai, conversa vem... bem, no fim das contas, imagine só... sim, é um grande escândalo quando se pensa que aquela mulher está mais perto dos cinquenta que dos quarenta... Mas, ontem, após anos, ela partiu para água pela primeira vez. E o amigo realmente era um grande colega, nada melhor que isso! No bar, em meio às bebidas, ele diz de repente: "Knol!". Meu nome é Harm e o sobrenome é Hein, mas ele me chama de Knol. "Knol, aquela criança é cristã, temos que batizá-la, vamos batizá-la como construtores de navios." Bem, ele queria comprar uma garrafa de refrigerante e quebrá-la na bunda do menino... ou não, espere, acho que é uma menina...

Calou-se e mastigou a ameixa.

— Mais uma xícara de chá, senhor Hein?

— Obrigado, senhorita, não recusarei... Mas entenda que esse amigo meu é, por assim dizer, um companheiro de navegação, e era apenas uma ideia dele, está meio indisposto... Devo dizer que não acho isso algo bom de se falar, então tentei me livrar disso o quanto pude...

Ele a olhou com seus olhos pequenos e amigáveis, que realmente estavam interessados no desfecho da história, pois até ali tinha sido apenas uma introdução desajeitada.

— Olhe bem, senhorita — ele disse. — Aquela mulher sempre fez de tudo para ficar à minha espreita, mas não teve uma oportunidade. Eu também sei pensar.

Ele pegou uma carteira no bolso interno, junto com uma caderneta e vários papéis soltos, pequenos e grandes, desfocados, com dobras. *Não é esse, não é aquele... Espere um pouco... É esse aqui... Não, esse não... É esse, olhe só, é esse aqui.*

Ele desdobrou um pedaço papel amarelado, sujo, engordurado nas pontas, mas completamente intacto. Entregou-lhe e ela leu sua própria letra, vinte anos mais nova, escrita na juventude. Era uma carta na qual, em poucas palavras, recusava sua proposta. Estava assinada: "Srta. J. Katadreuffe".

Ele a olhou tenso. Não era uma mulher inexperiente, mas ela o entendia. Entendia que, ao mostrar-lhe a carta que tinha escrito antigamente, repetia a proposta. Era bem simples, direto, e ingênuo, ficou profundamente emocionada. Mas não podia ser verdade. Se já era um corpo velho naquela época, imagine agora? O que ele via nela?

— Continuo achando a mesma coisa, senhor Hein — ela respondeu, devolvendo a carta.

Ela sorriu, ele viu o sorriso notável nas feições doentes. Sob os cabelos grisalhos, viu especialmente o sorriso dos olhos, que brilhavam devido a um leve toque de algo úmido, mas que foi logo controlado. Foram aqueles olhos que o cativaram naquele tempo. Sempre foram bonitos e fervorosos, maravilhosamente fortes para uma velha. Aqueles olhos ainda exerciam grande atração sobre ele.

Cuidadosamente, prolixamente, ele dobrou a carta bem nas dobras antigas e a guardou na carteira. Suspirou.

— Tudo bem, é assim então.

Pelo menos era um consolo que ele não tinha prometido a si mesmo que aquela conversa daria em alguma coisa, e que se livraria de outra, e que ela não estava ligada a ninguém. Ele não queria ficar ali e ela não queria forçá-lo, estava contente de poder ficar sozinha enquanto os rapazes tinham saído de casa.

Após quatorze dias fora, Katadreuffe estava recuperado e tinha mudado um pouco, já que durante esse tempo tomou uma decisão: procuraria outros quartos. Continuar morando no escritório onde a senhorita Te George trabalhou fazia com que tivesse pensamentos solitários à noite e, com frequência, atrapalhava sua concentração nos estudos. Uma semana de sonhos, vivida nas lembranças, já era excessivo, não fazia sua linha. Disse a Graanoogst que seria melhor para seus estudos se fosse embora e, bem à vista das coisas, não estava falando uma mentira. Mas sentia muito que não ficaria mais com aquelas pessoas, especialmente que não passaria mais meia hora com Pop depois do jantar.

Ele encontrou uma nova estenografista para Stroomkoning. As exigências que requeria eram altas, mas ele podia prometer que o salário também era alto. Obteve um número razoável de candidatas e optou por uma moça para fazer um teste de dois meses. Ela já estava lá quando Stroomkoning voltou das férias. Era a senhorita Van Alm, que não era feia e tinha dentes maravilhosos. E ele tinha que sorrir quando as entrevistava, como se fosse um zoólogo, e olhava primeiro para os dentes. Ela usava óculos que lhe caíam bem, davam um ar mais suave ao seu rosto. Não era uma senhorita Te George, mas Stroomkoning mostrou-se satisfeito com ela e ela pôde ficar.

O mal-estar passava desenfreado e o escritório começou a sentir fortemente os efeitos, mas a chefia, que tinha dificuldades em demitir pessoas ou diminuir salários, não via necessidade em fazer nada a respeito. A solução veio por si mesma. Kees Adam juntou-se aos negócios do pai, e vagou dois assentos para aventureiros. O Burgeik mais novo também foi chamado a voltar para casa; tinha continuado muito mais tempo que do suspeitavam que ficaria, mas agora ia embora tanto incompreendido quanto com incompreensão. A única demissão mesmo foi de Ben, mas o moço não era bom para nada, a não ser pela cortesia, e com o passar do tempo até virou um peso. Um contínuo da mesma idade de Pietje Greive entrou em seu lugar, mas mais forte, Katadreuffe percebeu bem.

No fim do ano, os funcionários do escritório eram Katadreuffe, senhorita Alm, senhorita Sibculo, senhorita Van den Born, e o novo contínuo. Agora era a senhorita Sibculo que atendia o telefone. Tinha uma voz suave, mas cortês, e Stroomkoning achava que não era tão ruim dar uma variada. Soava boa, com som de uma mulher cortês, as moças da companhia telefônica falavam da mesma maneira. Mas os aparelhos tocavam muito menos, e a senhorita Sibculo podia tomar mais notas dos advogados. Nesse caso, a senhorita Van den Born sentava-se à mesa da colega. Era seu antigo lugar e ela sempre falava bem rouca pelo gancho.

Naquele ano, soprou um vento de destruição, ao menos um de limpeza. Pois a redução não se limitou aos funcionários. De Gankelaar foi embora no inverno, partiu para Índias Holandesas, para as Ilhas Molucas, como administrador jurídico de uma firma de cultura de especiarias. Ultimamente tinha havido um dissabor entre ele e Stroomkoning; ele nunca encontrava o escritório completamente dentro de seus padrões, Stroomkoning não era escrupuloso o bastante. Ficava reciprocamente irritado com a opinião desse trabalhador esquivo o dândi Stroomkoning, que agia com arrogância.

Na primavera, Gideon Piaat morreu de repente. Nenhum dos dois foi substituído. Não era necessário, Stroomkoning achava que dois colegas, Carlion e senhorita Kalvelage, eram o suficiente, e manteve uma vaga aberta para Katadreuffe.

De todos no escritório, Katadreuffe foi quem ficou mais sentido pela partida de De Gankelaar. De Gankelaar não era zeloso, mas tinha sido seu protetor, uma pessoa afável e brilhante, tinha muitíssimo o que lhe agradecer. De Gankelaar também sentiu muito, pois tinha se apegado a Katadreuffe, achava que um grande futuro o aguardava, gostaria de ter participado de sua ascensão. Apesar de tudo, a tristeza íntima de Katadreuffe era mais profunda ainda. Estava se despedindo de um benfeitor, De Gankelaar estava em primeiro lugar entre os funcionários. Pois ele era um aristocrata, um rapaz do povo nunca atingiria sua posição, nunca poderia sentir uma amizade no mesmo pé de igualdade, sempre seria um rapaz do povo. Também não tinha visto em Katadreuffe o mesmo intelecto que gostava. Pois quando falava com ele, era *ele* quem tinha a palavra, o outro era apenas um *dé-*

bouché.[30] O rapaz, não outra pessoa, absorveu tudo maravilhosamente bem, feito uma esponja, mas não saía nenhuma faísca dele. Talvez depois.

Ele se despediu do verdadeiro intelecto do escritório e, na última reunião com a senhorita Kalvelage, ficaram conversando mais de uma hora no gabinete dela. Ele se sentou do lado oposto a ela, na completa iluminação, o sol de inverno reluzia no Maas, ela de costas para luz. Ela olhou com verdadeira simpatia para o rapaz importante, cujo nariz era sempre sardento (um pouco menos no inverno), com pulsos largos e brancos, o anel de sinete com escudo, o harmonioso corpo elástico devido a muitos esportes, os pequenos olhos fulvos nos quais ela sempre via uma leve melancolia.

— O cultivo de especiarias, noz moscada, cravo da índia — disse De Gankelaar —, parece que precisa dar uma renovada por lá. Para minha grande honra, a escolha recaiu sobre mim. Logo vamos colocar tudo no devido lugar — ele falou com negligente atrevimento.

A senhora Kalvelage riu sarcástica.

— Fale a verdade, o senhor realmente acha que é capaz de colocar tudo no devido lugar? Podia começar com... colocar a si mesmo no devido lugar?

Ele riu. Ela nunca conseguia deixá-lo bravo, tinham que brigar justo na última reunião.

— A senhora sempre é bastante mordaz. Quando vai começar a ser feminina de verdade, como eu gostaria de vê-la?

— Quando o senhor vai virar um homem de ações? Ah, sim, talvez lá, em pleno calor, o senhor crescerá e voltará como uma palmeira.

---

30 Em francês, no original, "desemboque".

— Então espero que minhas folhas se abram em toda sua glória em cima de sua cabeça, ou devo dizer em cima do seu vestido? *Les palmes de l'Académie, l'Académie néerlandaise,*[31] é claro.

— Horrível, soa extremamente banal. *Exijo* que retire o que disse. Não quero ter que lembrar do senhor como uma pessoa de elogios vazios.

Ele se levantou, ficou sério de repente.

— Senhorita Kalvelage, tente se lembrar apenas de mim, nada mais. Se causei alguma impressão, não me importa qual — falou com toda seriedade —, então fico satisfeito. E posso assegurar que não a esquecerei, nunca. E quando voltar, irei procurá-la, aqui ou onde quer que esteja.

Então se despediram dando um sorriso. Mas agora não era apenas De Gankelaar que se sentia melancólico.

E foi na primavera que o escritório perdeu um segundo colega de trabalho, devido à morte.

O coração fraco de Gideon Piaat não aguentou. Poderia ter vivido um pouco mais se tivesse se cuidado, mas não conseguiu fazer isso. A atmosfera do tribunal, nada agradável para maioria dos advogados, foi seu principal componente. O próprio Stroomkoning não gostava disso, compartilhava da opinião da maioria de que a estampa estava nos casos civis, os casos criminais realmente eram um pouco inferiores. Piaat era feito de outro material. Gostava de visitar os clientes nas prisões preventivas sombrias, onde as grades de ferro tilintavam e os molhos de chaves sacudiam. Ele podia disputar intensamente com o promotor de justiça e os peritos. Usava a

---

[31] Em francês, no original, "As palmeiras da Academia, a Academia holandesa".

voz calma nas defesas, pois sua voz era excelente. O que mais o agradava eram os processos criminais rápidos e orais, achava muito domáveis as conclusões escritas dos processos civis. Os grandes casos criminais eram como um navio em alto mar — ele mesmo já tinha usado essa imagem. Rajadas passavam pelo tribunal, todos levantavam, os juízes, a defesa, o público na tribuna. De repente, alguém tinha surpresas maravilhosas, mas terríveis também. Era a sensação, mas uma sensação de vida real, não de uma propaganda enganosa. Os processos criminais viviam, respiravam, o civil era feito um cadáver.

E ele era muito cheio de gracinhas, tinha a pequena vaidade de sempre querer ser chamado de homem espirituoso; se não carregasse o tribunal consigo, sentia-se quase humilhado. Mas, em geral, as observações mordazes eram excelentemente bem elaboradas e de alto nível. A tribuna brincava, os juízes criminais, que escutavam a tantos casos monótonos, riam também. Ele tinha uma memória excelente: tinha usado essa piada ali, mas não aqui, e ainda não tinha aparecido nos jornais, todos iriam à loucura. E iam mesmo.

Ele era um defensor criminal tão bom que gradualmente montou o próprio escritório; os casos criminais não significavam muita coisa para Stroomkoning, mas acabaram tendo um peso grande. E para não perder Piaat, Stroomkoning fechou contrato de vários anos com ele, sob condições boas, assim como tinha feito com Carlion. Então estava ligado a ele, e Piaat não lidava com nada, a não ser os casos criminais.

Portanto, ele era uma figura à parte no escritório, quase não tinha contato com Katadreuffe. Sempre tinha poucas cartas para bater à máquina, a senhorita Sibculo fazia anotações e resumos. Ele demonstrava, inconspicuamente, bastante delicadeza. Quando o caso era relacionado a uma moça que dificilmente poderia ter se envolvido — porque era casada —, então ele mesmo pedia uma máquina de escrever.

Ele se esgotou devido à alta tensão do tribunal, tinha previsto o fato e não se poupou de nada; cada vez mais passava de palhaço a pierrô. Sua senhoria, uma manhã, o encontrou sentado na cadeira, morto. Havia resquícios de um copo de água no pé da mesa. Ele estava espalhado sobre a mesa, vestido, completamente enrijecido. Devia ter morrido no fim da noite anterior. E parecia — no mais impressionante alto grau — como se aquele cômodo da morte simbolizasse o último caso criminal.

Ele foi enterrado no bairro de Crooswijk. Havia muitas flores. Não tinha nenhuma família, a não ser um irmão que morava no Suriname[32] e que mandou um coroa de flores. Uma fileira enorme de pessoas cercou a cova. Stroomkoning falou de maneira simples e afetuosa, um membro do tribunal também falou algumas palavras, além de um promotor de justiça substituto e um decano.

Katadreuffe estudou com regularidade de um relógio durante aquele ano para prestar as provas como candidato. Estava inscrito em Leiden, mas não conseguia acompanhar os colegas. Toda vida acadêmica passou por ele, incluindo o sindicato dos estudantes. No entanto, não tinha perdido nada, seu único objetivo era obter sucesso. Visitou vários professores possuindo uma carta de Stroomkoning; claramente eles não ficaram contentes em ver um estudante que não estava sob sua atenção, mas era necessário fazer exceções. Falou bem sua parte e a carta de Stroomkoning fez o resto.

---

32 Então colônia holandesa. A independência do Suriname ocorreu em 25 de novembro de 1975.

Então podia dedicar seu tempo livre a estudar sem medo de que a ausência da vida acadêmica pudesse prejudicá-lo. Esperava pegar o diploma de mestre em direito em três anos; era um tempo bem curto mesmo para um estudante que não tinha outro trabalho a fazer, extraordinariamente curto, mas seu plano também era extraordinariamente firme. Ele tinha recuperado sua velha força de vontade, iria fazer o impossível. Uma ajuda importante — ele mesmo percebia — era a prática jurídica adquirida no escritório. Ao contrário dos outros estudantes, não pegava no material sem estar totalmente despreparado. Pois as mesmas coisas que o ajudaram na época dos estudos para o exame estadual também eram úteis agora. Construía um certo substrato de conhecimento geral, com falhas, desordenado, mas ainda assim era uma ajuda. E sua idade ajudou outra vez, já que era mais velho do que a grande maioria dos estudantes. Por causa dos anos, sua mente era mais amadurecida, compreendia tudo mais rápido. Os estudos para o exame estadual realmente tinham sido bem mais difíceis, dos quais muitos desistiam e, entre os que chegavam à barreira final, eram bem poucos os que a superavam.

Mas ele a superou e ia rápido, sem paradas vindas do mundo exterior. Conseguiria o diploma em pouco tempo, estava convencido de que nada o impediria disso.

Talvez houvesse um perigo na dívida que ainda não podia ser saldada, pois os estudos eram caros. Pagava os juros, era uma quantia regular, e o inimigo parecia latente, esse era o bastião da fortaleza de sua vida cansada de lutar. No entanto, continuou vigilante, mas às vezes, quando pensava no pai, os nervos ficavam tensos, em revolta, pois iria continuar sendo superior. Naquele ano de estudos, seu pai apareceu no escritório apenas uma vez. Stroomkoning teve que chamá-lo com urgência, e ele foi direto para sala de conferência. Katadreuffe não o viu ir nem vir, soube do fato somente depois. Não o encontrou nenhuma outra vez naquele ano.

Os livros de estudo, os ditados emprestados dos colegas, não eram o suficiente, teve que ter aulas particulares. Teve tutores em Roterdã para três matérias; para um deles, tinha que ir a Delft, e a viagem lhe custava uma hora e meia de sua noite, mas era limitada apenas a uma vez por semana.

Quase não saiu na rua durante aquele ano inteiro, somente em um domingo à tarde foi dar uma volta com "ela" e Jan Maan. Também era raro ela procurá-lo. Ele passou quatorze dias com ela e ela com ele, isso era mais que o suficiente, senão acabariam irritando um ao outro; a segunda semana na casa dela claramente já foi menos prazerosa; a primeira semana, ele sentiu que foi de paz e sono longo, e continuou a sentir como se fosse um bálsamo para os pensamentos.

No começo de julho ele passou nas provas. Ficaram sob controle, sabia do negócio, e foi tranquilo.

DREVERHAVEN

Durante a hora do café, Katadreuffe visitou o doutor De Merree. Sentia que não tinha nada de errado consigo, queria apenas conferir a pressão sanguínea. Parecia em ordem. Então trouxe à tona uma conversa sobre a mãe, achava que ela estava pior recentemente.

— É verdade — falou o médico —, ela tem tuberculose, sabe, Antínoo. Ela também sabe.

— Não há — perguntou Katadreuffe — perigo de contágio? Um amigo meu mora com ela. E eu mesmo vou lá de vez em quando, claro.

O médico balançou a cabeça.

— O perigo é praticamente descartado para adultos, contanto que ela tome algumas precauções e, se fizer tudo, vou saber.

O médico riu ironicamente.

— Aconselho apenas que não se beijem muito, mas acho que terão poucos problemas.

Ao ver o leve corado de Katadreuffe, ele deu o sorriso zombeteiro de um homem que já tinha analisado esses dois caracteres anos atrás.

— Ela ainda não é velha — falou o filho. — Pode ficar assim muito tempo?

— Não me atrevo a prever isso. Na verdade, já é uma maravilha que ela esteja dessa forma, deveria ter ficado de cama ao menos há algum tempo. Mas há algo na sua saúde que não entendo, digo sem rodeios. Quando o ajudei a vir ao mundo, foi um caso estranho, o ocorrido com ela. Tudo aconteceu de maneira diferente do que pensei. Ela tinha um corpo tão forte, em perfeita saúde, deveria estar preparado para receber um golpe — pois temos que usar nossas numerosas habilidades, sabia disso? — mas achamos: vai ser fácil. E mesmo assim ela nunca se recuperou totalmente daquela operação. Um caso que nunca esquecerei. Na sala de operações, via-se que estava totalmente afastada. Claro que parecia que havia algo a mais, senão o parto teria sido normal. Foi um curioso caso de contração, ela tinha um...

E com o cinismo bondoso, manso, de um homem que já tinha passado por tanta coisa que já estava com o coração amolecido, queria descrever ao filho o caso da mãe, mas Katadreuffe disse:

— Pelo amor de Deus, doutor, me poupe disso, não tenho curiosidade alguma a esse respeito.

O médico prosseguiu:

— Como quiser. O senhor que começou o assunto, Antínoo. Queria dizer apenas que mesmo isso não explica nada. Mas o que nós médicos sabemos, afinal, sobre a resistência e saúde das pessoas? Isso ainda é um livro fechado.

Apertou sua mão e o chamou pelo apelido pela terceira vez, que ele mesmo tinha criado. Ele gostava, orgulhava-se do nome.

O outono realmente não foi muito bom para a senhorita Katadreuffe. Ela estava cansada, tinha dores nas costas. À tarde ia se deitar na cama quando todos tinham ido embora, mas absolutamente ninguém podia saber disso. Às vezes acontecia de algum vizinho que morava no andar de cima bater na porta. Então ela se levantava sentindo-se mais leve que uma pluma, bem desperta, pronta e renovada, e quando abria a porta sempre pensavam que estava trabalhando.

Já havia alguns anos que seu rendimento era menor, os tempos eram piores. Ainda trabalhava para a mesma loja, mas tinham mudado a gerência e a nova senhora pagava de maneira ainda mais escassa. Uma vez a gerência não achou bom seu trabalho e o recusou. A própria senhora Katadreuffe reconhecia que a qualidade estava caindo, mas nunca diria isso abertamente, teria sido um atestado de estupidez. Mas *tinha* decaído, sua fantasia estava exaurida. Às vezes achava que renasceria no trabalho, na saúde, em tudo, se conseguisse encontrar aquele maravilhoso verde dos primeiros tempos. Esses eram, naturalmente, pensamentos ridículos, não deveria se abalar com essas bobagens. No entanto, sentia muito que não preservou um novelo de lã ou mesmo apenas alguns fios, apesar de não esperar, claro, que surgisse o mesmo trabalho de outrora. Também não se lembrava exatamente da cor; o mais provável é que tenha passado muitas vezes por situações dessa natureza e nem tinha percebido.

Ela passou por muitas dificuldades e não saberia o que fazer sem Jan Maan, mas até Jan Maan estava ganhando menos, e um adulto como aquele, que tinha ganhado tanto, tinha direito a receber uma quantia pequena e razoável. Além do mais, ele tinha que ajudar seus pais. Ela temia também que os princípios revolucionários do inquilino iriam colocá-lo na rua, pois o patrão, naturalmente, não via diferença entre palavras e ações. Ele já tinha sido demitido algumas vezes e ficado às moscas, de vez em quando por uma semana, de vez em quando por um dia. Agora tinha trabalhos disponíveis, os patrões não aceitavam os inibidos que contestavam sistematicamente. Que sorte que ele era excelente montador, não havia muitos de seu calibre. Foi indo assim e sempre pôde começar de novo, mas era muito raro ter que gastar o dinheiro do sindicato. No entanto, ganhava bem menos.

Ela realmente tinha uma conta na Caixa Econômica, mas não tocaria nela, isso deixado seria para depois. Também tinha o subsídio do filho. Sim, tinha aquilo, não, ela *não* tinha.

Naquela tarde de outono — Jan Maan tinha ido a uma reunião — ela estava sentada e, considerando a tudo, pensava que o futuro não parecia muito favorável. Um forte toque da sineta. Era para ela. Abriu a porta. Viu ao pé da escada uma figura adentrar ali, como se fosse forçada a entrar. Logo soube quem era.

O homem a encontrou calada, sentada bastante calma à mesa. Ele apanhou uma cadeira e colocou na frente dela, não falou nada. Tinha deixado a porta do cômodo completamente aberta, e ela foi fechá-la; para uma velha, até que andou rápido e leve. Então sentou-se como anteriormente.

— Quando é o dia do casamento? — perguntou a voz.

Aquela voz, tão vasta, a voz que despertava a mulher dentro dela, *a* voz. Ali falava o senhor da palavra de efeito.

— Quando nos casaremos... Joba? — repetiu Dreverhaven, e pela primeira vez em anos ela escutou a chamarem pelo nome. Ela se controlou totalmente.

— Por que o senhor o persegue tanto? — ela replicou.

Dreverhaven estava sentado como se fosse o homem da casa, o casaco preto frouxo aberto, o oleoso chapéu de feltro enfiado até os olhos. E com um charuto. Não deu mostra de nenhum combate.

— Quando nos casaremos?

E ele foi um pouco para frente, colocou os braços confortavelmente na mesa.

Foi quando ocorreu a ela: era ali que o capitão do flutuador também tinha se sentado, e onde ele a pediu em casamento, à *sua* maneira, humilde, de forma indireta, quase delicada. E foi ridículo, foi nada, absolutamente nada. *Aqui* estava o homem que poderia pedi-la em casamento, o único. E ele a pediu à sua maneira, isto é, a única.

Ela assentiu, não tinha o menor medo, e perguntou:

— Por que o senhor fez tudo aquilo com Jacob?

E assim como vinte e cinco anos atrás ele teve que reconhecer a superioridade dela a respeito do dinheiro e das cartas, assim como ele teve que ceder a ela, agora ele também teve que fazê-lo, pois ela não o respondia, mas sim ele respondia a ela. Ele respondeu à pergunta, mas à *sua* maneira. Recostou para trás e novo, deixou uma mão na mesa, mão essa que cerrou o punho.

— Pelo amor de Deus — ele falou, e seu tom tinha um jeito irrealmente solene —, vou estrangulá-lo, vou estrangular nove décimos dele e abandonarei a última parte. O que sobrar do rapazola vai torná-lo grande, ele vai ser grande, pelo amor de Deus, ele vai ser grande!

Ela o olhou sorrindo. Não estava aterrorizada, ele nunca poderia deixá-la com medo. Mas agora era a vez dela de responder e disse:

— Não, senhor Dreverhaven, nunca me casarei com o senhor, nunca me casarei com ninguém. E fique tranquilo, nenhum homem pôde me fazer sofrer, a não ser o senhor. Assim foi e assim sempre será.

Ele não se moveu e disse, agindo como se não tivesse entendido suas palavras, como se simplesmente estivesse fazendo uma ameaça:

— E, Joba, talvez eu também o tire o um décimo do rapazola medroso.

Ele se levantou, e, a ameaçando com os dedos, disse:

— Aquele nosso menino ainda não chegou lá. Escreva minhas palavras, ainda não chegou lá.

E sem se despedir, ele a deixou ali, parada no meio da sala. Mas ela não estava amedrontada, sorria. Ele não conseguia deixá-la com medo, apesar de ela não o entender, bem como não entendeu nada de suas últimas palavras. Mas ele era assim, um enigma, sempre um enigma, essa pessoa enigmática a fascinava justamente devido à insolubilidade do problema que lhe foi apresentado. Não sobre a pessoa, embora estranha, não sobre a relação com ela, mas sim sobre a relação do pai com o filho. Mas ela não tinha medo na frente dele, não pelo destino do filho.

Com a breve conversa na cabeça, pensou como eram estranhas as perguntas e respostas feitas um ao outro, e como que nenhuma pergunta foi respondida. Apenas uma resposta foi obscura, muito obscura.

Então ela abriu a janela e a porta, pois não se podia fumar em seu cômodo, mas agora ela não proibia.

Dreverhaven andou por várias ruas até seu escritório. Não andava rápido. Andava de forma pesada, tinha o ritmo de um velho, só que poderoso, podia ficar andando a noite inteira. Seu andar era o de um homem que encontrava resistência, se arranhava pela noite escura, mergulhava com lentidão contra a correnteza do outono.

A porta do enorme edifício na rua Lange Baan estava, como sempre, aberta, pois muitas pessoas entravam e saíam. Nas pedras mal iluminadas da escada em espiral, um casal de namorados lhe deu espaço; um homem que o viu subir lentamente a escada, igual a uma fumaça negra de um incêndio saindo pelo alçapão no chão, ficou esperando até que ele passasse pelo portal. Ali vinha o senhorio.

Ele passou por cômodos sombrios e chegou a seu escritório. Sentou-se na cadeira da escrivaninha, continuou com o casaco aberto, o chapéu amassado. Um César na sarjeta, mas ainda assim um César.

Não aguardava ninguém, apenas alguns pensamentos. Ele se curvou, pegou uma garrafa de *jenever*[33] na mesa, e serviu-se de um copo. Parou de repente, se recostou na cadeira, com as mãos na barriga, e a arma de fogo que era o charuto apontava de lado e para cima um alvo invisível. E falou sozinho. Cada vez mais fazia isso recentemente; quando na solidão, dizia algumas palavras. Seus pensamentos estavam no filho e naquela mãe.

— É tudo ou nada — ele falou.

Era a conclusão de seu pensamento. Já tinha reconhecido o filho, mas ele não queria, pois "ela" não queria se casar com ele. Não tinha meio termo, tudo ou nada.

— Ela também: tudo ou nada — falou.

E chegou outra vez a uma conclusão. Ele nunca aceitaria um presente dele, também não podia entrar em acordo com ele. Ela teria aceitado tudo dele se tivessem se casado. Não se casaria, pois não perdoaria a si mesma pelo filho ilegítimo, nem a ele. "Tudo" era impossível para ela. Portanto, nada.

Quando ele fez as contas de seu trabalho, notou que restaria pouco lucro. Tinha raspado o dinheiro e

---

[33] Bebida típica holandesa, semelhante a gin.

jogado fora. Possuía a alma de um avaro, mas sofria de ataques de desperdício, um quadro clínico de insatisfação. Quando pensou no que poderia ter sido — especialmente, no que poderia ter possuído —, o coração sangrou, o peito estufou, o sangue secou. Pois tinha a alma de um avaro. Estando numa montanha, queria ver o panorama de sua riqueza, a terra prometida do avarento. Via a paisagem, imensa, de uma enorme variedade, mas não era rica da maneira como ele imaginava que era uma terra rica, e acima de alguma região, via nuvens ascendentes de uma memória incipiente, já paradas ao longo do horizonte. *Mas talvez seja bom*, ele pensou, *que eu não saiba mais o que está escondido lá.*

O resultado de seu trabalho foi uma amarga desilusão. Pois ele se tinha em alta conta, mas sabia que possuía o direito de se colocar nessa posição. Sempre foi uma figura excepcional e, no entanto, era um oficial de justiça. Tinha transformado aquele escritório em algo que, antes dele, não existia, nem existiria depois, e, contudo, era apenas o escritório de um oficial de justiça. Tinha se forçado a dirigir sua vida e o escritório, mas a força fazia parte de sua natureza. Agora as diferenças se desenrolavam, longínquas, amplas, bastante sombrias, sua fome por terras exigia esforços enormes e dava ridiculamente poucos frutos.

Não era um homem de arrependimentos, isso era uma ofensa profunda em sua alma avarenta. Ele estava tão distante das coisas que não sabia mais se ainda manteria o banco de usura, a menina de seus olhos. Pois o banco tinha sido sua vitória sobre a desconfiança de um emprestador, anos antes, que deu para trás no último instante. Uma raiva, no primeiro momento, contra o mundo inteiro, que ele esfriou ao gerar o filho. Uma raiva que depois ele usou para combater o desfavorável e o revés, com o dinheiro dos outros — comprado há muito tempo —, e assim fundou o banco. Agora a menina dos olhos não florescia mais, a justiça estava atenta. Todos sabiam que o banco era dele, a polícia tinha alertado a população, foi um desastre. Ele já tinha sido convocado algumas vezes pelo juiz, mas com calma impertinência negou que tivesse algo a ver com o banco, possuía somente a astúcia para negócios, até o presente momento, fato que impediu que pudessem provar algo contra ele. Porém os tempos estavam contra ele, o mal-estar deixava todos vigilantes, as leis aumentaram, endureceram, as autoridades não dormiam mais. O banco ainda conseguia se manter apenas por causa da idade, da popularidade com o povo, da dificuldade prática de limpar o que foi estabelecido.

Depois voltou aos seus primeiros pensamentos, sobre seu filho, que ele não tinha incluído na argumentação do tudo ou nada. Não falou em voz alta, mas os pensamentos se encheram de frases do tipo: também será melhor para o rapaz que o último Dreverhaven seja um Katadreuffe.

Depois, pensando na mãe, que sempre o tinha obstruído, aquela pequena carcaça grisalha, ele disse em voz alta:

— Deus do céu, ele é ousado!

E pensou, mas não falou: *porém, que olhos aquela carcaça tem, e o filho dela também.* Pois havia uma pavorosa admiração em seu coração. E ele foi à sala de leilão na rua Hooimarkt.

Recentemente, ia para lá com frequência, ficava cada vez mais intranquilo. Andava em círculo sob a luz de uma única lâmpada, passava pela mercadoria, geralmente coisas miseráveis, esfarrapadas, desagradáveis; ele andou por caminhos espaçosos e subiu para o pódio, onde a mercadoria leiloada estava sendo exibida; o leiloeiro gritava e ele protocolava. De lá, olhou as tralhas tristes, os destroços de famílias despejadas, os restos de legados pelos quais os herdeiros desapontados tinham brigado antes. Seu olhar não dizia nada, mas a intranquilidade das pernas já desejava se movimentar, e cruzou outra vez seu domínio sob a cúpula preta fosca do vidro na parca luz.

 Ficou menos no escritório naquela noite, teve mais prazer em se movimentar pela multidão. Sábado à noite andou pelo extenso mercado dos pobres na Goudsen Singel, várias vezes. E não se cansava, ele não podia se cansar. Ali, entre as barracas das passarelas elevadas, ele andou, mas não passeou, não olhou ou examinou nada como as outras pessoas faziam, dirigiu-se sob a luz forte das lâmpadas a gás quentes. As luzes das barracas também eram um caso à parte. Manobravam carrinhos de mão com caixas cheias de lâmpadas, mundos inteiros de luzes verdes corrosivas e brilhantes rolando pelos becos. Quando as lâmpadas foram penduradas nas tendas, fez uma poderosa claridade atormentadora. Dreverhaven não falou nada. Queria ser visto, então empurrou todos de lado. Ali estava o senhor Dreverhaven, o oficial de justiça. Sentia a faca? Estava tão curioso, queria realmente senti-la ao menos uma vez. Ele andou, andou, às vezes por uma hora ou mais. Já tarde, pôs-se a observar o mercado se desfazer. As tralhas foram armazenadas, as lonas foram retiradas, os coletores de vagalumes apareceram e esvaziaram as tendas dos insetos brilhantes, e foram embora com suas capturas dentro de caixas, alguns já com o brilho extinto, outros ainda brilhando, radiantes e vibrantes, todos enjaulados. Então, vieram os barulhentos desmontadores de prateleiras, suportes e cavaletes, e por último — o povo já tinha desaparecido fazia tempo —, o serviço municipal de limpeza pública esguichou jorros d'água e lavou os grandes paralelepípedos do asfalto, além da sujeira à beira da pista. Às vezes, Dreverhaven andava por lá, enquanto a água corria debaixo de seus pés.

Raramente sofria com seus inquilinos. Embaixo, tinha armazéns e um estábulo; em cima, vários moradores, mas eram separados por um chão antigo, grosso, enorme, e ele mesmo ocupava todo o primeiro andar. Até podia escutar ruídos de brigas ou gritos, mas logo acabavam, pois o senhorio morava naquela casa. No entanto, tinha, acima do escritório, bem em cima de sua cabeça, uma família com um órgão, e isso não o incomodava, pois tocavam bem baixo. Mas nesse órgão, noite após noite, três meninas berravam de maneira tão cortante que perpassava carne e osso, e o chão espesso.

Foi quando sentiu um espírito de revolta dentro de si, mais forte do que jamais tinha sentido. Iria despejar a família, mas não apenas isso. Seria o maior dos despejos, o maior ato de sua vida. Comparado à sua vitória na rua Rubroek, seria brincadeira de criança. O porquê não lhe importava, nem o dinheiro, no fim da vida queria apenas poder.

E disse que o contrato de todos os moradores seria cancelado em uma semana. Ninguém foi embora, já que ninguém tinha nenhum pagamento de grande importância atrasado; foi no fim de novembro, um prévio e gelado frio de inverno atingia os pobres. Era tudo uma loucura e se revoltaram contra ele pela primeira vez, todos uniram forças.

Então ele simplesmente intimou todos os inquilinos para que o tribunal os desocupasse. E todos os seus cérebros desmiolados apareceram no palácio da justiça e não entenderam nada. Pois seu senhorio era o senhor Dreverhaven, agora os contratos estavam cancelados e foram intimados por uma companhia sem nome, "Sociedade pela Paz do Edifício". Eles mostraram as cadernetas, nas quais o nome de nenhum proprietário aparecia, apenas um nome em comum era estampado, "Hamerslag", pois o funcionário recolhia o aluguel. Todavia, não podiam negar que tinham sido despejados com uma semana de antecedência, nem mesmo ousavam protestar que aquela companhia sem nome era a dona do imóvel. Pois o termo da companhia sem nome não lhes dizia nada, eram pessoas simples e estranhas aos truques da negação e desconheciam o poder que tinham. Era-lhes incompreensível que um advogado de toga e peitilho explicasse o caso ao proprietário. O próprio Dreverhaven ficava atrás de sua escrivaninha e apenas gritava, de maneira descuidada e explosiva, os nomes; mas o advogado explicou mais e, a cada novo caso, dizia:

— De acordo com a intimação, concluo que o requerente persista com sua reivindicação.

Era o sr. Schuwagt, sempre com o topete entre loiro e grisalho. Mas ninguém entendia suas palavras.

Homens e mulheres — entre eles uma mulher em condições especiais — foram embora calados, mas um deles parecia ter entendido muito bem a tudo, cerrou o punho ameaçadoramente contra Dreverhaven e gritou xingando:

— Espere só, um dia eu te pego.

Dreverhaven virou a cabeça redonda, dura feito pedra, de cerdas curtas e grisalhas, na direção de quem gritou. A pessoa então foi embora às pressas. Tudo tinha terminado, não tinha sido levantada objeção válida alguma contra as reivindicações; eles foram condenados, um a um, a serem despejados de suas casas "com todos os familiares e todos os pertences". O sr. Schuwagt partiu dando uma reverência ao juiz, Dreverhaven ficou e trabalho no despejo.

Mas o homem que tinha gritado realmente tinha entendido bem. Pois a Sociedade pela Paz do Edifício pertencia a ninguém menos que Dreverhaven. Ele tinha feito da companhia sem nome sua propriedade. Um desejo cínico por contrastes fez com que ele desse aos alojamentos de indigentes o nome mais pacífico possível.

Mesmo após a sentença ninguém foi embora, mas depois as coisas ficaram sérias, já que tiveram que sair. Num sábado tempestuoso, o oficial de justiça executou o que realmente pôde chamar de o maior despejo de sua vida. Não requisitou a ajuda da polícia, bastava-lhe Hamerslag e Den Hieperboree, apelidado de Apanhador de Carvão. Era quase um festival de miséria e fúria. Caiu uma chuva torrencial junto com o vento, meio granizo, meio geada. Uma coisa tão estranha produzida pela natureza e de uma forma como nunca tinha sido vista antes. Pingentes de gelo se formaram nas calhas, mas nenhum gelo pesado, apenas leve e quebradiço sob o vento. As ruas estavam meio cobertas de branco, meio cobertas de poças, os paralelepípedos estavam soltos e escorregadios também, bastante traiçoeiras de andar.

Dreverhaven começou com a família das três meninas berronas. Com os braços agitados, o Apanhador de Carvão tirou a família do cômodo; Hamerslag, tão vigoroso e poderoso, carregou totalmente sozinho o órgão nas costas, com ambas as mãos no peito segurando uma corda que pendia. E, ao colocá-lo o portal, disse:

— Se você não descer pela escada, vou atirá-lo no chão.

Lidaram com o mobiliário de modo tão terrivelmente áspero que os próprios moradores, por fim, fizeram a mudança, pois o oficial de justiça e seus ajudantes eram piores que um bando de animais.

A ameaça de devastação começou quando o pânico se espalhou e tocou todas as famílias. As escadas foram bloqueadas com o mobiliário, as roupas de cama e todos os parcos e pobres pertences dos inquilinos. Mas conseguiram descer tudo, ninguém soube como, e tiraram as coisas da casa.

E quando os assistentes estavam ocupados, Dreverhaven barrou a porta a fim de que ninguém pudesse entrar. Xingamentos e clamores preencheram todo o edifício, soando grandiosos; essa era a razão de ele viver. Ele escalou até o topo, deixou os sótãos e desvãos sem nenhuma pessoa, como se estivesse dedetizando ninhos de pragas. Quando ele apareceu, começaram a se mover, até os inflexíveis saíram, e ninguém o tocou. Ele foi usando a fita no peito.

Enquanto isso, a esquina da rua Lange Baan e rua Breede se encheu de mobiliários, e sons mais altos e ameaçadores se dirigiam ao edifício. Pois os inquilinos, uma vez fora dali, tomaram a coragem que um lugar público e um monte de gente tende a dar, e estavam enfurecidos em meio a um frio horrível, sendo que escorregavam e tropeçavam na calçada, e seus bens deslizavam e vacilavam. Um arraial de raiva perpassou o bairro. Espectadores vieram de todos os cantos, trotando, deslizando, tombando, um monte de gente se juntou ameaçadoramente na esquina das duas ruas. Policiais marcharam e formaram um cordão. Mas as pessoas continuavam a vociferar e berrar. Os gritos da Goudsen Singel também alimentavam a ira deles, pois baixava um segundo arraial: a tempestade, a geada, a luz, e a noite de sábado pareciam deixar as pessoas loucas. Elas pulavam e gritavam, era um descontrole. Depois da reação, começaram também a perder toda moderação.

O edifício estava vazio. Hamerslag, pingando de suor, ficou ao lado do patrão. Ele tinha se superado; o Apanhador de Carvão, mais frouxo e macabro do que nunca, parecia um prêmio abandonado na Festa de

São Vito, seu rosto pendia gentilmente, como se se desenrolasse de um fio, sua boca bem aberta e faminta.

Dreverhaven acendeu todas as luzes do cômodo, abriu todas as cortinas, e apresentou-se como um príncipe atrás da janela do meio no escritório. Gritos surgiram, uma pedra atirada quebrou a vidraça acima de sua cabeça. A polícia forçou a povo a ir para trás. Mas logo em seguida Dreverhaven foi para fora, empurrou policiais para passar entre os espectadores, e sob uma imensa chuva de granizos, viu, por si só, o edifício. Apontou o buraco na janela:

— Muito alto, mira ruim — ele falou.

Sua audácia deixou o público mudo. Ninguém xingou mais, ninguém colocou a mão nele. Então ele destrancou uma das saletas de armazenamento do prédio, no subsolo, e permitiu generosamente que eles colocassem seus bens ali, por uma única noite. Mas alguns tinham abandonado suas tralhas e, em fúria desesperada, foram ao Abrigo para Sem Tetos. E quem não podia ficar com vizinhos ou conhecidos também foi ao Abrigo. Antes de todas as tralhas serem recolhidas — com as pessoas deslizando, se debatendo, patinando em todas as pedras escorregadias —, aquilo já tinha virado um carnaval de ódio e amargura; os policiais ajudaram com as tralhas que tinham sido abandonadas. Todas as coisas no depósito foram colocadas umas em cima das outras. O amanhã seria outro dia, e esperavam-se grandes brigas mútuas de proprietários que não sabiam nem por onde começar a procurar seus pertences. Isso significaria ter mais interferência da polícia, Dreverhaven tinha certeza, e riu internamente.

Ele ficou olhando entre a multidão; um grão de gelo se formou no chapéu leproso, e à luz parecia como se ele estivesse debaixo de um *pajong*[34] de diamantes. O gelo já começava a derreter, o clima estava mais suave e úmido, e a uma boa quantidade de água começou a cair da aba do chapéu. Durante aquele longo tempo, a faca não apareceu. A multidão se dispersou nas calçadas escorregadias, os policiais tiravam calmos os espectadores da encruzilhada; ele continuou lá, a faca não apareceu. Então, andando larga e bastante devagar, ele passou pela vizinhança, sobretudo pelas pessoas na Vogelenzang e Nieuwe Vogelenzang. O povo começou a resmungar outra vez quando correram dele, mas quando ele apareceu as vozes aquiesceram. Ele andou lentamente por todos os becos de nomes referentes a grãos, plantas, milhos, pastéis, pães, linhos, cânhamos; ninguém o amolou, o tocou, ou falou algo. Ele chegou ao horrível beco Waterhond, que era feito um túmulo, na rua mais pobre de todas, a Thoolen, onde sempre tinha motim do mais pobre dos pobres e a população barulhenta se resguardava em silêncio atrás da porta. Pois onde quer que aparecesse, usava a fita laranja e o distintivo prateado com o brasão de armas do Reino dos Países Baixos, personificando aquilo que era mais temido pela sociedade, a Lei. Eles não a entendiam, mas se curvavam diante dela.

    O sr. Schuwagt achava que deveria se explicar ao juiz. Dreverhaven fez com que ele esclarecesse que o edifício deveria ser modernizado. E realmente parecia acalentar algum plano para isto, tinha a vaga intenção de transformar todas as tubulações de ar da casa em uma única chaminé, num canto da parte de trás. A chaminé seria colocada no alto, seria visível de longe, e soltaria fumaça como se fosse um crematório. Dreverhaven realmente colocou todos os anda-

---

[34] Termo indonésio. Espécie de guarda-chuva usado durante a colonização holandesa na Indonésia.

res naquele canto, abaixou os tetos. Porém, manteve intactas as velhas vigas do meio, e, olhando de cima para baixo nas profundezas, tinha-se a impressão de um enorme fosso quadrado cheio de grades, uma em cima da outra, com barras de madeira antiga, largas e formidáveis. O vento noturno, vindo do porão, bateu e foi até os buracos do telhado, de tempos em tempos tocou as cordas enrijecidas de uma harpa, os acordes mais difíceis. Às vezes, sentado sozinho na sala, Dreverhaven ouvia aquilo bramar no canto mais longínquo. Então pensava nos três balidos silenciosos sobre sua cabeça e ficava contente. Igual a Sansão da Lei, por meio da força, ele tinha esmagado os inimigos, e agora seu templo estava quase em ruínas.

Começou cada vez mais a abusar de sua posição, cada vez mais tirou um proveito dela. Ultimamente, tinha um método bem simples de fazer uma cobrança. Ele ia à casa do devedor, sentava-se confortavelmente na melhor cadeira da pessoa, dizia que não tinha vindo apenas para trazer uma intimação, mas também tinha no bolso uma ordem para prender o devedor caso ele não pagasse, uma ordem assinada pelo tribunal inteiro. E então o assunto era encerrado, incluindo os custos e tudo mais — e mais que isso, muito mais mesmo, pois no final acabava virando pura extorsão —, então procurava por uma garrafa de *jenever* e uma caixa de charutos; se os via, pegava, se não os via, simplesmente os exigia. Mas ele era bastante astuto, não repetia essa tática com frequência, e via bem as pessoas que escolhia, as que eram muito estúpidas, que não iriam reclamar com as autoridades.

Alguma hora, pai e filho tiveram que se encontrar, em lados opostos, no tribunal. Katadreuffe e Dreverhaven vieram se defender. O caso não era de importância financeira, mas tinha aspectos interessantes, e Katadreuffe pediu a apelação. Por via de regra, ele não foi ao tribunal. Tinha acertado anteriormente com Stroomkoning, era para isso que o escritório tinha um procurador-adjunto, e Katadreuffe fez apenas o trabalho escrito. Eles mesmos pleitearam.

Chegou muito cedo, seu caso estava bem no fim da lista. A sala do tribunal estava meio cheia, estavam indo para o fim, mas os fiduciários da primeira fileira ficaram em seus assentos, e deleitavam-se sobre o caso de uma mulher que tinha sido convocada. Era um daqueles casos ridículos que inunda os assentos dos tribunais. O filho pequeno de uma mulher, ao jogar bola na rua, quebrou a janela de um vizinho; o vizinho tinha alugado a casa sob a condição "janelas quebradas são por conta do inquilino", e ele exigia reembolso pelo dano.

Katadreuffe ouviu apenas o fim do entrevero entre o juiz e a mulher. Ela perguntou com arrogante autoconfiança:

— Mas então, segundo a lei, certamente posso pagar a janela a prestações?

E o juiz, seco feito farelo:

— A senhora só poderia fazer isso se seu filho tivesse quebrado a janela a prestações.

E ele condenou que ela pagasse tudo, além dos custos do processo, e disse, enquanto os fiduciários riam baixinho:

— Próximo caso.

A mulher foi embora, meio murmurando e xingando que o juiz era um absoluto imperador Nero.

Dreverhaven anunciou os nomes das novas partes, então saiu de seu lugar e fez um movimento de cabeça para que os fiduciários saíssem — era uma sessão aberta, mas eles foram embora —, tirou a fita com a insígnia e se aproximou da mesa do requerente. Katadreuffe se dirigiu à outra.

Katadreuffe não estava nem um pouco nervoso com sua defesa. Ele tinha, apesar de raramente e nunca contra o pai, falado ali uma vez, conhecia também a aparência do pai sem casaco e chapéu, com a poderosa cabeça de granito. Não ficava com medo diante do pai, nem mesmo naquele momento, sabia o que tinha que dizer.

Aquele caso também tinha um lado ridículo. O requerente era um noivo que tinha comprado seis automóveis, maravilhosamente pintados de preto, para o casamento. Mas o dono da garagem tinha ido buscar apenas a avó da noiva e ainda por cima em um carro caindo aos pedaços, cujo motor parou de vez duas ruas depois. Os seis carros exemplares estavam transportando, na mesma hora, claro, fretes mais rentáveis, assim o requerente insinuava. Enfim, em vez de se casarem às dez da manhã, casaram-se às três da tarde, foram os últimos a chegar à prefeitura, pois o dono da garagem ficou falando com eles durante horas, com a promessa de que os carros chegariam a qualquer instante. Por fim, eles tiveram que pegar táxis de todos os tamanhos e empresas, e viraram piada na vizinhança durante anos. O noivo pediu indenização por todos os danos.

O dono da garagem admitia apenas que não tinha cumprido o acordo. Colocou todas as insinuações de lado, invocou um caso de força maior, e discordou de vários itens da reparação de danos.

Dreverhaven defendeu o noivo com seu costumeiro tom de descuido e retumbância. Era impossível saber se ele se importava com o caso, mas por um momento parecia diverti-lo, pois apesar de ficar com o rosto tenso, às vezes uma torcida de nariz indicava que sentia humor naquela situação. E encerrava seu argumento, ninguém reconhecia nele o defensor com décadas de experiência.

Mas a argumentação de Katadreuffe também se encerrou. Ele era jovem e completamente sério. Não se arriscava na escorregadia camada de gelo que eram as piadas, pois um juiz idoso às vezes não gostava de escutá-las vindo de um jovem defensor. Citava processos de casos mais ou menos análogos, e seus argumentos eram sólidos, especialmente no quesito de força maior: o dono da garagem, no curso daquela manhã, teve sua licença retida.

Nenhum dos dois ganhou. O juiz, oito dias depois, apontando a sentença, ordenou que ambas as partes comparecessem diante dele para prestar mais esclarecimentos e fazer uma tentativa de acordo.

NEGÓCIOS E FESTA

No inverno seguinte Katadreuffe fez um grande progresso com os estudos para as provas de doutorado. Seu plano de estudo era exatamente igual ao anterior. Visitou um novo professor e foi comprovado outra vez que ele não era capaz de comparecer às aulas na universidade. O material era muito mais extenso e, portanto, tinha que se apoiar mais nas explicações do professor particular, e então teve que pagar mais, só que Stroomkoning aumentou seu salário. O novo estudo caiu-lhe melhor que o anterior: agora lidava com a lei viva e clara, estava à frente dos outros estudantes, pois já tinha alguma experiência no exercício da lei. Contou aos professores que queria tentar fazer o doutorado em dois anos, e eles duvidavam da possibilidade com bastante evidência, mas ele continuou convencido de que poderia fazê-lo. Pelo menos enquanto nenhuma influência imprevista diminuísse seu progresso. Não temia mais por sua saúde; seu físico continuava delicado, mas se sentia bem, dormia de maneira razoável, não falava mais enquanto dormia, e não voltou a tossir sangue outra vez. Aquilo realmente devia ter vindo de seu estômago. Tinha recuperado totalmente o equilíbrio mental.

Não raramente falavam sobre a senhorita Te George. Stroomkoning sempre lhe dizia, reservadamente, referindo-se à senhorita Van Alm:

— Ela não é mais a mesma.

E então suspirava pela antiga secretária, mas nunca fez nenhuma alusão que Katadreuffe tinha sido o culpado pela saída dela; limitava-se a dizer:

— Nunca na vida vou achar uma igual a ela.

Isso confortou Katadreuffe e provou também que Stroomkoning estava tentando se contentar com a nova funcionária. Ela também dava seu melhor e não era tão ruim assim, mas não possuía a cultura da senhorita Te George. Percebia-se logo pela postura, por tudo, que era uma estenógrafa. Isso era o que mais entristecia no íntimo de Stroomkoning, pois exibia a senhorita Te George nas reuniões da sala de conferência. Ela era tão diferente, todos a olhavam e tinha tido tanto prazer em ver isso, pois ela dava um toque a mais ao escritório. E para a senhorita Van Alm — a beleza de suas feições era agradável e os dentes até que eram bonitos — quase ninguém olhava, e ela não aparecia para acompanhar os debates, nem mesmo um caloroso tumulto a fazia mudar de expressão; ela era uma máquina que anotava.

Uma vez Katadreuffe sentiu reavivar a velha dor. A culpa foi da senhorita Sibculo. Ela ainda estava noiva; havia prospecto de um casamento, mas ainda nada de possibilidade imediata. O noivo subia gradualmente, mas de modo lento. Até que enfim parecia que ela tinha deixado de lado a infeliz afeição por Katadreuffe, não agia mais como uma coquete, não dava mais sorrisos nem covinhas ou suspiros, ela acabou não virando aquilo. O rosto pequeno no pescoço curto, de natureza insignificante, tinha enobrecido um pouco com os anos, tinha ficado um tanto menor, um tanto pálido, um tanto mais elegante. E Katadreuffe gostava dela, apesar de demonstrar pouco. Ele era um bom tático, parecia entender que com as mulheres, assim como com os homens, a menor aproximação poderia ser fatal.

Mas uma vez a senhorita Sibculo disse que a senhorita Te George estava casada, ao menos havia um ano. Elas não se encontravam, moravam bem longe uma da outra, tinham poucos interessem em comum; ela tinha escutado de outra pessoa. Sim, a senhorita Te George ainda morava ali, mas não lembrava o nome do marido dela.

Aquela palavra, "marido", feriu Katadreuffe. Não ficou com ciúme, só machucado. De repente, viu de novo a tenda em Hoek com aquela bandeira pequena e garbosa cor de laranja, branca e azul, e aquele indivíduo rastejando de quatro pela entrada. Agora ela era, claro, a senhora Van Rijn, mas rapidamente esqueceu o fato. Afinal, seria uma loucura continuar cismando com ele. Se alguém como a senhorita Te George tinha se casado — e sua primeira juventude já tinha passado — quem não se casaria?

O escritório recebeu um golpe de mal-estar de grande importância, mas puderam lidar bem com a situação, e se comportavam como a maioria dos escritórios de advocacia, pois a nova conjuntura não afetava os escritórios da mesma maneira que afetava o comércio. Stroomkoning não economizou nos salários, seria o último homem a fazer isso, apenas não ocupou nenhuma vaga. Só que ele sentia menos falta dos colegas que saíram. De Gankelaar era, para ele, mais uma fraqueza do que uma propaganda, e não na medida a que tinha se disposto, pois aquele *jonkheer*, como advogado, não usava o título de nobreza. Ele recebeu apoio fundamental de Gideon Piaat, sua capacidade de absorção era obviamente incontestável, e tinha ganhado bem com os casos criminais. Os processos criminais foram ficando cada vez mais raros, pois Piaat não estava mais lá para atraí-los ao escritório feito um ímã. No entanto, Stroomkoning não ficou triste, não colocava o dinheiro acima de tudo, e como especialista em processos civis, sempre via os processos criminais como um pouco inferiores. Os dois continuaram colegas de trabalho, Carlion e a senhorita Kalvelage eram os melhores;

dentro de pouco tempo ele faria Carlion entrar como sócio no escritório. E Katadreuffe crescia no exercício da profissão, com sua perspectiva de advogado experiente. Stroomkoning via um belo futuro para ele, tinha apenas que melhorar nos cálculos.

Enquanto isso, ele aumentou o salário de Katadreuffe sem encontrar resistência, pois o próprio Katadreuffe achava que tinha direito ao aumento. Ele não era ganancioso, mas também não tinha falsa modéstia, podia realmente colocar um valor mais alto a seu trabalho. Pois começou cada vez mais a ocupar o lugar de um colega; Stroomkoning não teria que lidar com os dois juristas quando Katadreuffe não tivesse tomado os casos *pro bono*. Até então, os colegas tinham que fazer isso eles mesmos e dividiam entre si os *pro bono* de Stroomkoning. Agora tudo aquilo recaía sobre Katadreuffe, ao menos o extenso trabalho escrito. E tudo dava certo: os casos, na maioria, eram clichês, mas precisavam de um tempo e ele reservava o seu.

Aos poucos, Katadreuffe ficou mais consciente dos métodos do próprio Stroomkoning, pois não queria deixar tudo para senhorita Van Alm, mas às vezes chamava o chefe do escritório. Dessa maneira, este último tinha uma perspectiva do *big business*, que tinha encolhido, era verdade, mas continuava importante, e os trabalhos jurídicos extraprocessuais das reuniões, organizar acordos, fechar interesses em comum, conduzir arbitragens. Em algumas reuniões, Stroomkoning fazia Katadreuffe ficar em uma mesinha e ele aprendia muito, os olhos e ouvidos bem abertos.

Ele viu os grandes comerciantes de perto, o intelecto do comércio. E essas reuniões eram interessantes, no mais alto grau. Os comerciantes eram objetivos e decididos, mas nunca tinham tempo de cultivar a palavra falada, e apenas algumas eram dotadas dessa natureza. Nenhum deles possuía uma perspectiva jurídica, isso não era algo separado, não se aprendia sem estudo. Stroomkoning sempre tinha uma forma certa aos pensamentos dele. Então, Katadreuffe viu pela primeira vez que o advogado é uma ligação indispensável no comércio. Previam seus contratos, ao menos os limites da disputa.

E ele aprendeu ainda mais, aprendeu ao perceber que Stroomkoning era o maior dos três advogados do escritório, que tinha que reconhecer nele o chefe *all-round*. Era parcialmente por conta da idade e experiência, mas ainda assim deveria ter a disposição natural para ser um advogado de verdade. Havia algo nele que eles não podiam aprender. Ele tinha também uma aparência diferente, com a grande cabeça grisalha de leão, bigodes de felino, olhos verdes claro de berilo, e o suave som gutural e convencido de sua voz; mas desde o nascimento ele tinha uma rapidez de pensamento que o ajudava a entender de imediato o essencial de um debate, e também era beneficiado pela maneira brincalhona de aguentar os caráteres mais heterogêneos. Ele acabava tendo todos na palma da mão, podia lidar com as pessoas, essa era sua maior força. Na hora certa, era jocoso, sério, impetuoso, calmo, estimulante, apaziguador, pronto para brigar, pronto para conciliar. E tinha um senso de humor rápido ao conversar, que podia variar de refinamento cultural para espiritual, de crueza para crueldade.

Katadreuffe, ao obter esse conhecimento, achou sua avaliação anterior de Stroomkoning coisa feita por um pirralho. Envergonhou-se de ter chegado a não desejar ser como De Gankelaar, como Countryside, como Stroomkoning. No que dizia respeito a tal, achou seu julgamento juvenil simplesmente ridículo e arrogante. Stroomkoning era um figurão; por enquanto, podia querer se igualar a ele, e mesmo assim queria ser *diferente*, também ser um figurão, mas diferente, *maior*.

Katadreuffe não pegou férias naquele verão. Continuou trabalhando, firme e forte, mas também se distraiu um pouco, só que fortemente. Tinha as tardes e noites de domingo livres, e no verão ele e Jan Maan iam outra vez à praia de Waalhaven. Katadreuffe não foi mais a Hoek, a lembrança do ocorrido o deixava envergonhado e melancólico. Então se limitava à praia do porto, esbaldava-se no quebra mar e se deitava na areia do rio para tomar sol. Uma cidade inteira de tendas tinha sido erguida lá, e a intimidade restrita a eles, após a primeira descoberta, desapareceu. Não lhe agradava mais, o cheiro do povo roterdamês começou a incomodá-lo, os sons que faziam, apesar de ingênuos, o irritavam; o fato de estarem muito próximos o repugnava. Estava se distanciando do povo. Ele ascendia, mas o povo também estava se distanciando dele, afundava. O mal-estar causava muitos desempregos, via-se em seus rostos; um novo tipo de pessoa, uma nova figura surgia no exterior da cidade. Com frequência, eles estavam esfarrapados e descuidados, não se envergonhavam de tirarem a roupa rasgada e expor a nudez suja. Dava um efeito negativo nos nervos olfativos. Ainda havia pessoas bem fortes e robustas, mas outras lhe davam um leve nojo. Ele disse a Jan Man que preferia ficar longe.

— Capitalista — repreendeu Jan Maan.

— Sim — falou Katadreuffe —, mas essas pessoas poderiam manter as roupas em melhor estado, o seguro-desemprego é mais generoso aqui do que na maioria dos países. E a água daqui é, desde há muito tempo, o suficiente.

— Sim — respondeu Jan Maan —, mas você não notou a depressão moral de vaguear sem energia. Você é um capitalista cego e mesquinho. Deveria se colocar no lugar deles.

— Você não pensa assim, Jan.

— Não, acho que não, e penso sim.

Para agradar o amigo, e também porque não estava contente com sua própria atitude, no inverno, foi algumas vezes à Caledonia vermelha com Jan Maan. E eles levaram "ela", pois a mulher gostava de ir. Katadreuffe, porém, não participava mais das reuniões, ia apenas para ver os filmes russos, e iam às tardes de domingo, pois o ar da noite era ruim para a mãe. Ela se sentia um pouco melhor no inverno — por Deus, podia continuar assim por muitos anos —, tossia, mas não saía nada, e quando os rapazes andavam lentamente, ela ficava alegre de andar até o fim, de um lado para o outro. Não estava doente de verdade, estava apenas definhando, era uma tuberculose realmente furtiva. Já estava doente havia seis anos, mas ela não falava a respeito e nem reclamava para si mesma, pois, levando tudo em conta, ela tinha uma vida muito melhor do que a maioria das pessoas.

Na Caledonia viram filmes de Eisenstein: *Potemkin* e *A Linha Geral*. A sala ficou sem fôlego durante a exibição, e ao final houve uma chuva de aplausos. Katadreuffe, olhando à sua volta, espantou-se que aqueles comunistas, em média, realmente eram holandeses respeitáveis. O pior eram as revistas abjetas e alguns indivíduos repugnantes. Mas "ela", afinal, tinha razão, devia ter algo bom naquele princípio, senão não conseguiria se manter — apenas não era para ele. E sua mãe, aquela pessoinha contida, se sentava tão calma, como se fizesse parte de seu componente. A aparência daquela sala era muito diferente da do círculo de amigos de Jan Maan que sempre o visitavam no quarto, e que Katadreuffe reconhecia pelo cheiro. O amigo, cego, naturalmente, tinha se enamorado com a escória do partido.

Os filmes de Eisenstein os tinham arrebatado, nunca tinham visto algo tão forte. *A Linha Geral* era simplesmente sublime.

— A música do campo — disse Katadreuffe.

Eles foram jogados para cima, para baixo, foram arrasados pelo ritmo que pulsava, feito circulação sanguínea, nos filmes. Circulava mesmo sangue por esses filmes. "Ela", aliás, que os outros achavam sóbria, foi a que mais ficou perplexa. E no caminho para casa, por um momento, Jan Maan triunfou sobre ambos, pois calou ali todas as críticas.

— Esses russos, hein? Que sujeitos!

— E aparentemente felizes, apesar de Lubianka — disse Katadreuffe, que queria regatear um pouco o comunismo apenas no desenvolvimento histórico.

Viram, também, *Os marinheiros de Kronstadt*, de Dzigan, que era igualmente respeitável, e de fotografia deslumbrante, pois atualmente conheciam as técnicas nos pontos mais refinados. Mesmo assim, os filmes não tinham a força de conquista das primeiras obras-primas de Eisenstein; e para grande irritação "dela", havia uma voz fina de mulher atrás da tela dando sermões em russo e estragando bastante o efeito de tudo.

Essas eram as saídas de Katadreuffe, assim como as caminhadas pelo Oude Plantage. De resto não fazia nada, a não ser trabalhar. E uma vez, quando o tempo estava ruim, ficou em casa de tarde e à noite, lendo a enciclopédia.

Ele passava pelo U e Z, não por todos. Via apenas o essencial, e controlava tantos os pensamentos que chegava ao ponto de, quando se flagrava, não pensar em Lorna Te George.

Vivia exclusivamente para o trabalho e para algumas pessoas que conhecia. Aquelas com os quais manteve contato após a saída da senhora Te George não despertavam um real interesse nele, era como se sua atenção pelas colegas tivesse desaparecido junto com ela. De Gankelaar não estava mais ali para incentivá-lo a fazer um estudo novo e ativo do homem. A senhorita Van Alm o deixava indiferente, assim como o novo contínuo. Até mesmo o senhorio, apesar de ficar mais confortável no quarto oferecido por ele do que na alcova fria e sem luz solar de Graanoogst.

E vivia completamente de modo equilibrado em direção à sua meta: êxito. Pois o inimigo, aparentemente, tinha desistido de lutar. Ele pagou suas dívidas pontualmente, feito um relógio. Estava quase acabando.

Perto da primavera, o escritório da C. C. & C. enviou de novo o jovem Countryside para Roterdã. Ele voltou com cigarros suaves e pesados, os dentes estavam com mais cáries do que antes, os pontos dourados mais pertos e espalhados pela arcada dentária. A voz estava mais grave, mais cansada, os pelos negros das mãos logo batiam nos nós dos dedos. Haveria uma grande festa para Stroomkoning, que completava quarenta anos como advogado. Daria uma festa para alguns amigos, clientes, e o pessoal do escritório. O jovem Countryside se hospedou na vivenda de Stroomkoning, nos lagos de Hillegersberg;[35] a senhora Stroomkoning se afastou dele outra vez. Ele ia bastante ao escritório, pois mostrava grande interesse em Katadreuffe.

O jovem Countryside virou o mais velho do próprio escritório. Cadwallader morreu, o velho Countryside tinha se aposentado, mas os dois filhos de Cadwallader ocuparam as vagas. O escritório agora se chamava Countryside, Cadwallader & Cadwallader, que ainda podia ser referido pela abreviatura, C. C. & C..

---

35 Bairro rico e luxuoso de Roterdã.

O jovem Countryside tinha envelhecido alguns anos e, consequentemente, estava ainda mais prolixo, mas se imaginava com muita vitalidade nova tomando *Dutch gin*. Parecia mais simiesco do que nunca e ainda assim continuava um cavalheiro, o filho representativo de um grande povo. Sentia muito que De Gankelaar tinha ido embora, com quem pôde se dar tão maravilhosamente bem, enquanto os outros dois colegas de trabalho não o agradavam. Mas ele se apegou a Katadreuffe, de repente o tinha descoberto. E o manteve afastado do trabalho durante horas. Katadreuffe não escondia que, enquanto estudava, tinha melhorado seu conhecimento de idiomas; na verdade, era uma parte dos estudos. Tinha começado com o inglês, a língua estrangeira mais útil de todas, e tinha tido lições de conversação, entendia bem e falava razoavelmente bem. Portanto, eles podiam acompanhar os tópicos essenciais de que Countryside escolhia falar. E Countryside sempre terminava com um pedido urgente, quase uma exigência:

— *You show me the sights of the town.*[36]

Mas Katadreuffe não conhecia nada de divertido em Roterdã, no gênero que Countryside buscava — apenas para senhores —, e se desculpava, sempre dizendo que não tinha as noites livres.

Stroomkoning não se sentia bem pelo fato de ser ponto central da festa, manteve o aniversário em segredo. Era uma festa no escritório e para o escritório. Haveria um jantar para convidados na sala de conferência e, ao mesmo tempo, um jantar para os funcionários na sala de espera.

O escritório permaneceu aberto durante a manhã, a última cliente era senhora Starels. Ela chegou bem na hora de fechar, junto com as primeiras flores.

---

36 Em inglês, no original, "mostre-me os pontos turísticos da cidade".

Parecia ter um sexto sentido que a fazia constatar cegamente as festas íntimas do escritório, feito um perfurador num poço de água.

Dessa vez ela tinha vindo apenas para pagar a declaração e, portanto, pôde entrar. Não viu Stroomkoning, que ainda não estava ali. Katadreuffe, atrás da mesa, batia o recibo à máquina. Ela tinha trazido o marido, o carregador de navios; tinham se reconciliado. O carregador era um sujeito robusto, ele não mais cavalheiro do que ela era uma dama. Ali, a senhora se sentia completamente em casa, tanto que levou o carregador à sala dos funcionários e, apontando Katadreuffe, disse ao marido:

— Olhe, meu querido, aquele é o senhor que está estudando para ser estudante.

— Ah, pelo amor de Deus, mulher, claro que você quis dizer outra coisa... — falou o carregador, fazendo Katadreuffe gelar e pensar na falta de entusiasmo que a mulher tinha pelo rapaz.

Ele se virou, um tanto ranzinza. Já havia alguns dias se arrependia da reconciliação. A senhora o puxou para longe do corredor.

— E essa é a sala do senhor Stroomkoning, meu querido.

Ela nunca tinha estado ali, mas se calou a esse respeito. Katadreuffe veio atrás com o recibo. A senhora perguntou:

— Meu marido pode ver a sala, senhor Katadreuffe?

Estavam no degrau mais largo. Katadreuffe entregou o recibo ao carregador.

— Claro que sim, senhora — ele falou, e quis passar entre eles para abrir a porta.

Mas a senhora, com um movimento rápido, tirou o recibo das mãos do marido.

— Isto é meu.

O senhor ficou vermelho.

— Está louca? Dê-me isto.

Ficou com raiva e quis arrancar o papel, mas ela o manteve atrás das costas. Ele rasgou apenas um pedaço e xingou:

— Se você não me devolver bem rápido, então... Quem paga esses seus processos maravilhosos, eu ou você...? Quem é que só serve para dar dinheiro?

Ele tentou apanhar o papel algumas vezes, sem sucesso, e então, de repente, havia algo errado com ambos outra vez. Ela amassou e jogou a bolota no chão.

— Pronto!

Ela saiu da sala dos funcionários regiamente, ele rugiu e saiu da casa. Quando Katadreuffe entrou com o papel desdobrado, ela já estava sentada à mesa, com lágrimas nos cílios.

— E agora quero que o *senhor* me ajude. A tal de senhorita Kalvelage não me trata bem... Nunca mais vou voltar para aquele homem, mas o senhor tem que me ajudar de agora em diante.

— Amanhã, então, senhora. Agora o escritório está fechado, amanhã veremos isso.

E se livrou dela. Pequenas lágrimas de choro caíam dos belos olhos espalhafatosos, ia para fora com o corpo pesado feito armadura entre as flores. Um pouco depois, ele também foi embora.

O jantar daquela noite ficou aos cuidados do dono do restaurante onde Stroomkoning costumava comer. As mesas foram decoradas com gosto, ele mesmo manteve o olhar ali e depois, quando o jantar começou, foi dar uma olhada se tudo corria bem. Os convidados apareceram às oito horas, todos de uma vez. Tinham tomado primeiro uma bebida no bar, o clima estava bom. E então se sentaram à mesa.

Na sala de espera tinha uma mesa redonda, posta para os funcionários, mas dessa vez não havia nenhuma comida improvisada. Ao contrário, era um banquete real, com menus impressos com papel do tipo Oud Hollands, a vinheta pintada à mão, os vinhos entre as comidas impressos em vermelho. Aquele menu não podia estar melhor, com vinho para peixe, Bordeaux e Borgonha, e dois tipos de champanhe, um para antes e outro para depois dos pratos. E o jantar para os funcionários era o mesmo que para os da sala de conferências. Todos os funcionários estavam presentes, apenas o contínuo faltou, mas Stroomkoning se lembrou dele. Katadreuffe sentou-se com as três estenógrafas, senhorita Van Alm, senhorita Sibculo, senhorita Van den Born, além de Graanoogst, sua esposa e Pop. Alegrava-o estar sentado à mesa outra vez com a família de seu velho senhorio. Ele tinha substituído novamente a senhorita Graanoogst, e Pop estava ao seu lado. Sentia falta de alguém, que teria dado um ar de distinção à companhia, como antigamente, mas ele não era corpo mole, deliberadamente não sentia muita falta dela. Ficou contente que a senhorita Graanoogst, dessa vez, quase nunca ia à cozinha. Ela não precisava fazer nada, pois havia um cozinheiro e garçons ao redor. Pop sempre falava com ele; ainda era uma criança, mas já estava grande e possuía curvas. De repente, ele viu a mulher naquela criança, perscrutou a fundo e ficou chocado. Pois notou os maneirismos coquetes, achou os olhos bonitos demais para serem infantis, e pensou: *a mãe deveria ter cuidado, senão a filha não vai ficar no caminho certo.*

Então, durante o silêncio, a senhorita Graanoogst apontou para um lugar:

— Da última vez, a senhorita Te George se sentou *ali*.

E aí a conversa voltou-se a ela, que foi a única pessoa dos antigos funcionários a ser lembrada, mas não sabiam se o que falavam de sua vida atual era verdadeiro. Tinha se casado, sim, mas e o resto? E logo a conversa se dirigiu para outros tópicos.

Ninguém nunca tinha provado pratos daquele tipo, acharam mais curiosos do que bons. Katadreuffe comeu um pouco de tudo. Por fim, o copo de água era o que tinha o melhor gosto. Graanoogst, o comilão, achou a ave de acordo com seu gosto, apanhou-a duas vezes; a lacuna entre os cabelos começou a corar, e ainda assim suspirou para esposa:

— Não devemos ser ingratos, mas acabei de comer purê.

Os olhos demonstravam profunda melancolia, ele encheu o copo outra vez.

Katadreuffe olhou ao redor da mesa. A senhorita Van Alm continuava em silêncio e parada; sempre via, através da moça, involuntariamente, sua antecessora, pela qual nunca tinha dado muita atenção. Ele gostava mais da senhorita Sibculo que, mesmo sem o noivo, era alegre e amigável, uma boa convidada.

A senhorita Van den Born agora tinha a aparência de uma moça, com uma saia razoável e realmente usando um anel. Pois até ela tinha noivado, o impossível parecia possível. Mas continuou a usar roupas bem estranhas durante a semana. Havia pouco tempo, Katadreuffe tinha passado por um casal na rua, e olhou para ambos: um tinha a cabeça de um moço e usava calça de golfe, o outro tinha cabelo longo e usava uma capa. O de cabeça de moço era a senhorita Van der Born, o de capa era o noivo, um homem pálido ligeiramente repugnante. Parecia um casal travestido, mas antipático.

Com a noite quente, uma suave noite de primavera acabou ficando abafada na sala de espera, a porta para o corredor abria e a da sala de conferência também. Era a hora certa para discursos, agora podiam acompanhar tudo. Escutaram Carlion falar com seus fins perfeitos; não eram ruins e, e todo caso, ele era bem-intencionado, mas era muito seco, muito conciso, com pouca cara de discurso. Mas colhia-se o excepcional sucesso do discurso da senhorita Kalvelage, quase uma sátira, sobre a profissão, sobre os clientes, sobre tudo, sobre si mesma; aquela criatura sem corpo mostrou ter uma rápida esperteza que, alternadamente, resultava com uma explosão de risadas e as escutavam sem fôlego. E o fim, com algumas palavras verdadeiramente calorosas para Stroomkoning, pelo imprevisto, pela imprevisibilidade, foi irresistível. A senhora Stroomkoning, longe dela, do nada, se levantou para beijá-la.

Então foi a vez de Stroomkoning dar uma palavra de agradecimento. Tinha que reconhecer honestamente que o discurso da senhorita Kalvelage colocou todos os outros de lado. Mas ele tinha facilidade de falar, respondia a cada um, o tom e as palavras eram calorosos. Ainda que não lhe faltassem autocríticas, disse que se agora podia falar de forma cordial e como muitas vezes acontece com uma pessoa cordial (o fato ficou óbvio devido aos inúmeros elogios), isso sempre lhe vinha de forma fácil, não por mérito próprio, mas sim pela graça as circunstâncias. Também lembrou da morte de Gideon Piaat. Calou-se a respeito de De Gankelaar.

Eles acharam que tudo tinha passado, mas não passou, pois o jovem Countryside que, para surpresa de todos, anunciou que não falaria nada — nenhuma sílaba —, surpreendeu todos os colegas de mesa com um discurso final dado em holandês e que, apesar do forte sotaque, conseguiu chamar a atenção de uma maneira bastante clara. E a senhora Stroomkoning, sentada ao seu lado, então se distanciou dele. Deu um beijo na bochecha de um couro velho e enrugado.

Enquanto isso, a sobremesa era servida e o humor na sala de espera subiu consideravelmente, em espacial o das moças, pois as variedades de doçuras eram deliciosas de verdade. Flans, tortas, sorvetes, bombons, ananás cristalizados, castanhas; todos altamente bem-feitos e refinados, mas doces, divinamente doces ao paladar feminino.

E então Stroomkoning surgiu e disse a Katadreuffe:

— Agora vou tomar seu lugar e o senhor vai tomar o meu.

Pois ele queria terminar aquela noite tendo a simpatia dos funcionários. Sabia pouco sobre maioria deles, mal lembrava os nomes. Agia de maneira solta e também ao humor já estava tão animado que não se falava mais em embaraços. Ao contrário, a vinda dele só trouxe alegria.

A senhora Stroomkoning gesticulou a Katadreuffe que ele deveria se sentar onde seu marido tinha acabado de ficar, na ponta da mesa, à sua esquerda. Katadreuffe não imaginava nada, era sensato por natureza, entendia que isso era apenas uma rápida feita por pessoas que são rápidas em seus relacionamentos, em especial os que não são afáveis e nem condescendentes em suas atitudes com os subordinados. A senhora Stroomkoning, sentada entre ele e Countryside, estava distante de ambos.

Do outro lado de Katadreuffe estava sentada a filha de Stroomkoning. Seus filhos, um menino e uma menina, estavam grandes, mas ainda mantinham algo de delicado. Eram crianças criadas pelo pai após o climatério, uma leve degeneração em seu físico. O filho se chamava Molyneux, em homenagem a Countryside, e a filha se chamava Leda. Molyneux não tinha muita cabeça para estudos, nunca poderia ser o sucessor do pai, mas tinha um talento peculiar para o desenho. Na verdade, seus traços não eram originais, lembravam Beardsley,[37] mas era extraordinário, era um cosmopolita na arte. Como as pessoas imaginavam o cosmopolitismo no pré-guerra, era um epígono total e do tipo notavelmente conservador. Nunca era obsceno nos desenhos à pena, mas às vezes era tão perverso que sua mãe, gozando de boa saúde, escondia alguns e chorava sobre eles. Ele era um decadente, não ficaria velho. Suas feições eram comuns, mas os olhos eram irrequietos e muito fundos.

A moça não era doentia, tinha um rosto bonito, bobo, mas o olhar era um tanto pálido. Somente no começo das noites seus olhos ficavam belos.

Katadreuffe, aceito pela primeira vez nos altos círculos, olhou discretamente em volta da mesa com a cabeça fria e viu que os amigos e clientes de Stroomkoning também podiam comer coisas diferentes do "estilo da fortaleza". Pois ali, entre as damas, em primeiro lugar, eles mostravam atenção na conversa, então os vinhos apareciam e depois vinham as comidas. Foi uma imagem que ele não esqueceu. A senhora Stroomkoning, entrementes, contou que em bem pouco tempo ele seria o novo colega de seu marido. Ela fez todos, inclusive ele, sentirem que ele estava sentado ali não como chefe do escritório, mas sim como um estudante avançado. Tinha sido totalmente aceito,

---

[37] Aubrey Beardsley (1872-1898), ilustrador inglês influenciado pelas xilogravuras japonesas e que influenciou a Art Nouveau na Inglaterra.

ele percebeu. Sentou-se calmo ali, mas ainda assim modesto; era o estudante, o futuro advogado. E o que não percebeu foi que o rosto bonito fez o resto. Leda Stroomkoning olhou veladamente para ele.

A festa terminou quando Stroomkoning voltou da sala de conferências. As damas foram levadas para casa, os senhores tinham que ir a um evento pós-festa em Haia e Katadreuffe tinha que ir com eles, claro. A única mulher que acompanhou os senhores foi a senhora Stroomkoning, que dirigia o carro, com o marido ao lado, Countryside e Katadreuffe atrás. O carro andou a toda velocidade, deixou o resto bem para trás. Chegaram em meia hora. Ali, em uma danceteria, os senhores foram cercados de meretrizes; a senhora riu e os encorajou:

— Podem dançar, sem problema.

E ela mesma deslizou com um estranho que provavelmente devia ser um adido de uma embaixada. Katadreuffe, que não sabia dançar, disse para si mesmo: *tenho que aprender a fazer isso, pelo amor de Deus, quanta coisa tenho que aprender*.

Ele aprenderia porque era necessário, não porque tinha um desejo íntimo, pois suportou aquele desfecho de noite. Os olhares das mulheres soltas o irritavam além da conta, mas tinha que se controlar, e deu certo.

Continuou sentado e, felizmente, teve a companhia do jovem Countryside, que também não dançou, a não ser quando a senhora Stroomkoning expressamente pediu. Mas foi ruim, ele era muito bem-criado para perder o controle e aparentar estar sóbrio, mas dançava igual a um gibão preto molenga, as pernas tinham vontade própria, e a senhora Stroomkoning, rindo, desistiu. Ela teve o tato de não pedir a Katadreuffe. Então ele continuou sentado com Countryside, bebendo o whisky e Countryside bebendo demais. Ele chegou perto de Katadreuffe e sussurrou:

— *We'll go in a moment. You show me the sights of The Hague.*[38]

Era totalmente incompreensível. Ele estava sentado em meio às meretrizes, que eram beldades e aparentemente não lhe diziam nada, e era bem estranho que ele persistia em considerar Katadreuffe como um grande libertino que conhecia a vida noturna de todas as cidades, até lugares piores do que onde estavam.

Eles foram a uma segunda danceteria, algumas mulheres da primeira os acompanharam. Mas era idêntica à anterior; Katadreuffe viu uma monotonia mortal, a desolação da vida noturna. Começaram a ficar cansados e logo foram embora, as mulheres venais foram com eles.

Então o gerente do estabelecimento apareceu na porta e, gritando para uma daquelas criaturas, disse:

— Senhora Lia, sua taça ainda não foi paga, vou colocar na sua conta.

Ela já era uma moça velha, não era mais tão encantadora, tinha um rosto inchado, e ela berrou:

— Sim, vim aqui com oito senhores e ninguém quis pagar!

Katadreuffe escutou o grito de aflição enquanto os outros iam para o carro e se despediam das mulheres.

Ele não conseguia suportar e, como era casto, virou-se, pois quis pagar os gastos dela. Mas Moly-

---

38 Em inglês, no original, "Vamos daqui a pouco. Mostre-me os pontos turísticos de Haia".

neux Stroomkoning estava à sua frente, já procurava as moedas na mão sob a luz da entrada, e a olhou afiadamente. Talvez ela fosse um objeto para desenho — não, ela não era refinada. A moça foi embora, chorando de leve e um pouco bêbada.

Então, na volta, Countryside agarrou o volante e quase causou um grande acidente, pois, a uma velocidade absurda, ele insistia em virar totalmente à esquerda, à maneira inglesa, e disse com teimosia britânica:

— *That doesn't matter, I call this the right side.*[39]

Até que a senhora Stroomkoning, sentada a seu lado, simplesmente puxou o freio de mão, o que fez o carro parar com um baque, e, pegando-o com os braços musculosos, tirou o jovem Countryside do assento e ocupou a direção.

Katadreuffe ficou em silêncio, sentado no banco de trás ao lado de Stroomkoning, também em silêncio. Stroomkoning já pensava o que fazer nos casos de hoje ou amanhã, e Katadreuffe refletia sobre a reclamação indignada da moça velha e bêbada e a grande indelicadeza dos homens.

---

39 Em inglês, no original, "Isso não importa, para mim este é o lado certo".

DE HEUVEL[40]

Perto do verão, Katadreuffe tinha completado os estudos para a licenciatura em direito. Estava absolutamente convencido que passaria. Seus tutores diziam-lhe que não tinha mais nada a aprender, mas sua convicção não vinha apenas da garantia deles. Possuía um incentivo muito mais poderoso para sua fé, o inimigo não poderia mais lhe frustrar o intento. Não tinha mais que esperar o terrível incidente do pedido de falência. Não precisava mais temer o choque moral que tinha colocado seu exame estadual em perigo. Suas dívidas com o banco estavam pagas, com todos os juros e custos. Seu pai não podia fazer mais nada.

Nessa época, seu cérebro era um enorme arquivo de conhecimento e ele sabia o caminho de todos os lugares. Para ele, as cláusulas eram dossiês, apanhava-as no arquivo, abria, e tudo aparecia diante dos olhos: significado, desenvolvimento histórico, aplicação prática. Espantava-o que um material tão abrangente pudesse ser tão facilmente comprimido em células cerebrais e ainda continuarem legíveis, sem vincos. Todo estudante devia experimentar algo do tipo, e ele não era exceção.

Sentia-se tão calmo que deixou a tarde de domingo livre até o último momento.

---

40 Literalmente, "a colina". É um estabelecimento dentro do Het Park, à beira de um rio. Na época de Bordewijk era uma cafeteria. Hoje é um restaurante chamado Parkheuvel.

Uma vez, ele e Jan Maan fizeram uma viagem pelos portos junto a "ela". Isso não acontecia havia anos, e ela queria muito fazer aquilo outra vez. A água era sua grande afeição, a água em que estava Roterdã.

Ela ficou no meio dos dois filhos, não queria se sentar, ficou no entrincheiramento. Estava uma tarde deliciosa, as ondas tinham a batida majestosa de um rio largo, onde o vento tinha uma margem de ação, com vales e topos, mas sem espuma. Havia neblina em pontos empalidecidos, o cheiro do rio foi ao mar, que era em si um meio mar. E isso fez Katadreuffe pensar — mas não falou em voz alta — que a água do mar, unida às montanhas, comemorava um casamento eterno em Roterdã. Se De Gankelaar tivesse falado com ele agora, não teria sido apenas um monólogo, teria encontrado um parceiro, e a troca de ideias teria aprofundado a conversa. Katadreuffe não era introspectivo, não tinha consciência que estava na grande época de mudança de sua vida. Estava na linha de demarcação que divide o mundo de todo intelectual. A linha era tênue, uma fronteira sinistra que se cruzava inconsciente. Somente depois, quando se aprendia a examinar o próprio mundo a seu redor, percebia-se claramente a linha traçada. Katadreuffe não era mais o intelectual que apenas absorvia ganancioso, tinha começado a refletir também, sim, começou a emitir luz. E a imagem da linha, como toda imagem, carregava nas últimas consequências frouxas, pois o mundo que a rodeia é sua própria vida; o que ficou deste lado era seu, igual ao que estava do outro, e se cruzasse a linha para o terreno onde estavam os frutos, o velho território ainda o proveria com mantimentos. Ele era, com toda sua ambição, modesto. A verdadeira ambição andava de mãos dadas com a modéstia, não se podia desejar conseguir algo sem perceber que aquilo precisava ser conseguido. Quem dizia "estou aqui" era um mausoléu intelectual.

A vista do complexo portuário não estava tão bonita, pois havia muito trabalho com a calma do domingo. Carregavam montanhas de minérios de todas as cores, verde brilhante, vermelho escuro, ou marrom enferrujado, sem colocar nem por. Havia um grande veleiro descarregando grãos; quatro elevadores sugavam o casco, e os grãos fluíam tão rápido nas barcaças que pareciam óleo amarelo e espesso. Eles estavam ali, tranquilos e vorazes, com o navio inteiro em seu poder, as ventosas sangrando até morrer. E isso também fez Katadreuffe pensar numa imagem: eram águas salobras que jogavam um mamífero na correnteza.

Na foz de Waalhaven, então, encontraram-se no mar marginal e, bem ao longe, o aeródromo com insetos brilhantes acima das cabeças. Bateu um vento bem forte ali, os rapazes, simultaneamente, olharam para o pescoço dela. Ela já tinha apertado ainda mais o cachecol. Será que tinha visto a movimentação de ambos, sentido a preocupação emudecida? Não demonstrava nada. Isso que era ter cabeça dura.

Katadreuffe acreditava tão firmemente em seu sucesso que não quis ir trabalhar no dia anterior à prova e pediu uma folga; já de manhã foi vê-la e sugeriu irem andando até o parque. Ela teria gostado, mas a cidade ficava bastante lotada em dia útil e enfrentariam um fluxo grande nas principais vias. Não achava isso nada bom.

Em seguida, de jejum, pegaram o trem. O parque surgiu no ponto final da linha e subiram até De Heuvel lentamente e em silêncio. Estava relativamente tranquilo, com alguns desempregados caminhando. O dia estava opressivo e escuro, com nuvens baixas e névoa amontoada, um céu que tornava as águas de Roterdã bonitas.

Então Katadreuffe sentiu que aquele era o momento pelo qual esperou durante anos, que devia ter visto em uma visão: na véspera do novo grande dia de sua vida, nenhum medo estrangulador, mas uma suave melancolia. Ele apressou o passo, apertou sua mão.

— Mãe, mãe — chamou assim que ela foi andando.

Ela não escutou, continuou indo, sentou-se no banco seguinte.

— A mãe, aparentemente, não quer me ouvir — falou e logo duvidou:

— Senhora Van Rijn?

Pois sempre se lembrava daquele quadrúpede odiável rastejando na tenda em Hoek.

— Não — respondeu Lorna Te George —, senhora Telger.

— Graças a Deus — suspirou.

— Senhora Telger, mas para o senhor, por favor, senhorita Te George.

Havia um banco vago ali perto, onde foram se sentar; ela andava calma de um lado para o outro com um neném num carrinho de bebê. O encontro era bastante inesperado, a conversa necessitava de um começo bem banal.

— Ainda mora na rua Boogjes?

— Não, mas meus pais ainda estão lá, nós moramos perto. É longe para meu marido, mas ele vai de bicicleta pela ponte, como eu fazia, lembra?

Como ele poderia não lembrar?!

— Gosto tanto da tranquilidade daquela vizinhança campesina e convenci meu marido a morar lá.

Ela se calou, sentindo a pergunta que ele não se atrevia fazer.

— Ele é contador na companhia marítima do rio Reno.

As coisas iam bem para ela, apesar dos tempos ruins, ele pensou. Era uma dama completa. Em todos os detalhes de seu traje, tinha mudado muito pouco. E na agridoce suavidade de sua alegria, espantou-se que o paraíso inteiro de um homem poderia estar em algo tão misterioso, ainda que revestido com uma pele semelhante à sua. Ele olhou para seus dentes, magníficos e brancos, e a mulher apresentou-lhe mais um problema ao umedecer os lábios brilhantes. Pois ele era um homem, sem abstração insossa, contemplador; na presença dela, era um homem. E como se tivesse entendido o estado precário de seus pensamentos, ela disse:

— E o senhor, como está? Soube, na época, da sua prova. Como vão os estudos?

— Amanhã começo o doutorado.

— Oh, vai passar, claro, sempre passa.

— Sim. Posso dizer sem presunção: sim. A senhora me acha presunçoso?

— Não, não quis dizer assim. E estou convencida que o senhor vai longe. Vai ser um advogado, para começar.

— Sim, senhorita Te George, exatamente isso: para começar. Quando for advogado, ainda não serei nada. Isso não contradiz o que falei antes, não era falsa modéstia. No fundo da minha alma, estou convencido de que assim que for advogado, será apenas o começo.

— Mas o senhor vai longe — repetiu teimosa.

— Talvez... em certo sentido. Mas, no fundo, sou um covarde. Não acha que, lentamente, começo a me conhecer melhor?

Ela não respondeu. De vez em quando, mexia um pouco de um lado ao outro o neném dormente. Ele retomou:

— Estou possesso com uma ideia, temo pelas outras; tenho um segurança particular me vigiando dia e noite. Não é covardia? Eu sou covarde.

Ela não respondeu. A conversa estava indo para um lado mais triste. E ainda assim, esse homem a fascinava, mais agora do que antes, seu espírito estava mais maduro, ele seria uma grande figura. Parecia também mais gentil, mas ainda assim era um homem.

E após olhar à sua frente por um instante, olhou para ele, sorrindo, como faz uma mulher quando gosta de um homem e não quer que perceba, só dá um leve toque, talvez. Ela o via tão adulto, tão orgulhoso, casto, ambicioso. Olhou para suas mãos: agora estavam levemente mais morenas por causa daqueles poucos dias de sol primaveril. E ela o viu tão conquistador, justamente porque ele não se dava conta disso. Ambos se calaram, enquanto ele também a olhava diretamente nos olhos, aqueles olhos que sempre hesitavam entre o cinza e azul. Captou todos os detalhes com o olhar: a nobre parte superior dos pés pequenos, as pernas sempre um tanto acanhadas, mas cuja curvatura da panturrilha demonstrava que eram pernas de verdade, as mãos na luva branca de tecido fino estavam a caráter, o cabelo loiro bronzeado sob o pequeno chapéu. Aquela figura inteira, calma, estreita, esbelta, muito esbelta, e não tão refinada assim. A cabeça era grande demais para uma mulher, mas não muito, pois era alta — absolutamente certa. Uma bela cachola, a testa grande, lisa, bem feminina. O rosto, que o tinha cativado enormemente por sua originalidade, possuía uma linha fina que ia da narina ao canto da boca, isso era uma tristeza antiga, algo em sua vida escondido para ele. O rosto do passado não tinha mudado em nada, absolutamente nada. Havia apenas um leve afundamento debaixo dos olhos, uma sombra vaga, talvez o resto de sua tristeza em comum.

Agora ele a via sob uma luz diferente. A implacável vivissecção que fez de si mesmo deu calma ao seu olhar e equilíbrio às suas palavras, e, com grande simplicidade, conseguia se expressar, sabendo exatamente o quão longe podia ir:

— Eu vou me casar com alguém. A senhorita foi um incidente na minha vida. Um incidente maravilhoso, *o* incidente que não esquecerei, nem conseguiria.

Claro que ela acabou enrubescendo. Olhou para outro lado, e suas feições pareceram iguais às que ele tinha visto no primeiro encontro dos dois, na escada — algo sonhador e algo sorridente. Ele tinha feito de maneira tão honesta, sem segundas intenções, uma declaração de amor tão delicadamente velada que não chegou a doer, mas que lhe deu uma doçura, uma alegria sutil, igual ao cheiro de uma fragrância que passava e ia embora.

Então ele conseguiu contornar a conversa:

— Consegue ver a minha mãe sentada naquele outro banco, de costas para nós? Não é uma pessoa boa, a minha mãe? Como poderíamos nos dar bem se eu fosse diferente! Mas é uma loucura. Talvez não lhe soe tão bem que eu fale da minha mãe assim, só que posso falar à *senhorita*: nós não nos damos bem, e a culpa não é só minha, é de nós dois. Irritamos um ao outro.

Ela sorriu de novo.

— O senhor tem caráter, senhor Katadreuffe, eu já sabia disso. O que o senhor diz comprova que sua mãe também o tem caráter.

Ele ponderou:

— A relação consanguínea às vezes tem seu lado obscuro. É assim entre nós dois. Contando que não moremos juntos, vamos nos dar bem. Temos algumas briguinhas, mas não levam a nada. Seja como for, é uma mulher especial.

Ele não quis acrescentar que temia perdê-la em breve, soaria sentimental.

— A senhorita vem sempre aqui? — ele perguntou. — Não a vejo há anos.

Ela sempre ficava balançando o neném dorminhoco para lá e para cá.

— Não, não venho muito ao lado norte. Às vezes, venho ver as lojas, mas não muito. Meu marido teve que ir a Ruhrort a trabalho, vai ficar uma semana fora, e eu estou hospedada com uns amigos nossos aqui da vizinhança, mas a semana acaba amanhã.

Ela disse as últimas palavras com o antigo ar travesso. Ele sorriu franco. Entendeu-a perfeitamente.

— Sempre achei — ele falou — que deveria encontrá-la outra vez, mas aqui... Queria ver o rio com a senhorita. Posso?

Enquanto andavam até o parapeito, ele disse:

— Não sou mais uma criança. Percebo muito bem que um momento como esse deveria sublimar tudo... para um homem, pelo menos. Por isso quero ver o rio enquanto estou ao seu lado; para mim, ele vai estar na mais completa beleza, mas ele é sempre belo.

E ficaram juntos ali no parapeito, ela empurrando o bebê para frente e para trás, apenas um pouco. Naquele momento, não havia nada de maternal nela. A água corria sob a névoa rolante e as nuvens baixas. O oeste inteiro brilhava com o fogo avermelhado vindo de um estaleiro. Dali, por todos os lados, vinham sons das marteladas dadas nos cascos; num canto, uma luz estremecia. A fumaça das fábricas não podia penetrar na atmosfera, uma teia de aranha embaçada e pesada continuava suspensa, aos pedaços. A névoa, de vez em quando, causava surpresas de estimativas incorretas. O que ao longe parecia um caixote poderoso no Reno era extremamente pequeno de perto. Mas ali, um ponto preto e fino sobressaía entre as nuvens e virava um enorme navio a vapor, pretíssimo, que deslizava pelo porto com um entrincheiramento branco leite e uma ponte. Iguais aos abetouros nos pântanos, os guindastes no cais inclinavam seus bicos para cima, imóveis; mas, olhando, via-se que ali havia um que girava, abaixava, apanhava mantimentos flutuando na água. Até onde os olhos viam, à esquerda e direita, uma cidade em movimento, a água uma esteira transportadora brilhante.

— O enteado em meio às nossas grandes cidades — ele falou. — E ainda assim o melhor e mais orgulhoso. Não concorda comigo?

— Acho Amsterdã mais bonita — ela respondeu.

— Não — ele disse —, eu não acho. *Nossa* cidade é Roterdã. Justamente por não ter nada específico de holandês. Amsterdã é nossa cidade nacional, Roterdã é nossa internacional. Sinto mais apreço pela internacional, pois gosto dessa cidade. E do carimbo do mar, pois o mar não tem fronteiras, o mar é o único cosmopolita verdadeiro do mundo.

— O senhor está virando um pensador ou poeta — ela falou, sorrindo seriamente.

— Não — ele ponderou —, tenho que contradizê-la outra vez. Não penso mais que o necessário para minhas ações, sou sóbrio demais para ser poeta.

— Tenho que ir embora — ela falou.

Ele respondeu:

— Sim, mas a verei de novo...

— Por acaso...

— Exato, por acaso. Não a procurarei, esperarei pelo acaso.

Ela apertou-lhe a mão.

— Esperarei pelo acaso — repetiu, apertando a mão dela. — Lembra-se da nossa primeira conversa naquela noite no escritório, quando a senhorita batia o acordo de *gentleman*? Não a procurarei. Encerro o acordo de *gentleman* com a senhorita.

Ele foi sentar-se com a mãe.

Uma velha conhecida, explicou-lhe. Era a antiga secretária de Stroomkoning.

— Ela estava namorando na época?

— Não — ele respondeu.

Achou que a palavra *namorando* era ruim ao ser dita pela mãe, e acrescentou:

— Não, ela ainda não era noiva.

— Entendi — disse a mãe secamente, sem tentar melhorar em nada. — Então você foi muito burro, Jacob.

Pois, com a fulminante compreensão de uma mulher que também era mãe, ela tinha adivinhado tudo em menos de um segundo. Sua mentira persistiu naquela única semana em casa. Tinha existido uma moça, e *que* moça era aquela. Ela não tinha acabado de vê-los juntos? Era o suficiente. Pôde virar tranquilamente as costas para eles, não havia mais nada que uma velha mãe pudesse aprender.

Sua reprimenda o aborreceu, ela sempre fazia isso. Ficava em silêncio quando ele gostaria de uma palavra e, quando ele queria silêncio, então dizia algo maldoso. Ela sempre, sempre o irritava. Ele falou. Ela respondeu, seca:

— Então você não deveria ser tão estúpido... Venha, vamos embora, estou com frio.

Ficaram parados por um instante onde De Heuvel dava ao cais e ao rio.

— Continue verdadeiro a Roterdã, Jacob — ela falou. — Roterdã é a *nossa* cidade. Não somos pessoas para Haia.

— Haia desgraçada — zombou, como se sua necessidade de se expressar violentamente ainda não tivesse passado. — O que a senhora acha de mim, mãe? Uma cidade de vagabundos e preguiçosos.

Então voltaram a ter um bom relacionamento e, xingando baixinho, de um lado ao outro, a sede do governo, caminharam até o trem.

Mas a relação com Lorna Te George era um diamante que ele escondeu, pois, no que diz respeito às pedras preciosas da vida espiritual, cada pessoa era um avaro: ele as viu no cofre de seu coração, sozinho, iluminado pela memória.

DREVERHAVEN E KATADREUFFE

Pelo cálculo humano, ele tinha que passar no doutorado — passou e passou muito bem. Aquele período de sua vida foi encerrado. Ele não tinha sido um estudante de verdade, não participou da vida na cidade universitária ou do mundo acadêmico — a rica vida na qual o homem, depois de estabelecido, ainda tem em mente com muito prazer. Ele não sentia falta. Seu tempo de estudo foi direcionado para uma única finalidade — tinha deixado Leiden para trás, de vez.

Ele insistiu bastante que não lhe fizessem nenhum tipo de homenagem e cumpriram respeitosamente o desejo. Para Stroomkoning, ele disse o que já tinha pensado antes:

— Eu ainda vou ser algo, estou apenas começando.

Esse orgulho modesto agradou o chefe. Mas o segundo motivo, explicação igualmente importante para esconder sua atitude: a lembrança daquela festa após o exame estadual. Ele havia renunciado a ela, não podia invocá-la outra vez. Quando pensava em Lorna Te George, era com espírito de melancolia madura e gentil, da maravilhosa melancolia agridoce da última conversa de ambos.

Em setembro ia ser juramentado advogado, então seu nome apareceria na plaqueta do prédio do escritório: o quarto nome, o mais jovem a brilhar no Maas.

No entanto, suas intenções iam mais longe. Stroomkoning era um regulador de avaria apenas de nome. Katadreuffe queria tentar transformar o escritório do chefe em um regulador de avaria de verdade. Quando já tivesse algum tempo de ofício, iria a Londres aprender com a C. C. & C., e quando tivesse aprendido tudo, iria visitar as bolsas de Roterdã igual aos outros advogados reguladores de renome. E iria escrever uma tese para se doutorar em Leiden. Depois, veria se podia ir além. Tinha que deixar algo ao acaso, e, na hora certa, fazer sua escolha a partir de várias possibilidades, cuidadosa e decididamente.

Não tirou férias de novo, achou que não precisava. Não era igual a antes, com o formidável exame estadual, quando vivia à beira dos nervos. O estudo de direito era quase uma brincadeira. Sentia-se perfeitamente equilibrado, podia simplesmente continuar trabalhando, pois, agora que não seria mais chefe do pessoal, tinha que tomar providências, teria que saber escolher seu sucessor.

Depois, pediu a aprovação de Stroomkoning — a pessoa mais maleável do mundo para esse tipo de coisa — do retorno de Rentenstein. Pois Rentenstein não era estúpido, possuía uma cabeça muito boa e era familiarizado com o escritório. Rentenstein poderia muito bem ser o novo chefe do pessoal, desde que fosse feito o controle do caixa, coisa que ele mesmo, Katadreuffe, faria semanalmente. E se o Rentenstein não pudesse mais ir aos tribunais, isso não era tão necessário, pois ele mesmo, Katadreuffe, não fazia isso. Daria muito, muito mais variedades de trabalho a Rentenstein; ele adorava ensinar aos outros, guiar seus discípulos. Bem, Rentenstein agora teria que ser seu discípulo.

O desertor Rentenstein veio e foi muito subjugado. Tinha ocupado a função de caixa no banco de Dreverhaven e parecia não ter um centavo, mas isso melhoraria. Katadreuffe o aceitou de volta e teve tato o suficiente para não o chamar da maneira como os colegas de trabalho faziam, mas sim de "senhor Rentenstein".

E Rentenstein aceitou com o maior prazer. Era uma mensagem do céu após a miséria dos últimos anos. Tinha se divorciado daquela mulherzinha terrível. Ele melhorou muito, Katadreuffe pensou, enquanto o escutava. Decidiu dar um passo arriscado com o infeliz, sua sensibilidade social estava acima de tudo. Em agosto, quando Rentenstein veio trabalhar, ele estava vestido de maneira esfarrapada, mas apropriada. O cabelo estava razoavelmente curto, com trajes de homem, nada efeminado, e sem caspa no colarinho.

Naquele verão, "ela" começou a deteriorar mais claramente do que antes. Para Katadreuffe, parecia que não era mais uma curva — para cima e para baixo —, mas sim uma descida lenta e definitiva. Talvez a volta pelo porto não lhe tivesse feito bem. Ela tossia incontrolavelmente à noite, deixava Jan Maan acordado, mas ele não falava sobre isso. No entanto, não houve nenhuma queda perceptível nos afazeres diários, nos olhos, na sua vontade. Ela sempre fazia o trabalho manual, apenas ia mais cedo para cama. Também descansava à tarde, mas ninguém podia saber disso. Se batessem à porta, ela se levantava da cama em silêncio, leve feito uma pluma.

Katadreuffe e Jan Maan falaram sobre sua situação. Estavam tão familiarizados que já faziam planos.

— Venha morar comigo, Jan — disse Katadreuffe —, tenho espaço o suficiente.

— Muitíssimo obrigado — falou Jan Maan —, mas vou morar com meus pais. O que vou fazer com um mestre em direito? Algo bom.

Katadreuffe ficou branco de fúria.

— Jan, se você se atrever a falar isso mais uma vez, vou bater na sua cara. Quem é o bastardo, eu ou você?

— Olha, calma. Nossa, nossa, o senhor tem uma boca maior que o Partido inteiro, e, vindo da boca de um comunista, isso significa muita coisa.

Foi uma briga feia; a delicadeza imprópria do amigo deixou Katadreuffe louco, não poderia tê-lo insultado mais. E terminaram aquilo bebendo cerveja na vizinhança.

No fim de agosto, então, chegou uma carta para Katadreuffe do decano da Ordem dos Advogados. O decano o convidou a ir até seu escritório. E Katadreuffe sentiu de imediato: o inimigo ainda não tinha morrido.

O decano era chefe daqueles escritórios imponentes que pareciam extintos, nunca se via clientes ali, a não ser se fossem clientes ajudados pelo estado, pois todos os negócios eram feitos por correspondência, já que era uma clientela fixa. O decano o recebeu em uma sala imponente, semelhante a uma igreja, pois tinha três janelas traseiras com vitral. Em todo caso, um templo da lei: ali, nunca haveria gritaria como nas reuniões de Stroomkoning.

O decano estava sentado na outra ponta. Levantou-se, cumprimentou Katadreuffe, e apontou-lhe uma cadeira à sua frente. Ele tinha a aparência de um marquês francês: era pequeno, bastante engomadinho, com bigode branco e barba curta branca. Assemelhava-se muito ao presidente do tribunal que questionou Katadreuffe tempos atrás; este era, na verdade, o irmão mais velho daquele. Ele abriu a carta e fixou o monóculo na órbita do olho. Essa armadura mais do que precária para os olhos — logo virou zombaria de coquete — caía-lhe extraordinariamente bem, dava o toque perfeito para a figura de marquês francês. Katadreuffe sentou bem calmo e deu-lhe uma boa olhada, não iria ceder em nada.

— Contra sua admissão como advogado — falou o decano —, uma objeção foi levantada por um membro da Ordem chamado senhor Schuwagt. Melhor dizendo, quatro objeções, pois ele a baseou em quatro motivos. Primeiro de tudo, o senhor é filho ilegítimo. Como segundo motivo, nesse momento, o senhor ocupa a posição oficial de procurador chefe. Em terceiro lugar, ele afirma que o senhor coopera com os princípios comunistas. Por fim, o senhor foi à falência duas vezes e esteve à beira de uma terceira.

Katadreuffe respirou fundo. Aqueles eram, então, os últimos trunfos do inimigo. Foi bombardeado quase antes de entrar no porto. Mas manteve a cabeça fria. Tinha prática no autocontrole, era de natureza acalorada, como tinha demonstrado uma vez, mas nunca a demonstraria quando houvesse grandes interesses em jogo. E manteve a cabeça fria.

O decano o olhou com atenção; a expressão do rosto fechado do outro lado da mesa não sofreu nenhuma alteração. Ele ainda não tinha acabado de falar:

— Deixe-me tranquilizá-lo ao começar a explicar que não sou cego ao fato de que essas objeções vieram de um lado que... Bem, digamos que, a princípio, não pode ser levado tão a sério. E no que diz respeito às objeções em si: primeiro, a questão de saber se o senhor é filho ilegítimo ou não me é completamente indiferente...

— Possuo o sobrenome da minha mãe, senhor decano — disse Katadreuffe.

Falou calmo e confiante.

— Exatamente — prosseguiu o decano —, isso não será considerado. Segundo, a objeção a respeito de sua posição atual conta menos ainda. Pelo contrário, é uma vantagem em relação aos outros que vêm direto da academia, pois o senhor praticamente já é mais ou menos experiente, e o senhor Stroomkoning me falou do senhor, fazendo grandes elogios, apenas recentemente.

Katadreuffe continuou calado.

— A terceira objeção tem mais peso. O senhor é comunista?

— Não.

— Como é possível que o imputaram disso?

— O senhor Schuwagt ou outra pessoa deve ter me vigiado bem de perto, mas estão errados. Pergunte às pessoas com as quais convivo ou ao meu antigo senhorio e senhoria se me encontraram com algum panfleto comunista, se qualquer coisa do tipo veio pelo correio, ou se já teve alguma reunião na minha casa...

— O senhor compreende — interrompeu o decano — que daqui a pouco, como advogado, jurará fidelidade à Realeza, obediência à Constituição etc. etc. Então o comunismo entra em conflito. Aqui na Ordem nunca tivemos um caso assim, mas acho que não devemos nos opor de verdade a um advogado comunista.

— Desculpe, senhor decano, eu não tinha terminado de falar. Há algum tempo fui a algumas reuniões com um amigo comunista, mas mais por curiosidade do que convicção. Estou completamente afastado disso; seja como for, o comunismo não é para mim. Os amigos de meu amigo não são meus amigos. Mas ele tem outras qualidades e nunca pensei e abandoná-lo por causa de seu comunismo. Além do mais, ele faz pouco: sempre me chama, brincando, de burguês e capitalista.

Katadreuffe viu algo como um sorriso no rosto do decano. Não percebeu que suas últimas palavras, aos seus olhos, livraram-no de qualquer suspeita. O decano retomou:

— O quarto ponto é o pior, se for verdade...

— Fui à falência duas vezes — respondeu Katadreuffe —, a terceira vez não deu certo.

Sua aparência, sua atitude, seu desempenho conquistaram o decano. Esse realmente parecia ser um caso sério, podia derrubá-lo.

— Então seu pedido de admissão é sem precedentes na Ordem de Roterdã. Como é possível que alguém na sua idade tenha sido falido duas vezes?!

— A mesma pessoa que apresenta essas objeções me fez ir à falência três vezes, só que da última vez não deu certo. Contraí uma dívida, em primeiro lugar, ao abrir uma loja em Haia. Aquilo foi bem estúpido, reconheço, e mereci a primeira falência. Mas eu não possuía nada e a falência foi anulada. Então, por recomendação de meu curador, o senhor De Gankelaar, consegui um emprego com o senhor Stroomkoning, e quando me estabeleci lá, o mesmo credor me fez ir à falência outra vez. Achei que minha dívida tinha sido cancelada, então também mereci essa falência, pois não deveria ter sido tão estúpido. A dívida foi paga com meu salário, meu segundo curador foi o senhor Wever. Depois disso, peguei dinheiro emprestado com o mesmo credor, a fim de custear meus estudos, e estava pagando com regularidade, mas quiseram tudo de uma vez e pediram a falência pela terceira vez. Mas não deu certo, e eu *não* merecia a terceira falência. Agora estou livre de todas as dívidas. Posso mostrar o último recibo do banco, do meu antigo credor. O senhor pode obter todas as informações com o senhor Carlion.

— Uma coisa — disse o decano. — Por que o senhor pediu crédito ao banco de novo?

Katadreuffe respondeu orgulhoso:

— Queria mostrar-lhes que não estava com medo deles.

— E por que o banco lhe deu o segundo crédito?

— Não sei direito — disse Katadreuffe, verdadeiramente. — Tenho minhas suspeitas, mas prefiro não falar sobre elas.

— Só mais uma pergunta. O senhor quitou tudo no banco?

— Totalmente.

A entrevista tinha terminado, e ele podia ir embora. Sobreveio-lhe, novamente, como era tranquilo ali. Agora, conhecia três formas de silêncio: com Wever, o silêncio de poucos casos, o escritório começando; com o decano, o distinto silêncio da elite da advocacia; e com Dreverhaven, o silêncio do medo. E, sem nenhuma sombra de dúvida, gostava mais da barulheira do escritório de Stroomkoning.

Quando estava voltando, teve certeza de duas coisas: primeiro, de que seria aceito; segundo, de que seria um absurdo ficar bravo com o pai, cujas tentativas foram ficando cada vez mais fracas e desajeitadas.

Durante a primeira metade de setembro, foi juramentado. O promotor de justiça requereu, dando os parabéns, que fosse admitido. O presidente do tribunal fez o juramento duplo.

Ele andou pensativo ao longo do caminho entre o canal Noord até a rua Boompjes. O primeiro traço de outono estava no ar, mas bem de leve; era uma bela manhã. E, mal prestando atenção para onde estava indo, de repente se encontrou na Boompjes, na orla, nos pedregulhos relativamente pequenos, em meio à turbulência. Estava do lado oposto do escritório, não sabia qual força o tinha levado ali. Viu na fachada quatro sóis pregados, um grande e três pequenos embaixo. Ele leu: "Sr. J. W. Katadreuffe, advogado e procurador". Não entendeu como isso aconteceu, não tinha nem pensado em seu nome na placa. O incidente com o decano, por um breve período, roubou-lhe a vigilância comum. Agora a placa estava pronta; sentiu a fineza de uma mulher, a senhorita Kalvelage deve ter feito. Como ela já esteve muito acima dele. Ele estava só começando.

Naquele momento, viu lampejos de imagens passando, surpreendentemente rápidas e claras. Ali estavam todas as coisas que ele tinha que saber: tinha que aprender a agarrar e segurar o programa de sua vida. Nunca tinha visto com tanta clareza a terrível distância entre um homem e um cavalheiro, o povo e a elite, mas especialmente entre um homem e um cavalheiro. Pois o dom para adaptações era maior nas mulheres, e, além do mais, a sociedade não exigia tanto delas. Mas a maior dificuldade na vida de um homem é de se tornar um cavalheiro, mas não na aparência.

Deveria conseguir falar sobre tudo, não apenas com o conhecimento adquirido da enciclopédia, mas sim a sabedoria geral. Tinha que saber como desenvolver uma conversa leve com homens e, de maneira diferente, com as mulheres; deveria saber literatura, falar línguas estrangeiras com o sotaque certo, conhecer a literatura *deles* — tinha que saber de artes plásticas e música —, tinha que saber viajar calmo por países estrangeiros, tinha que saber falar sobre cidades, paisagens, povos, seus costumes e suas próprias descobertas. Tinha que ser espirituoso e, acima de tudo, ter boas maneiras, vestir-se sem exagero, mas sempre com peça certas de cortes certos — tinha que saber falar sobre esportes, sobre política interna e externa, sobre economia, bolsa, sobre ópera, peças e filmes —, tinha que saber jogar cartas, dançar, falar sobre boas hospedagens, boa comida, especialmente bons vinhos, saber almoçar igual aos homens de negócios que tinha visto nos restaurantes, com a introspecção de uma fortaleza; não lhe agradava, mas tinha que saber. E muito mais fatos desagradáveis aconteceriam.

Tinha que virar um *all-round man* nas pequenas e grandes coisas, mas sozinho. Nunca iria se casar.

Pensando bem, a enciclopédia podia ajudá-lo e muito.

E quando chegasse a esse ponto, aos seus olhos, ainda não seria nada mais do que um cavalheiro entre cavalheiros, cuja cor se perderia entre as cores da elite. Mas queria chamar a atenção para sua própria cor, queria que pudessem falar: "olhe ali, olhe aquele ali".

Mas continuaria fiel a Jan Maan.

Naquela noite, Katadreuffe foi ter um último acerto de contas com o pai. Era um plano acalentado há anos; a hora da vingança tinha chegado, seria uma recompensa digna. Com passos calmos, foi ao bairro pobre. A luz brilhava no primeiro andar, através das frestas das cortinas da janela. Andou sereno na escada espiralada de pedra, empurrou a primeira porta (uma campainha soou ao longe), a segunda, a terceira. Mas sons inexplicáveis ecoaram pelo edifício vazio. Num canto, havia algo de sinistro neles. A brisa da noite aumentou, era como se tocasse harpa de maneira aborrecedora.

Ele se desfez, não entendia nenhum som, estava diante do pai. Dreverhaven estava sentado parado, de chapéu e casaco, mas não fumava, não bebia. Estava acordado. A mão do velho dominador da classe operária levantou e apontou uma cadeira. Katadreuffe ignorou o gesto.

—Eu queria...

Dreverhaven o interrompeu.

— Bem, Jacob Willem, como o canalha do pai pode agradecer a honra da visita do filho? Está correndo atrás da posição daquele babaca do Schuwagt, agora que foi juramentado?

Ele riu alto e sarcástico. E isso fez Katadreuffe ter um sentimento estranho. Não a risada, mas sim as palavras.

— Eu queria justamente lhe dizer, pai, que o que falei colericamente na nossa primeira conversa — sobre canalhice —, eu retiro o que disse. Desculpe. Esperei muito tempo para expressar meu pesar. Não vou mais adiar, já que, ao mesmo tempo, vim dizer...

Aqui ele vacilou um pouco, pois, pela seriedade da conversa, ocorreu-lhe o pensamento de que ele não tratava o pai por "você", como fazia com a mãe. Era algo que simplesmente nunca faria.

— ...ao mesmo tempo que esta é minha última visita ao senhor. O senhor não me apequenou, como agora, certamente está convencido. Hoje fui juramentado, como o senhor sabe e sente muito, mas fui juramentado... E tenho apenas uma coisa a acrescentar... que esta é minha última visita ao senhor, dou adeus de vez, não o reconheço mais como meu pai ou como qualquer outra coisa, o senhor não existe mais para mim.

O rosto velho, cinza, enganoso, mudou à sua frente. Ficou mais novo, brilhou, riu. Realmente, o pai, após anos de sarcasmo, riu. Estava tão irreconhecível que o filho ficou chocado. E ficou ainda mais chocado com a mão cheia de pelos símios e grisalhos sobre a mesa, estendida para ele.

Mas logo o choque transformou-se em raiva, raiva cega do consanguíneo. De repente, esqueceu a intenção de recompensa digna, foi totalmente esquecida. Ele ficou pequeno, pequeno, desesperadamente pequeno, o sangue escuro o dominou. Ficou bem pequeno, podia caber numa caixa de fósforos, mas sentiu que nem mesmo a Grote Kerk[41] poderia contê-lo.

---

41 Literalmente, "Grande Igreja". Espécie de igreja matriz protestante presente em diversas cidades da Holanda.

— O quê? — gritou. — Apesar de todas as suas tentativas, cheguei aqui, agora devo apertar sua mão e aceitar os parabéns? Nunca. Nunca de um pai que a vida inteira fez tudo contra mim.

Dreverhaven se levantou atrás da escrivaninha. Seus pulsos, com pelos grisalhos, estavam na mesa, todo o peso de seu corpo maciço pressionava os pulsos, transformando-os em uma rede de veias grosseiras. Parecia um monstro travestido de gente, um gorila grisalho. Sua boca abriu como se fosse dar um rugido... e, no entanto... e, no entanto...

— Ou fez tudo a seu favor — disse lenta, clara, roucamente, mas de forma gentil.

Soou muito misterioso; o homem virou um enigma.

E Katadreuffe, entorpecido pela raiva e terror, mas sem alterar as feições, virou-se e foi embora sem dizer palavra alguma.

Seu sentimento de arrogância, estranhamente, começou a se dissipar, mas não o demonstraria, reteria aquele orgulho. Foi embora sem dizer palavra alguma. E estava ali outra vez, no canto do edifício, a estranha música de cordas que dava um acompanhamento lúgubre à sua passagem.

Então, do lado de fora, uma tristeza sem fim a respeito de seu comportamento o levou à mãe.

Mas a imagem e o som o seguiram, viu o pai-monstro parado ali, abrindo a boca e falando:

— Ou fez tudo a seu favor...?

Teatro, tudo teatro!, berrou internamente. Nada além de teatro daquele velho canalha, maldito. Teatro e mentira.

Estava ficando durão.

E foi para casa; ela não estava, encontrou apenas Jan Maan. Seu humor estava bastante abalado, não queria que o amigo o culpasse. Mas Jan Maan viu o brilho nos olhos dele e disse:

— Você acha que eu a deixaria ir à rua...? Ela está com os vizinhos do andar de cima, dentro de casa, é só subir as escadas. Eles aumentaram a família. Queriam que ela desse uma olhada no futuro burguês.

Katadreuffe foi sentar-se à mesa. Até então nunca tinha visto o testamento. Sentou-se do lado oposto, Jan Maan continuou lendo o jornal danificado, com os punhos dormentes. Katadreuffe percebeu que Jan Maan estava ficando grisalho e careca. O trabalhador envelhecia depressa, mas ainda tinha unhas e roupas limpas. *Ela* cuidava disso, *ela* era atenta a isso. E Katadreuffe sabia que ele mesmo estava começando a ficar grisalho. Ele tinha ficado grisalho antes, bem antes de seu amigo; já se via fios brancos acima das orelhas, mas ainda tinha bastante cabelo, felizmente não ficaria careca, e ainda não tinha trinta anos.

Ele tinha aguentado, o pior já tinha passado, porém ainda estava descontente e agitado. Se ela viesse mais rápido, queria falar de coração aberto. E talvez, quando ela estivesse aqui, ele continuasse calado.

Então seu descontentamento e agitação, inexplicavelmente, tomaram outra direção. Havia algo faltando, simplesmente omitido, do programa de seu aprendizado. Ele via uma lacuna e, um tanto acanhado, falou:

— Olha, Jan, eu gostaria muito de ir a uma igreja.

Jan Maan o olhou.

— Você enlouqueceu, cara? Igreja? Que tipo de igreja?

— Bem, a protestante, claro; "ela" vem de uma casa protestante, apesar de não ser praticante. Mas eu gostaria muito de ouvir um bom pastor. Conhece alguém?

Jan Maan estava surpreso demais para ficar bravo.

— Você pede a um membro dos "holandeses sem deus" uma lista de pastores?! Sabe o que está pedindo e a quem?

— Sim, não faça sempre um alvoroço. Eu só queria dizer...

Calou-se.

— Bem, me conte, então. O que queria dizer? Que você se tornou um completo capitalista, é? Que a única coisa que falta é religião, que agora quer esse apoio? Com diploma e dinheiro no bolso, agora faz da cruz um pau, o senhor vai ficar uma maravilha.

— Você é tão incrivelmente bobo, Jan.

— Ainda bem. Se tivéssemos os mesmos pontos de vista, já estaríamos afastados. A conexão entre duas pessoas que não têm nada a dizer ao outro é desfeita logo.

— Ela está lá há bastante tempo — disse Katadreuffe.

Jan Maan já tinha prosseguido na leitura, murmurou:

— Dê um tempo para que ela examine o vermezinho da cabeça aos pés.

Katadreuffe meditou em silêncio sobre o que tinha acabado de falar. O sulco de pensamento aparecera acima da raiz do nariz. Não, não era verdade o que De Gankelaar tinha afirmado, que a religião era um velho mal; de repente sentiu a necessidade de não usar a religião como apoio, pois era uma inferioridade para um homem, mas incorporar Deus em sua vida era um pensamento que podia permitir.

Ele estava sentado à mesa no lugar da mãe, o grande cesto ao lado da cadeira, sobre um tripé. As mãos, inconscientes, acariciaram a lã. Então apanhou um novelo, *que cor verde bonita na luz, cor brilhante*. Notou um trabalho que ela tinha começado, mas ele não deveria chegar perto. Na verdade, nem podia mexer em absolutamente nada do cesto de trabalho. Quando ele era criança, ela o castigou muito por isso.

Depois pensou em como podia incorporar Deus à sua vida, não como capitalista, mas sim porque esse era o momento em que estava a ponto de começar sua jornada. Não poderia haver falhas na carga, tudo deveria ser cuidadosamente arrumado. Sim, agora que viu melhor, percebeu que tinha negligenciado um espaço.

Em seguida, algo sussurrou em seu ouvido essas palavras:

— Ou fez tudo a seu favor...?

E viu o pai outra vez, feito um orador atrás da mesa, apoiado nos pulsos peludos. Parecia ter ficado menor e mais compacto. O orador falou mais seis palavras, que soaram ainda mais misteriosas e também mais verdadeiras:

— Ou fez tudo a seu favor...?

Mas notou de súbito, entre os dedos, a caderneta de poupança — isso era real. Devia estar no cesto, e devia ter pegado sem perceber. As mãos tocaram as folhas, ele viu uma enorme cifra na última, e, virando as páginas anteriores, observou surpreso que os mesmos depósitos eram feitos mês a mês; todo mês ela colocava no banco o dinheiro que ele dava. Então, na primeira página, leu o testamento escrito em letras grandes, infantis: "Para meu filho, Jacob, após a minha morte. Srta. J. Katadreuffe". E a data. O testamento.

Ele colocou a caderneta no cesto outra vez e se levantou. Uma cegueira surgiu nos olhos, andou até a janela.

O testamento, ilegal, inválido, inútil. Um testamento sublime.

— Caramba — disse rouco.

Pois quando um homem se emocionava, não chorava. Xingava.

Jan Maan, à mesa, ouviu e perguntou:

— Jacob, o que foi, cara?

Falou o nome com ressonância bíblica, um nome dos livros do Antigo Testamento. Pois o coração do amigo havia mudado, tinha sido alertado.

Katadreuffe percebeu que havia quatro pessoas em sua vida e tudo era tristeza.

Jan Maan, seu amigo que nunca tinha se deixado levar pelos pequenos amores diários e a oprimida dependência ao partido. O homem que apenas conseguiu manter um coração leal ao sufocamento das minorias.

Lorna Te George, a mulher cujo calor ele tinha desdenhado. Ele de um lado, ela de outro; o rio das águas do casamento eterno entre eles. Ele ficou ali, continuou à margem, feito Leandro, o covarde.[42] Tinha se contentado com o casamento apenas na imaginação, com a projeção de seu ser. Continuava espiritual, desumano.

"Ela", ele a viu. A mulher durona, mal-humorada, que nunca o tinha ajudado. Mas a mulher de olhos de fogo de carvão, a escritora do testamento holográfico. A mulher que, após Lorna Te George, perderia, cujo sangue era exatamente o mesmo, que não o suportava e era recíproco. Pois Jan Maan estava certo; em sua inocência, ele tinha anunciado uma grande verdade. E como era triste, como seria diferente se eles estivessem juntos, ela e aquela mulher.

Mas a quarta pessoa, ele não via como uma pessoa, a via como uma árvore. A árvore simbolizava também seus sentimentos por aquele homem, também simbolizava *ele* em si. Naquela árvore estavam aquele homem e ele também. Tinham crescido juntos, indissolúveis. Num canto obscurecido do coração, o calor tropical da selva estava naquela árvore. Mas ele se via derrubando a árvore, uma teca, com um machado; derrubou o homem, juntamente consigo.

— Jacob, o que foi?

E Katadreuffe, tão inflexivelmente direto, no desespero, refugiou-se em uma mentira. Levou a mão à testa.

— Caramba, — repetiu — esqueci que tenho que fazer uma coisa. Até mais. Volto daqui meia hora, diga a ela.

---

42 Leandro, personagem da mitologia grega. Leandro apaixona-se por Hero, que vive numa cidade na margem oposta a dele. Proibidos pelos pais de se verem, ambos bolam um plano. Ele atravessa o estreito todas as noites, guiando-se pela luz que ela acende em casa. Um dia, uma tempestade apaga a chama acesa, ele se perde e não encontra mais a casa dela. Acaba morrendo afogado pela tempestade. Ao saber da morte de Leandro, Hero se suicida.

Afastando-se do amigo, abandonou a sala. Bem, *pelo amor de Deus, melhor não encontrar ninguém na porta*. Mas não, estava tudo calmo lá embaixo. Havia apenas o choro fraco de uma criança.

Desceu as escadas a toda velocidade e fechou a porta quando saiu.

POSFÁCIO

Daniel Dago

Ferdinand Bordewijk (1884-1965) lança seu primeiro livro de poemas, *Paddestoelen* (Cogumelos), em 1916. Três anos depois publica o primeiro de três volumes de seus *Fantastische vertellingen* (Contos fantásticos), até hoje tido como um dos marcos do conto holandês devido, na prática, à introdução do gênero fantástico em seu país — a crítica o compara a Edgar Allan Poe e E.T.A. Hoffmann.

Cerca de dez anos depois, Bordewijk publica três novelas: *Blokken* (Blocos, 1931), *Knorrende beesten* (O ronco das feras, 1933), e *Bint* (1934). Lançadas originalmente em separado, as novelas passariam a ser publicadas em conjunto a partir de 1949 — como é feito até hoje. A tríade é considerada o "pesadelo futurístico" — do ponto de vista social, tecnológico e educacional, respectivamente — da Holanda e, até hoje, são as principais obras do autor, além de *Caráter*.

Dono de uma prosa bastante seca, dura, com frases curtas e diretas, o estilo de Bordewijk passou a ser chamado pela crítica de "concreto reforçado", tamanha a aspereza de suas palavras. O autor passa a ser considerado a figura mais representativa de um novo movimento literário, o Nova Objetividade. Em *Caráter*, sua linguagem dura é vista apenas de passagem, mas em suas novelas, em especial *Blocos* e *Bint*, o radicalismo do estilo é levado ao extremo. Se o leitor piscar os olhos, perde um acontecimento. O estilo é próximo ao de um telegrama, cheio de elipses e assíndetos.

Tendo o estado totalitário como protagonista, *Blocos* é uma das poucas novelas ocidentais — a única, talvez — que não possui praticamente nenhum ser vivo como protagonista. A lógica de Bordewijk é bastante simples: se não há individualismo, não há pessoa para ser personagem. O estado totalitário é o personagem. Escrito originalmente como crítica ao comunismo, hoje podemos lê-lo como crítica a diversos regimes políticos. O futurismo plástico da cidade, com seus blocos de cores fortes e ângulos retilíneos, vem dos quadros de Piet Mondrian, cujo movimento De Stijl foi lançado na mesma época da novela. *Blocos* sofreu influência do filme *Metrópolis* (1927), de Fritz Lang, e principalmente do romance *Nós* (1924), de Ievguêni Zamiátin, que Bordewijk provavelmente leu em alemão; há diversas semelhanças entre ambos os livros. O subtítulo original da novela é: *O fracasso de uma utopia*. As duas obras distópicas mais famosas do século XX, *Admirável mundo novo*, de Aldous Huxley, e *1984*, de George Orwell, foram publicadas anos depois de *Blocos*, em 1932 e 1949, respectivamente. Apesar de Bordewijk ter enorme desprezo pelo romance de Huxley, que dizia ser "uma grande porcaria", *Blocos* sempre é comparado aos supracitados romances ingleses e tem, até hoje, o status de ser a principal obra distópica da Holanda.

Bint é um diretor que dá para um professor novato a pior sala da escola, carinhosamente apelidada de "o inferno". Bint é um ditador que governa sua escola com mãos de ferro e trata alunos e professores de maneira extremamente autoritária. Hoje considerada uma distopia escolar, *Bint* foi bastante controverso em sua época, por beirar a um elogio ao totalitarismo. Publicado em 1934, o autor alerta contra o fascismo então emergente. Talvez seja a obra mais lida de Bordewijk, fora *Caráter*, e foi adaptada para a televisão, em 1972, e teatro, em 2016. Ironicamente, *Bint* é leitura obrigatória nas escolas e universidades holandesas até hoje.

O ronco das feras, cujo título literal é *Criaturas grunhentas*, é sobre um futuro em que os carros passam a ganhar vida. Até hoje, das três novelas, esta segue sendo a menos lida e estudada, portanto, nos estenderemos pouco sobre ela.

Advogado de formação, Bordewijk era sócio minoritário de um grande escritório de advocacia de Roterdã, em 1913, onde trabalhou por seis anos. Em 1919, além do escritório, exerce por um curto período a docência em direito comercial. Posteriormente, estabelece-se como advogado independente em Schiedam. O autor era, portanto, bem familiarizado com o meio jurídico e suas experiências nesse período o inspiraram na escrita de *Caráter*.

Bordewijk redige *Caráter* em 1937, em apenas dois meses, durante uma viagem à Inglaterra. O autor expande e aprofunda uma novela, *Dreverhaven e Katadreuffe*, escrita dez anos antes e publicada em 15 fascículos no semanário *De vrijheid* (A liberdade). A novela só seria publicada em formato de livro em 1981, 16 anos depois da morte do autor e 43 anos depois da publicação de *Caráter*. Em relação à novela, o romance tem cerca de 220 páginas a mais.

Caráter, publicado originalmente em seis fascículos na revista literária *De Gids* (O guia), em janeiro de 1938, e em formato de livro em setembro daquele mesmo ano, geralmente é considerado o ponto alto da extensa obra de Bordewijk — mais de 40 livros — e uma obra-prima da literatura holandesa moderna. Para surpresa do autor e da editora, *Caráter* acaba por trazer o sucesso comercial que não havia sido alcançado até então. O romance foi reimpresso duas vezes no seu ano original de publicação e nunca saiu de catálogo; atualmente está na 53ª edição em seu país de origem.

Durante a vida de Bordewijk, *Caráter* teve duas traduções: ao alemão, em 1939 (considerada ruim e retraduzida em 2007), e ao africâner, em 1942. Em 1966 o livro é traduzido ao inglês e durante 40 anos não ganha nenhuma tradução nova. O exterior redescobre o romance a partir dos anos 2000, muito provavelmente na "esteira" da adaptação cinematográfica, lançada em 1997, com uma tradução eslovaca, em 2003, seguida da norueguesa, em 2006, húngara, em 2008, turca, em 2010, italiana, em 2015, espanhola, em 2017, armênia, em 2017, e coreana, em 2019.

Caráter surge nas telas duas vezes. Uma adaptação para a televisão em cinco partes é transmitida em 1971 e repetida dois anos depois. Em 1997, há a adaptação para o cinema — baseada tanto no romance *Caráter* quanto na novela *Dreverhaven e Katadreuffe* —, que ganha o Oscar de melhor filme estrangeiro, em 1998, por coincidência, para nós, do Brasil, batendo o brasileiro *O que é isso companheiro?*.

Houve também muitas montagens teatrais baseadas no livro, feitas em diversos anos. A mais recente, um musical, estreou em 2021.

A crítica literária holandesa da época elogia bastante *Caráter*. Menno ter Braak, o mais importante crítico da primeira metade do século XX, chega à conclusão de que Katadreuffe é uma figura intermediária que tem o lado humano da mãe e a vontade implacável de seguir uma carreira do pai. Para Ter Braak, Joba é um dos "melhores e mais vívidos personagens que Bordewijk criou". Diversos autores, que posteriormente se tornariam eles mesmos clássicos, escreveram e estudaram não somente *Caráter*, mas a obra inteira de Bordewijk, como Simon Vestdijk, Willem Frederik Hermans, Frans Kellendonk, sempre fazendo rasgados elogios. Aos poucos, *Caráter* ganha status de clássico e passa a ser adotado como leitura obrigatória em escolas e universidades. Cees Nooteboom, talvez o mais conhecido autor holandês no exterior atualmente, escreve um posfácio para a edição alemã, que posteriormente é incluído na edição húngara e republicado na imprensa de língua inglesa. No exterior, Bordewijk, algumas vezes, é comparado a Dickens, Kafka e Camus.

O tradutor consultou diversas vezes o advogado carioca Juliano Mattos, que tirou dúvidas acerca de leis e termos jurídicos, e agradece a ajuda. Durante anos, o tradutor bateu na porta de editoras oferecendo Bordewijk e também agradece a Leonardo Garzaro e a toda a equipe da editora Rua do Sabão pela carinhosa acolhida.

Fontes

"F. Bordewijk, Karakter", em *Lexicon van literaire werken (1989-2014)*, de Ton Anbeek, Jaap Goedegebuure, Bart Vervaeck, Wolters-Noordhoff, Groningen / Garant-Uitgevers, Antuérpia, 1989-2014.

"Herschreven jeugd — Nieuwe bronnen over Bordewijk", de Reinold Vugs, em *Biografie bulletin, Jaargang 8*. Werkgroep Biografie, Amsterdã, 1998.

"Wat is karakter?", de Menno ter Braak, em *Verzameld werk, Deel 7*, G.A. van Oorschot, Amsterdã, 1951.

Exemplares impressos em OFFSET sobre papel cartão LD 250 g/m² e Pólen Soft LD 80 g/m² da Suzano Papel e Celulose para a Editora Rua do Sabão.